VERSCHEURD

DE VERWRONGEN-TRILOGIE: BOEK 2

ANNA ZAIRES

♠ MOZAIKA PUBLICATIONS ♠

Copyright © 2018 Anna Zaires
www.annazaires.com/book-series/nederlands/

Uitgegeven door Mozaika Publications, onderdeel van Mozaika LLC.
www.mozaikallc.com

Ontwerp cover: Najla Qamber Designs
www.najlaqamberdesigns.com

Vertaling: TextStress

e-ISBN: 978-1-63142-343-7
ISBN: 978-1-63142-344-4

I

DE AANKOMST

*J*ulian

Op sommige dagen is de behoefte om te pijnigen, te doden, te sterk om te negeren. Op die dagen lijkt het vernislaagje van beschaving zo dun dat de minste provocatie het kan breken om het monster dat eronder zit te onthullen.

Dit is niet een van die dagen. Vandaag heb ik haar bij me.

We zitten in de auto en zijn op weg naar het vliegveld. Ze leunt tegen me aan, met haar slanke armen om me heen en haar hoofd in mijn hals gedrukt.

Ik houd haar met één arm vast en speel met haar donkere, zijdezachte haren. Het is lang geworden; het valt nu tot haar slanke middel. Ze heeft al negentien maanden lang haar haren niet laten knippen. Niet sinds ik haar de eerste keer heb ontvoerd.

Als ik inadem, ruik ik haar geur: licht, bloemig en heerlijk vrouwelijk. Het is een combinatie van haar shampoo en haar huid. Verrukkelijk. Ik wil haar uitkleden en die geur helemaal volgen tot ik iedere ronding en holte van haar heb verkend.

Mijn penis springt op en ik houd mezelf voor dat ik haar net al gehad heb. Maar dat doet er niet toe: ik verlang altijd naar haar. Eerst zat deze obsessieve drang naar haar me dwars, maar inmiddels ben ik eraan gewend. Ik heb mijn eigen waanzin geaccepteerd.

Ze lijkt kalm, tevreden zelfs. Dat is fijn. Het is fijn als ze zo tegen me aan kruipt, zacht en vol vertrouwen. Ze kent mijn ware aard en toch voelt ze zich veilig bij me. Ik heb haar zo getraind.

Ik heb haar zo ver gekregen dat ze van me is gaan houden.

Na een tijdje tilt ze haar hoofd op om me aan te kijken. 'Waar gaan we heen?' vraagt ze.

Als ze knippert, gaan haar lange wimpers als waaiers op en neer. Ze heeft ogen die elke man op zijn knieën zouden krijgen. Zachte, donkere ogen die me aan gekreukte lakens en naakte lichamen doen denken. Die ogen leiden me altijd af, maar ik moet me op haar vraag concentreren. 'We gaan naar mijn ouderlijk huis in Colombia.'

Ik ben er al jaren niet geweest. Niet sinds mijn ouders zijn vermoord. Maar mijn vaders landgoed is gebouwd als een fort en dat is precies wat we nu nodig hebben. De afgelopen weken heb ik er extra veiligheidsmaatregelen laten aanbrengen, waardoor het nu een ondoordringbaar kasteel is geworden. Niemand kan me Nora nog afnemen. Daar heb ik voor gezorgd.

'Blijf je daar bij me?'

Ik hoor de hoopvolle toon in haar stem en ik knik met een glimlach. 'Ja, poesje, ik blijf bij je.' Nu ik haar terug heb, kan ik geen afstand van haar nemen. Ooit was het eiland de veiligste plek voor haar, maar nu niet meer. Nu weten ze van haar bestaan – en ze weten dat ze mijn achilleshiel is. Ze moet bij me blijven, want dan kan ik haar beschermen.

Als ze met haar kleine roze tong over haar lippen glijdt, volg ik hem met mijn ogen. Ik wil een hand in haar haren steken en haar gezicht naar mijn kruis brengen, maar ik doe het niet. Daar hebben we later nog genoeg tijd voor, als we op een veiligere, minder openbare locatie zijn.

'Ga je mijn ouders weer een miljoen dollar sturen?'

Haar ogen zijn groot en eerlijk als ze me aankijkt, maar ik hoor de subtiele uitdaging in haar stem. Het is een test – een test van de grenzen in deze nieuwe fase van onze relatie. Ik glimlach breder en veeg een pluk haar achter haar oor. 'Wil je dat ik ze geld stuur, poesje van me?'

Ze kijkt me aan zonder te knipperen. 'Niet echt,' zegt ze dan zacht. 'Ik zou ze liever even bellen.'

Ik beantwoord haar blik. 'Oké. Je mag ze bellen

wanneer we er zijn.' Als ze haar ogen wijd openspert, zie ik dat ik haar verrast heb.

Ze verwacht dat ik haar wederom gevangenhoud, afgesneden van de buitenwereld. Maar ze weet nog niet dat dat niet langer nodig is.

Ik ben geslaagd in mijn opzet.

Ik heb haar volledig de mijne gemaakt.

'Oké,' zegt ze langzaam. 'Dan doe ik dat.'

Ze kijkt naar me alsof ze moeite heeft me te doorgronden - alsof ik een of ander exotisch wezen ben dat ze nog nooit eerder heeft gezien. Die blik zie ik vaker bij haar: een combinatie van behoedzaamheid en fascinatie. Ze voelt zich tot me aangetrokken, al sinds de eerste keer dat we elkaar zagen, maar tegelijkertijd is ze nog altijd bang voor me.

En het roofdier in mij bevalt dat wel. Haar angst en terughoudendheid geven een extra dimensie aan onze relatie, of ik haar nou in bed onderwerp of 's nachts in mijn armen houd.

'Vertel eens wat je hebt gedaan toen je weer in Chicago was,' zeg ik zacht terwijl ik haar wat comfortabeler tegen me aan trek. Dan veeg ik haar haren uit haar gezicht. 'Wat heb je de afgelopen maanden gedaan?'

Haar glimlach bevat een vlaag zelfverachting. 'Behalve jou missen, bedoel je?'

Ik word warm vanbinnen, al weiger ik het gevoel te benoemen of zelfs maar te erkennen. Het doet er niet toe. Ik wil dat ze van me houdt omdat ik nu eenmaal de ziekelijke drang heb om haar helemaal te bezitten, niet omdat ik iets voor haar voel. 'Ja, behalve dat.' Ik dwing mezelf te denken aan alle manieren waarop ik haar straks ga neuken.

'Nou, ik heb een paar keer afgesproken met mijn vrienden,' begint ze.

Ik luister terwijl ze me vertelt wat ze de afgelopen vier maanden gedaan heeft. Veel weet ik al - toen ik in coma lag, besloot Lucas om Nora discreet laten schaduwen. Zodra ik weer bij kennis was, ontving ik een gedetailleerde rapportage over al haar dagelijkse en sporadische activiteiten.

Ik ben hem daar heel dankbaar voor, net als voor het redden van mijn leven. De afgelopen jaren is Lucas Kent enorm waardevol gebleken binnen mijn organisatie. Ik ken niet veel mannen die de ballen zouden hebben om dat te doen. Zonder dat hij de waarheid omtrent Nora kende, was hij slim genoeg om uit te knobbelen dat ze iets voor me betekent en zorgde hij ervoor dat haar veiligheid gewaarborgd werd.

Wat hij uiteraard niet deed, was haar activiteiten beperken. 'Heb je met hem afgesproken?' Nonchalant strijk ik over haar oorlelletje. 'Ik bedoel met Jake.'

Ze verstijft in mijn armen. 'Ik kwam hem tegen na een etentje met mijn vriendin Leah,' zegt ze dan kalm en met een open blik. 'We hebben gezamenlijk wat gedronken, maar daarna heb ik hem niet meer gezien.'

Ik beantwoord haar blik en knik dan. Ik ben tevreden. Ze heeft niet tegen me gelogen. Dat voorval stond in Lucas' rapportage. In eerste instantie wilde ik die gast met blote handen omleggen. Mocht hij nog eens bij Nora in de buurt komen, dan doe ik dat misschien wel.

Withete woede overweldigt me bij de gedachte aan een andere man die aan haar zit. Volgens de rapportage heeft ze niet gedatet de afgelopen maanden - op één keer na. 'En hoe zit het met die advocaat?' Ik dwing mezelf om kalm te klinken en mijn ziedende woede te bedwingen. 'Hebben jullie een leuke nacht gehad?'

Onder de gouden glans van haar huid wordt ze bleek. 'Ik heb niets met hem gedaan,' zegt ze behoedzaam. 'Ik ging die avond uit omdat ik jou zo miste en het zat was om alleen te zijn, maar er is niets gebeurd. Ik had zelfs een paar drankjes op, maar ik kon het niet.'

'Echt niet?' Mijn woede sijpelt weg. Ik kan het aan haar zien als ze liegt. Dit is de waarheid. Maar ik houd mezelf voor dat ik het wel nog moet nagaan. Als die advocaat met zijn tengels aan haar gezeten heeft, zal hij ervoor boeten.

Ze kijkt me aan en de spanning in haar lichaam ebt weg. Als geen ander kan ze mijn stemming lezen. Op de een of andere manier voelt ze me feilloos aan. Dat is al vanaf het begin zo. In tegenstelling tot de meeste vrouwen is ze zich altijd bewust geweest van mijn ware aard.

'Echt niet.' Haar mond staat strak. 'Ik kon zijn aanraking niet verdragen. Ik ben veel te verknipt om ooit nog met een normale man samen te zijn.'

Die opmerking amuseert en raakt me tegelijk, en met opgetrokken wenkbrauwen neem ik haar op. Dit is niet langer het bange meisje dat ik naar het eiland bracht. Mijn poesje heeft klauwen gekregen en leert ze zelfs gebruiken.

'Mooi zo.' Ik strijk zacht over haar wang en geniet van haar zoete geur. 'Niemand mag aan je zitten, schatje. Alleen ik.'

Ze zegt niets en blijft me strak aankijken. Maar goed, ze hoeft ook niets te zeggen. We begrijpen elkaar uitstekend. Ik weet dat ik elke man zal doden die aan haar zit - en zij weet het ook.

Vreemd genoeg ben ik nooit eerder zo bezitterig geweest als het om vrouwen gaat. Dit is nieuw voor me. Vóór Nora waren alle vrouwen wat mij betreft hetzelfde: zachte, mooie wezentjes die kwamen en gingen als het mij uitkwam. Ze waren gewillig om geneukt of gepijnigd te worden en ik gaf ze wat ze wilden, daarmee mijn eigen fysieke behoeften ook bevredigend.

Mijn eerste keer was op mijn veertiende, kort na Maria's dood. Het was met een hoer van mijn vader; hij had haar naar me toe gestuurd nadat ik de twee mannen die Maria hadden vermoord, had gedood door ze in hun eigen huis te castreren. Waarschijnlijk hoopte mijn vader dat seks me af zou leiden van het wraakzuchtige pad dat ik had gekozen.

Ik hoef waarschijnlijk niet uit te leggen dat zijn plan faalde.

Ze kwam mijn kamer binnen in een strakke zwarte jurk, prachtig opgemaakt en haar lippen glanzend rood gestift. Toen ze voor me stripte, reageerde ik zoals iedere andere tiener: met ogenblikkelijke, heftige lust. Maar ik was niet zoals iedere andere tiener. Ik was een moordenaar, al sinds mijn achtste.

Ik nam haar hard, die avond, deels omdat ik te onervaren was om mezelf te beheersen en deels omdat ik alles en iedereen pijn wilde doen: haar, mijn vader, de hele verdomde wereld. Haar huid zal vol blauwe plekken en tandafdrukken toen ik met haar klaar was - maar de volgende avond kwam ze terug, dit keer zonder dat mijn vader ervan wist.

Onze verhouding duurde een maand. Ze kwam naar me toe als het kon en leerde me wat ze wist, wat ze lekker vond... Wat volgens haar veel vrouwen lekker vonden. Het was geen lieve, milde bedgenoot die ze zocht; ze snakte naar geweld en pijn. Ze wilde een partner die haar het gevoel gaf dat ze leefde.

En ik ontdekte dat ik daarvan genoot. Ik vond het heerlijk haar te horen schreeuwen en smeken omdat ik haar pijnigde tot het punt dat ze klaarkwam. Het geweld dat zich in mij roerde, had een andere uitlaatklep gevonden - een die ik zo vaak gebruikte als ik kon.

Maar het was niet genoeg. Zo eenvoudig liet die duistere woede in mij zich niet bedwingen. Maria's dood had onherstelbare schade aangericht. Zij was het enige in mijn leven geweest dat puur en mooi was en nu was ze er niet meer. Haar dood bereikte wat mijn vaders training nooit voor elkaar had kunnen krijgen: het legde het laatste restje geweten dat ik nog had het zwijgen op. Ik was niet langer een jongetje dat onwillig in zijn vaders voetstappen trad - ik was een roofdier dat naar bloed en wraak dorstte. Daarom weigerde ik de zaak te laten rusten, zoals mijn vader wilde. Een voor een joeg ik Maria's moordenaars op en slachtte ze langzaam af, genietend van hun geschreeuw van pijn en hun smeekbeden om genade of een snelle dood.

Dat leidde tot wraakacties van hun kant en tegenreacties van onze kant. Er vielen doden. Mijn vaders mannen. De mannen van zijn rivaal. Het geweld escaleerde steeds verder, tot mijn vader besloot gehoor te geven aan de oproep van zijn bondgenoten en mij uit het bedrijf zette. Ik werd weggestuurd, eerst naar Europa en toen naar Azië... en daar vond ik talloze andere vrouwen zoals degene die me voor het eerst met seks had laten kennismaken. Mooie, gewillige vrouwen wier voorkeuren de mijne spiegelden. Ik liet ze hun duistere fantasieën beleven en bevredigde kortstondig mijn eigen behoeften. Die regeling paste perfect in mijn leven, vooral nadat ik terugging om na zijn dood mijn vaders bedrijf te leiden.

Pas negentien maanden geleden, tijdens een zakenreis naar Chicago, vond ik haar.

Nora.

Maria herboren.

Het meisje dat ik voor altijd bij me wil houden.

2

Nu ik in Julians armen lig, voel ik opnieuw die bekende mengeling van opwinding en angst. Hij is niet veranderd sinds ik hem voor het laatst zag. Dit is dezelfde man die Jake bijna liet vermoorden en die niet aarzelde een meisje te ontvoeren omdat hij haar graag wilde hebben.

Maar het is ook de man die zelf bijna omkwam toen hij mij kwam redden.

Nu ik weet wat hem overkomen is, kan ik het aan hem zien. Hij is magerder dan eerst; zijn gebronsde huid spant strak over zijn jukbeenderen. Zijn linkeroor draagt een litteken en zijn donkere haar is heel kort. Aan de linkerkant van zijn schedel is de haargroei grillig, alsof het daar een tweede litteken verbergt.

Maar die kleine onregelmatigheden doen niets af aan het feit dat hij de mooiste man is die ik ooit heb gezien. Ik kan mijn ogen niet van hem af houden.

Hij leeft nog. Julian leeft nog en ik ben bij hem.

Het is zo onwerkelijk. Gisteren dacht ik nog dat hij dood was. Ik was ervan overtuigd dat hij bij de explosie omgekomen was. Vier lange, afschuwelijke maanden lang dwong ik mezelf sterk te zijn, door te gaan met mijn leven en probeerde ik de man te vergeten die nu naast me zit.

De man die me mijn vrijheid afnam.

De man van wie ik houd.

Voorzichtig ga ik met mijn wijsvinger over de contour van zijn lippen. Hij heeft de prachtigste mond die ik ooit heb gezien - een mond die gemaakt is om te zondigen. Zijn lippen wijken uiteen en hij neemt mijn vingertop tussen zijn scherpe, witte tanden. Zachtjes bijt hij erop; dan zuigt hij op mijn vinger.

Een rilling gaat door me heen als zijn warme, natte tong over mijn vinger strijkt. Mijn onderbuik spant zich; het wordt vochtig tussen mijn benen. Jeetje, wat reageer ik snel op hem. Hij hoeft me maar aan te kijken en ik wil hem al. Hoewel mijn vagina een beetje kapot en opgezet is na de ruwe seks van vanochtend, snakt de rest van mijn lichaam opnieuw naar hem.

Julian leeft nog en hij neemt me weer mee.

Zodra dat besef inzinkt, gaat er een rilling door me heen. Ik trek mijn vinger terug als mijn verlangen abrupt bekoelt. Ik kan niet meer terug. Van gedachten veranderen is geen optie meer. Julian beheerst opnieuw mijn leven en deze keer ben ik vrijwillig meegegaan, heb ik me volledig aan zijn genade overgegeven.

Maar het had niet uitgemaakt als ik onwillig was geweest. Julian heeft die injectienaald in zijn binnenzak zitten en het zou altijd op hetzelfde zijn uitgedraaid. Ik was met hem meegegaan, verdoofd of vrijwillig. Om de een of andere reden voel ik me door die realisatie beter. Ik leg mijn hoofd op Julians schouder en leun ontspannen tegen hem aan.

Het heeft geen zin om tegen je lot te vechten. Langzaam begin ik dat te accepteren.

Uiteindelijk duurt de rit naar het vliegveld door de files iets meer dan een uur. Ik ben verbaasd dat we niet naar O'Hare gaan. In plaats daarvan brengt de auto ons naar een klein vliegveld waar een ruim bemeten vliegtuig op ons staat te wachten. Op de staart zijn nog net de letters G650 te zien. 'Is die van jou?' vraag ik Julian als hij het portier voor me opent.

'Ja.' Hij zwijgt verder en kijkt me niet aan, maar laat zijn blik over de omgeving glijden alsof hij een verborgen dreiging vermoedt.

Ik heb hem niet eerder zo op zijn hoede gezien. Ineens realiseer ik me dat het eiland ook zijn toevluchtsoord was, een plek waar hij zich echt kon ontspannen en tot rust kon komen.

Zodra ik uit de auto ben gestapt, pakt Julian me bij

mijn arm en trekt me mee naar het vliegtuig. De chauffeur volgt ons. Ik had hem nog niet gezien omdat er een paneel tussen de achterbank en de voorstoelen zat, maar tijdens het lopen neem ik hem in me op.

Hij moet een van Julians mariniers zijn. Zijn blonde haar is kortgeknipt en zijn ijsblauwe ogen vallen op in zijn vierkante gezicht. Hij is nog langer dan Julian en heeft dezelfde atletische tred die hem kenmerkt als een krijger, met afgemeten, gecontroleerde bewegingen. Ik twijfel er niet aan dat hij het enorme geweer dat hij bij zich heeft weet te gebruiken. Nog zo'n gevaarlijke man... Een die veel vrouwen aantrekkelijk zouden vinden wegens zijn gelijkmatige trekken en gespierde lichaam. Mij doet hij niets, maar ik ben dan ook verwend. Er zijn maar heel weinig mannen die in de buurt komen van Julians Luciferachtige aantrekkingskracht.

'Wat is dit voor vliegtuig?' vraag ik als we het trapje op lopen en een luxueuze cabine binnenstappen. Ik weet niets van privévliegtuigen, maar het ziet er heel chique uit. Hoewel ik mijn best doe niet met open mond om me heen te staren, lukt dat maar half. De crèmekleurige leren stoelen zijn enorm en er staat zelfs een bank met een salontafel ervoor. Een deur die naar de achterkant van het vliegtuig blijkt te leiden staat open en ik vang een glimp op van een groot bed. Wauw, er is een slaapkamer in dit vliegtuig!

'Een van de luxueuzere Gulfstreams,' antwoordt hij terwijl hij mijn jas aanneemt. Zijn warme handen strijken langs mijn nek, waardoor een heerlijke rilling door me heen trekt. 'Een zakenvliegtuig voor extra lange afstanden. We kunnen meteen naar onze bestemming vliegen zonder te hoeven stoppen om te tanken.'

'Hij is erg mooi,' zeg ik als Julian mijn jas in een kast naast de deur hangt en ook zijn eigen jas uitdoet. Ik kan mijn blik niet van hem afhouden als ik besef dat een deel van mij bang is dat het niet echt is, dat ik straks wakker word en het allemaal een droom blijkt te zijn omdat Julian daadwerkelijk omgekomen is bij die explosie.

Onwillekeurig huiver ik bij die gedachte. Julian ziet het. 'Heb je het koud?' vraagt hij terwijl hij naar me toe komt. 'Ik kan de verwarming hoger laten zetten.'

'Nee, het is prima.' Maar als hij me naar zich toe trekt en over mijn armen wrijft, geniet ik van zijn warmte, die door mijn kleren heen in mijn huid trekt en de herinnering aan die afschuwelijke maanden waarin ik dacht dat ik hem kwijt was, verdrijft.

Ik sla mijn armen om zijn middel en knuffel hem stevig terug. Hij leeft nog en hij is bij me. De rest doet er niet toe.

'We kunnen vertrekken.' Ik schrik van de onbekende stem en laat Julian los. Achter me staat de blonde chauffeur, die ons met een onleesbare blik op zijn scherpe gezicht opneemt.

'Mooi.' Julian houdt zijn arm om me heen en drukt me tegen zich aan als ik opzij wil stappen. 'Nora, dit is Lucas. Hij is degene die me uit het pakhuis gesleept heeft.'

'O, ik begrijp het.' Ik schenk de man een oprechte, stralende glimlach. Deze man heeft Julians leven gered. 'Leuk je te ontmoeten, Lucas. Ik weet niet hoe ik je moet bedanken voor wat je hebt gedaan...'

Hij trekt kort zijn wenkbrauwen op, alsof mijn woorden hem verbazen. 'Ik deed gewoon mijn werk.' Zijn stem is zwaar en klinkt licht geamuseerd.

Julians ene mondhoek trekt omhoog in een halve glimlach, maar hij gaat er niet op in. In plaats daarvan vraagt hij: 'Is het huis klaar voor onze komst?'

Lucas knikt. 'Helemaal klaar.' Dan kijkt hij me weer even uitdrukkingsloos aan als eerder. 'Aangenaam, Nora.' Hij draait zich om en verdwijnt in de cockpit.

'Hij chauffeurt én is je piloot?' vraag ik Julian als Lucas weg is.

'Hij is heel breed inzetbaar,' zegt Julian, terwijl hij me een zetje geeft in de richting van de luxueuze stoelen. 'De meesten van mijn mannen, trouwens.'

Zodra we zijn gaan zitten, komt uit de voorzijde van het vliegtuig een ontzettend knappe, donkerharige vrouw aanlopen. Haar witte jurk zit als gegoten en samen met de perfect aangebrachte make-up die ze draagt, geeft die haar het glamoureuze uiterlijk van een filmster - alleen draagt ze een dienblad met een fles champagne en twee flûtes.

Ze neemt me kort op voor ze haar blik over Julian laat glijden. 'Kan ik nog iets anders voor u betekenen, meneer Esguerra?' vraagt ze terwijl ze het dienblad op het tafeltje tussen ons in zet. Haar stem is zacht en melodieus. De hongerige manier waarop ze naar Julian kijkt, is hoogst ergerlijk.

'Nu niet. Bedankt, Isabella.' Als hij haar een korte glimlach toewerpt, slaat een vlaag van jaloezie door me heen. Julian zei eens dat hij met niemand anders naar bed is geweest sinds hij mij kent, maar ik vraag me toch af of hij in het verleden een affaire heeft gehad met deze vrouw. Ze is beeldschoon en uit haar acties blijkt dat ze Julian alles zou serveren waar hij om vraagt - ook zichzelf, naakt op een zilveren dienblad.

Voor mijn gedachten nog verder die kant op gaan, dwing ik mezelf diep adem te halen. Ik werp een blik op de gestaag vallende sneeuw buiten. Een deel van mij weet heus wel dat het waanzin is, onlogisch gewoon, om me zo bezitterig te voelen. Iedere rationeel denkende vrouw zou dolgelukkig zijn als haar ontvoerder zijn aandacht naar een ander zou verleggen, maar ik ben niet langer rationeel waar het Julian betreft.

Stockholmsyndroom. Een afgedwongen band. Traumatische binding. Ik heb die termen allemaal gehoord tijdens die paar sessies die ik bij mijn psycholoog gehad heb. Ze probeerde me zover te krijgen dat ik over mijn gevoelens voor Julian zou praten, maar ik kon niet praten over de man die ik dacht verloren te hebben. Uiteindelijk zegde ik mijn afspraken maar af. Ik heb later wel een keer die termen opgezocht en ik begrijp waarom ze op mijn situatie van toepassing zouden kunnen zijn. Maar zo simpel is het volgens mij niet - en ik weet ook niet of het er nog toe doet. Ik kan er een naam aan geven, maar dat laat het niet verdwijnen. Wat de oorzaak van mijn emotionele afhankelijkheid van Julian ook is, ik kan er niets tegen beginnen. Ik kan mezelf niet dwingen minder van hem te houden.

Tegen de tijd dat ik me weer naar Julian keer, is de stewardess verdwenen. Ik hoor de motoren tot leven komen en maak meteen mijn veiligheidsgordel vast. Ik heb vaker gevlogen, dus het is een automatisme.

'Champagne?' vraagt hij, en hij reikt naar de fles.

'Prima, waarom niet?' Ik kijk toe terwijl hij voorzichtig inschenkt.

Daarna neem ik het glas van hem aan en neem een nipje van de bruisende drank, onderuit zakkend in mijn luxe stoel als het vliegtuig in beweging komt.

Mijn nieuwe leven met Julian is begonnen.

3

Julian

N IPPEND VAN MIJN FLÛTE BESTUDEER IK N ORA TERWIJL
ZE NAAR BUITEN ZIT TE KIJKEN, naar de rap
verdwijnende grond onder ons. Ze draagt een
spijkerbroek met een blauwe fleecetrui. Aan haar
voeten zitten een paar lomp uitziende zwarte laarzen
van schapenvacht, volgens mij noemen ze die dingen
Uggs. Ondanks het onaantrekkelijke schoeisel ziet er
ze sexy uit - al zie ik haar liever in zomerjurkjes, met
een glanzende huid in het zonlicht.

Haar uitdrukking is kalm en ik vraag me af wat ze
denkt. Heeft ze ergens spijt van? Ze zou geen spijt
moeten hebben. Ik had haar toch wel meegenomen.

Alsof ze mijn blik kan voelen, keert ze zich naar me

toe. 'Hoe wisten ze van me?' vraagt ze zacht. 'De mannen die me ontvoerden. Hoe wisten ze van mijn bestaan?'

Onwillekeurig span ik mijn spieren bij het horen van die vraag. Even ben ik terug in die afschuwelijke tijd na de aanval op de kliniek, gegrepen door die ontvlambare mengeling van brandende woede en verlammende angst.

Ze had kunnen sterven. Ze zou gestorven zijn als ik haar niet op tijd had gevonden. Zelfs als ik ze gegeven had wat ze wilden, hadden ze haar nog gedood. Het zou mijn straf zijn geweest omdat ik niet meteen hun eisen had ingewilligd. Ik zou haar net als Maria verloren hebben.

Net zoals we allebei Beth hebben verloren.

'Het was de verpleegster in de kliniek.' Mijn stem klinkt koel en afstandelijk als ik mijn glas terugzet op het dienblad. 'Angela. Ze was al die tijd al in dienst bij Al-Quadar.'

Nora's ogen schitteren woedend. 'Wat een trut,' fluistert ze, haar stem vol pijn en woede. Met trillende hand zet ook zij haar glas terug. 'Wat een klotewijf.'

Ik knik kort en probeer mijn woede in bedwang te houden als ik weer de beelden voor me zie die Majid me toen stuurde. Ze martelden Beth voor ze haar vermoordden. Ze leed voor ze stierf - en haar hele leven was al een lijdensweg sinds die klootzak van een vader van haar zijn dochter op dertienjarige leeftijd aan een Mexicaans bordeel verkocht. Beth was een van de weinigen wier loyaliteit ik nooit in twijfel heb getrokken.

Ze heeft geleden... Maar de daders zullen erger lijden.

'Waar is ze nu?' Nora's vraagt haalt me uit de prettige dagdroom waarin ieder lid van Al-Quadar aan mijn genade overgeleverd is. Als ik haar niet-begrijpend aanstaar, verduidelijkt ze: 'Angela.'

Die naïeve vraag maakt me aan het lachen. 'Maak je geen zorgen om haar, poesje van me.' Het enige dat van Angela rest is as, uitgestrooid over het grasveld bij de Filipijnse kliniek. Peters ondervragingen zijn bruut maar effectief en hij ontdoet zich naderhand altijd van het bewijs. 'Ze heeft geboet voor haar verraad.'

Als Nora slikt, zie ik dat ze weet wat ik bedoel. Ze is niet langer het meisje dat ik in die club in Chicago ontmoette. Er zijn schaduwen in haar blik te zien en ik ben daar verantwoordelijk voor. Dat weet ik. Ondanks mijn pogingen om haar te beschermen door haar op het eiland te laten, is haar onschuld besmet geraakt door de lelijke kanten van mijn wereld.

Ook daar zal Al-Quadar voor boeten.

Als het litteken op mijn hoofd begint te bonzen, raak ik het onwillekeurig met mijn linkerhand aan. Ik heb nog steeds vlagen van hoofdpijn, maar afgezien daarvan ben ik zo goed als de oude. Aangezien ik een groot deel van de afgelopen vier maanden als kasplantje heb doorgebracht, ben ik daar behoorlijk blij mee.

'Gaat het wel?' Nora kijkt bezorgd en reikt naar het

gebied boven mijn linkeroor. Haar slanke vingers beroeren de huid voorzichtig. 'Doet het nog steeds pijn?'

Ik geniet van haar aanraking. Dit is wat ik van haar wil: haar bezorgdheid, haar liefde, ook al heb ik haar ontvoerd - ook al zou ze me logisch gezien moeten haten.

Ik koester namelijk geen enkele illusie omtrent mezelf. Op het nieuws zie je mannen zoals ik voorbijkomen: mannen aan wie iedereen een hekel heeft, voor wie iedereen bang is. Ik heb een jonge vrouw ontvoerd omdat ik haar gewoon wilde hebben.

Ik nam haar mee en maakte haar de mijne.

Er is geen excuus voor mijn daden. Schuldig voel ik me ook niet. Ik wilde Nora en nu is ze hier, me aankijkend of ik de belangrijkste persoon in haar bestaan ben.

En dat ben ik ook. Ik ben precies wat ze nodig heeft... Waar ze naar verlangt. Ik zal haar alles geven - en in ruil daarvoor wil ik alles van haar. Haar lichaam, haar geest, haar toewijding - ik wil het allemaal. Ik wil haar pijn en haar genot, haar angst en haar plezier.

Ik wil haar hele leven zijn.

'Nee, niets aan de hand,' zeg ik als reactie op haar eerdere vraag. 'Het is zo goed als genezen.'

Als ze haar vingers terugtrekt, pak ik haar hand, want ik wil mezelf het genoegen van haar aanraking nog niet ontzeggen. Haar hand is slank, haar huid zacht en warm. In een reflex probeert ze haar hand terug te trekken, maar dat sta ik niet toe. In plaats daarvan verstevig ik mijn greep. Qua kracht is ze niet tegen me opgewassen; ze komt pas los als ik dat wil.

Maar ze wil niet dat ik haar loslaat. Ik voel dat haar opwinding toeneemt en mijn lichaam reageert meteen met een duistere honger die in me oprijst. Over de tafel reikend maak ik haar veiligheidsgordel los.

Dan sta ik op, haar hand nog steeds in de mijne, en leid haar naar de slaapkamer achterin het vliegtuig.

Ze zwijgt als we de slaapkamer in lopen en ik de deur achter ons sluit. De ruimte is niet geluidsdicht, maar Isabella en Lucas bevinden zich voorin het vliegtuig waardoor we toch wat privacy hebben. Normaliter maakt het me niet uit of iemand me ziet of hoort tijdens seks, maar wat ik met Nora doe, is iets anders. Ze is van mij en ik wil haar niet delen, op welke manier dan ook.

Ik laat haar hand los en maak het mezelf gemakkelijk op het bed. Hoewel ik er ontspannen uit moet zien, voel ik me niet zo als ik haar in me opneem.

Het verlangen om haar te bezitten is hevig en overweldigend. Het is een obsessie, een die verder gaat dan gewone lust, hoewel mijn lichaam in vuur en vlam staat. Ik wil haar niet gewoon neuken; ik wil mezelf in haar kerven en haar van binnenuit brandmerken zodat ze nooit meer aan een andere man zal toebehoren. Ze is alleen van mij.

Ik wil haar bezitten op iedere manier die maar mogelijk is.

'Doe je kleren uit,' beveel ik haar als ik haar blik vang. Mijn penis is zo stijf dat het lijkt of het maanden in plaats van uren geleden is dat ik haar heb genomen. Het kost me alle zelfbeheersing die ik heb om haar niet de kleren van het lijf te scheuren, over het bed heen te leggen en haar vol te pompen tot de ontlading volgt.

Maar ik beheers me. Ik ben niet uit op een vluggertje. Ik heb andere plannen.

Daarom haal ik diep adem en blijf ik stil zitten als ze zich langzaam begint uit te kleden. Haar rode wangen en snelle ademhaling zeggen me dat ze opgewonden is en dat haar natte, gladde kutje klaar voor me is. En toch bespeur ik een aarzeling in haar handelingen, lees ik terughoudendheid in haar blik. Een deel van haar vreest me nog altijd, omdat ze weet waartoe ik in staat ben.

Haar angst is gegrond. Iets in mij geniet van de pijn van anderen, wil die ander pijn doen.

Het wil háár pijn doen.

Ze trekt eerst de fleecetrui uit, waar een zwart topje onder blijkt te zitten. De roze bandjes van haar beha zijn zichtbaar en die onschuldige kleur windt me om de een of andere reden nog verder op. Dan gaat ook het topje uit. Tegen de tijd dat ze haar laarzen en spijkerbroek heeft uitgedaan, sta ik op knappen.

In haar roze setje is ze het meest verrukkelijke schepsel dat ik ooit heb aanschouwd. Haar kleine lichaam is fit en gespierd. De spieren in haar armen en benen zijn subtiel zichtbaar. Ondanks haar slanke bouw is ze volop vrouw, met een prachtig rond achterste en weliswaar kleine, maar goedgevormde borsten. Het lange haar dat over haar rug valt, geeft haar de aanblik van een mini Victoria's Secret-model. De enige smet is het kleine litteken rechtsonder op haar buik: een herinnering aan haar appendicitis.

Ik moet haar gewoon aanraken. 'Kom hier.' De woorden klinken hees. Mijn stijve duwt pijnlijk tegen de rits van mijn spijkerbroek.

Haar grote, donkere ogen zijn op mij gericht als ze aarzelend naar me toe komt. Ze lijkt onzeker, alsof ik haar elk moment zou kunnen bespringen.

Om precies dat te voorkomen, haal ik nog maar eens diep adem. Als ze bij me is, leun ik naar voren om haar bij haar middel te pakken en naar me toe te trekken, zodat ze tussen mijn benen komt te staan. Haar huid is koel en glad, haar taille zo smal dat mijn duimen elkaar bijna raken als ik mijn handen eromheen leg. Haar beschadigen of breken zou heel gemakkelijk zijn. En die kwetsbaarheid is bijna even opwindend als haar schoonheid.

Ik maak haar beha los om haar borsten te bevrijden.

De beha glijdt langs haar armen naar beneden. Mijn mond wordt droog en mijn hele lichaam spant zich. Hoewel ik haar al talloze keren naakt heb gezien, is het elke keer weer een openbaring. Haar borsten hebben dezelfde gouden tint als de rest van haar lichaam, met rozig bruine, kleine tepels. Ik kan er niet van afblijven, dus omsluit ik de zachte, ronde welvingen met mijn handen om erin te knijpen en ze te kneden. Haar tepels worden stijf als ik over haar gladde, zachte huid strijk. Als ik ze opzettelijk plaag met mijn duimen snakt ze naar adem, wat me nog verder opwindt.

Ik laat haar borsten los en haak mijn vingers onder de band van haar slipje. Het glijdt zo langs haar benen naar beneden en dan kan ik met een hand het gebied tussen haar benen omvatten. Mijn middelvinger vindt haar nauwe opening en als ik voel hoe nat ze daar is, springt mijn penis nogmaals op. Met mijn eeltige duim streel ik haar klit en ze snakt naar adem. Twee handen landen op mijn schouders, de nagels scherp en haast pijnlijk als ze me vastgrijpt.

Ik kan niet langer wachten. Ik wil in haar zijn. 'Ga op het bed zitten.' Mijn stem klinkt zwoel als ik mijn hand terugtrek. 'Ik wil je op je buik nemen.'

Ze klautert op het bed terwijl ik opsta en me begin uit te kleden.

Ik heb haar goed getraind. Tegen de tijd dat ik me uitgekleed heb, ligt ze op haar buik, met een kussen onder haar goedgevormde kontje. Haar armen zijn onder haar hoofd gevouwen en ze kijkt naar me. Haar blik is omfloerst door die lange wimpers, maar ik voel haar nerveuze verwachting. Ze verlangt naar me en vreest me tegelijk.

Het wakkert mijn lust aan, maar wekt tegelijkertijd een heel ander verlangen in me. Een duisterder, perverser verlangen. Vanuit mijn ene ooghoek zie ik mijn spijkerbroek op de vloer liggen, met een riem erin. Ik pak de riem, wind de gesp om mijn hand en loop terug naar het bed.

Nora heeft niet bewogen, maar de spanning is van haar lichaam af te lezen. Er vormt zich een klein glimlachje om mijn mond. *Wat een braaf meisje.* Ze weet dat het erger wordt als ze tegenstribbelt. Maar goed, ze weet inmiddels ook dat ik haar pijn zal verzachten met genot en dat ook zij hiervan zal genieten.

Ik blijf bij het bed staan en laat mijn vrije hand over haar ruggengraat glijden. Haar rilling versterkt mijn duistere opwinding. Deze diepe, verwrongen band tussen ons is wat ik wil, wat ik nodig heb. Ik wil haar angst, haar pijn in me opnemen. Ik wil haar horen schreeuwen, ik wil haar voelen spartelen - en haar in mijn armen zien verslappen als ik haar orgasme na orgasme bezorg.

Op de een of andere manier maakt dit kleine meisje het monster in mij wakker. Ze laat me vergeten dat ik een geweten heb. Alleen haar heb ik gedwongen de mijne gemaakt, alleen haar heb ik zo begeerd... op zo'n verkeerde manier. Dat ze hier zo ligt, volledig aan me overgeleverd, is meer dan bedwelmend. Het is de sterkste drug die ik ooit gekend heb. Nog nooit heb ik zoiets gevoeld voor een ander mens. De wetenschap dat ze van mij is, dat ik met haar kan doen wat ik wil, geeft me een ongekende high. Met al die andere vrouwen was het een spel dat we speelden, een geval van wederzijdse zelfbevrediging. Maar met Nora is het anders. Met haar is het méér.

'Prachtig,' prevel ik als ik over de zachte huid van

haar achterste en dijen strijk. Straks zullen er verkleuringen op staan, maar nu geniet ik van die effenheid. 'Zo ontzettend mooi...' Ik leun voorover en druk een zachte kus onderaan haar ruggengraat om zowel haar geur op te snuiven als de spanning te verhogen. Ze rilt opnieuw en ik glimlach als een stoot adrenaline door me heen raast.

Dan stap ik achteruit en zwaai ik de riem naar voren.

Ik zet er weinig kracht achter, maar ze schrikt op als de riem de zachte welvingen van haar achterste raakt. Zachtjes kreunt ze. Ze beweegt niet, probeert niet weg te komen; haar kleine vuisten grijpen de lakens en ze knijpt haar ogen stijf dicht. Nog een slag, harder ditmaal, en dan nogmaals en nogmaals, tot mijn bewegingen een hypnotiserend, tranceachtig ritme aannemen. Bij iedere slag zak ik dieper weg in de duisternis. Mijn wereld versmalt zich tot ik alleen haar nog zie, hoor en voel. De rode markeringen op haar zachte huid, de gepijnigde kreunen en snikken die ze uitbrengt, de manier waarop haar lichaam rilt bij iedere slag - ik neem het in me op, laat het mijn verslaving voeden, de wanhopige honger die aan mijn ingewanden knaagt, verzachten.

De tijd vervaagt en vertraagt. Ik heb geen idee of ik minuten of uren bezig ben. Maar wanneer ik ophoud, ligt ze doodstil en zijn haar billen bedekt met roze zwellingen. Haar betraande gezicht draagt een verwarde, bijna verrukte uitdrukking, hoewel haar slanke lichaam trilt en huivert.

Ik laat de riem vallen en neem haar op het bed op schoot. Mijn hart bonst en mijn hoofd is wazig van de enorme high die ik zojuist doorgemaakt heb. Met haar gezicht tegen mijn schouder begint ze huilen, terwijl nog een rilling door haar heen gaat. Ik streel haar over haar haren, zacht en troostend, als zij even hard neerkomt na haar door endorfine geïnduceerde high als ik na de mijne.

Op dit moment heb ik dit nodig: haar in mijn armen houden en troosten. Ik wil haar alles zijn: haar beschermer en martelaar, haar genot en haar verdriet. Ik wil haar fysiek en emotioneel aan me binden, mezelf inbranden in haar ziel en geest - dan zal ze me nooit willen verlaten.

Als haar snikken bedaren, komt mijn seksuele honger weer tot leven. Mijn troostende strelingen worden doelgerichter, mijn handen gaan over haar lichaam om het te verleiden in plaats van te kalmeren. Met mijn rechterhand voel ik tussen haar benen en duw ik tegen haar klit. Tegelijkertijd grijp ik haar haren en dwing haar me aan te kijken. Ze kijkt nog steeds verdwaasd. Haar halfgeopende mond lokt me en ik buig voorover om haar lang en diep te kussen. Met een kreun grijpt ze mijn schouders. Lust vlamt op tussen ons. Mijn ballen worden hard en mijn penis snakt naar haar zachte, warme kutje.

Ik sta op, met haar in mijn armen, en leg haar op het bed. Als ze ineenkrimpt, besef ik dat de lakens haar striemen pijn doen. 'Draai je om, schatje,' fluister ik. Nu wil ik alleen nog dat ze geniet. Ze rolt zich gehoorzaam op haar buik, in dezelfde houding als daarstraks, maar ik trek haar omhoog tot ze op ellebogen en knieën zit.

Zo, op haar knieën met haar kontje omhoog en haar rug licht gebogen, is ze het geilste wezen ooit. Ik kan alles zien: haar delicate kutje, het kleine holletje van haar anus en de verrukkelijke welvingen van haar billen, roze gekleurd door de striemen. Mijn penis klopt mee op het ritme van mijn bonzende hart als ik haar heupen grijp en langzaam bij haar binnendring.

Haar hete, natte kutje omhult me met strakke, gladde perfectie. Ze kreunt en kromt haar rug naar me toe. Het is een uitnodiging om haar dieper te nemen en daar geef ik maar al te graag gehoor aan. Ik trek me terug en stoot diep in haar. Ze kreunt het uit en ik doe het nogmaals. Mijn hele lichaam zingt van genot als ik voel hoe strak ze mijn erectie omsluit. Hete golven genot slaan door me heen en ik stoot wild in haar, me nauwelijks bewust van het feit dat mijn vingers diep in haar heupen steken. Ze kreunt en schreeuwt steeds harder - en dan voel ik dat ze klaarkomt. Haar spieren omklemmen en melken me tot ook ik het niet meer houd. Mijn orgasme is zo hevig dat de wereld vervaagt terwijl ik haar vol spuit met mijn zaad.

Hijgend laat ik me op mijn zij vallen, haar met me mee trekkend. Mijn hart bonst. Onze huid glanst van het zweet, waardoor we aan elkaar plakken. Ze hijgt en ik voel haar kutje me nog eenmaal omklemmen als een laatste golf van genot door haar heen trekt.

We blijven samen zo liggen tot we weer op adem komen. Ik houd haar tegen me aan. De zachte ronding van haar achterste duwt tegen mijn kruis en ik merk dat een gevoel van tevredenheid en rust over me neerdaalt. Zo is het altijd met haar. Ze brengt mijn demonen tot rust en geeft me het gevoel dat ik bijna normaal ben. Bijna gelukkig, zelfs. Ik kan het niet verklaren of begrijpen, het is gewoon zo. Daarom is mijn verlangen naar haar zo hevig en zo alomvattend.

Zo ongelofelijk verwrongen.

'Zeg me dat je van me houdt.' Ik strijk over haar dij. 'Zeg me dat je me gemist hebt, schatje.'

Ze draait zich om in mijn armen. Haar donkere ogen staan ernstig als ze me aankijkt. 'Ik houd van je, Julian,' zegt ze zacht. Haar kleine hand sluit zich om mijn kaak. 'Ik heb je meer gemist dan wie of wat dan ook. Dat weet je toch?'

Dat klopt, maar toch heb ik dit nodig. De laatste maanden is haar emotionele afhankelijkheid even belangrijk voor me geworden als de fysieke bevrediging. Best amusant, dit vreemde trekje van me. Ik wil dat mijn kleine gevangene om me geeft, van me houdt. Ik wil meer zijn dan alleen het monster uit haar nachtmerries.

Terwijl ik haar dichter tegen me aan trek, sluit ik mijn ogen en ontspan.

Over een paar uur zal ze in iedere betekenis van het woord de mijne zijn.

 ora

Ik moet in Julians armen in slaap gevallen zijn, want ik word wakker als het vliegtuig begint te dalen. Ik neem de onbekende omgeving in me op en dan dringen de vele pijntjes in mijn lichaam tot me door.

Gek genoeg was ik vergeten hoe het was met Julian - hoe verwoestend en tegelijkertijd bevrijdend die achtbaan van pijn en uitzinnigheid kan zijn. Ik voel me zowel leeg als opgetogen, uitgeput en tegelijkertijd verkwikt door die maalstroom aan emoties.

Als ik voorzichtig ga zitten, strijkt mijn pijnlijke achterste over de lakens en ik krimp ineen. Dit was een heftige afstraffing; het zou me niet verbazen als deze blauwe plekken er nog een tijdje zitten. Ik werp een blik om me heen en zie een deur die waarschijnlijk naar een toilet leidt. Julian is er niet, dus ik sta op en loop erheen om me op te frissen.

Verrassend genoeg is er niet alleen een toilet, maar ook een echte wastafel en zelfs een kleine douche. Al die voorzieningen laten Julians privévliegtuig meer op een hotel lijken dan ik me ooit bij een vliegtuig heb voorgesteld. Er liggen zelfs een plastic gehulde tandenborstel, een tube tandpasta en een flesje mondwater in een kastje aan de muur. Ik gebruik ze alle drie tijdens een korte douche. Naderhand voel ik me een stuk beter en ik stap de slaapkamer weer in om me aan te kleden.

Als ik daarna de cabine in loop, zit Julian op de bank, een geopende laptop op het tafeltje voor hem. Hij heeft zijn mouwen opgestroopt, waardoor zijn gebruinde, sterke onderarmen zichtbaar zijn, en op zijn gezicht is een geconcentreerde frons te zien. Hij kijkt ernstig - en hij ziet er zo mooi uit dat mijn adem even in mijn keel lijkt te stokken.

Alsof hij mijn aanwezigheid gevoeld heeft, kijkt hij op. 'Hoe voel je je, poesje van me?' vraagt hij op een zachte, intieme toon. Ik voel een hete blos over mijn hele lichaam trekken.

'Prima.' Ik weet niet wat ik nog meer moet zeggen. *Mijn achterste doet zeer van de zweepslagen, maar dat vind ik niet erg omdat je me geleerd hebt dat lekker te vinden?* Ja, klinkt goed.

Een lome glimlach speelt om zijn lippen. 'Mooi. Daar ben ik blij om. Ik wilde je net wakker maken. We gaan zo landen, dus het is tijd om te gaan zitten en je riem vast te maken.'

'Oké.' Ik doe wat hij voorstelt en probeer de pijn van simpelweg gaan zitten te negeren. De komende dagen heb ik echt nog blauwe plekken op mijn achterste.

Eenmaal ingesnoerd kijk ik naar buiten, nieuwsgierig naar onze bestemming. Het vliegtuig breekt door een wolk heen en onder me zie ik een grote stad met bergen eromheen. 'Welke stad is dat?'

'Bogotá,' antwoordt hij terwijl hij zijn laptop dichtdoet. Hij komt naast me zitten. 'We maken er een tussenstop van een paar uur.'

'Heb je er zaken af te handelen?'

'Zoiets.' Hij kijkt licht geamuseerd. 'Ik wil graag iets doen voor we doorvliegen naar het landgoed.'

'Wat dan?' vraag ik angstvallig. Een geamuseerde Julian is zelden een goed teken.

'Dat zie je straks wel.' Hij opent de laptop weer en gaat verder met wat hij aan het doen was.

EEN ZWARTE AUTO DIE STERK LIJKT OP DE AUTO DIE ONS naar het vliegveld bracht in Chicago staat ons op te wachten als we in Bogotá uit het vliegtuig stappen. Lucas is opnieuw onze chauffeur en Julian blijft bezig op zijn laptop, ogenschijnlijk compleet in beslag genomen door zijn werk.

Maar dat vind ik niet erg. Ik heb het veel te druk met naar de volle straten kijken. Bogotá heeft een 'Oude Wereld'-sfeer die me fascineert. Overal zijn tekenen van Spaans erfgoed te zien, gemengd met een unieke Latino-stijl. Ik krijg prompt trek in *apreas*, de maïscakejes die ik altijd bij een Colombiaanse foodtruck in Chicago haalde.

'Waar gaan we heen?' De auto stopt voor een statige oude kerk in een chique-uitziende buurt. Ik had mijn ontvoerder niet echt ingeschat als een kerkelijk type.

Maar hij zegt niets; in plaats daarvan stapt hij uit en reikt me vervolgens de hand. 'Kom mee, Nora,' zegt hij. 'We hebben weinig tijd.'

Tijd waarvoor? Ik wil vragen stellen, meer te weten komen, maar dat heeft toch geen zin. Hij vertelt het pas als hij dat wil. Ik leg mijn hand in Julians brede handpalm en laat me richting de kerk leiden. Misschien heeft hij hier een afspraak met een van zijn zakenpartners – al heb ik dan geen idee waarom hij mij erbij wil hebben.

Via een kleine deur aan de zijkant komen we in een kleine, prachtig aangeklede ruimte terecht. Ouderwetse houten banken staan langs de wanden en aan de muur richting de kerk bevindt zich een kansel met een intrinsiek gesneden kruis.

Om de een of andere reden word ik er nerveus van. Een absurde, onmogelijke gedachte komt in me op, waar ik abrupt zweterige handen van krijg. 'Eh, Julian...' Als ik hem aankijk, staat hij me met een vreemde glimlach op te nemen. 'Wat doen we hier?'

'Kun je dat nog niet raden, poesje van me?' zegt hij zacht. 'We zijn hier om te trouwen.'

Even kan ik hem alleen maar verbijsterd aankijken; dan ontsnapt me een beverig lachje. 'Je maakt een grap, toch?'

Hij trekt zijn wenkbrauwen op. 'Een grap? Zeker niet.' Hij pakt mijn linkerhand en schuift iets aan mijn ringvinger.

Met bonzend hart kijk ik ernaar. De ring ziet eruit als de ring van een Hollywoodster: een dunne, met diamanten bedekte band met een grote, rond geslepen, schitterende diamant in het midden. Hij is zowel opzichtig als delicaat en past perfect, alsof hij speciaal voor mij gemaakt is.

Als er zwarte vlekken voor mijn ogen verschijnen en de ruimte begint te draaien, besef ik dat ik van de schrik mijn adem letterlijk heb ingehouden. Ik snak naar adem. Mijn lichaam begint te beven als ik naar Julian kijk. 'Je wilt met me trouwen?' Het komt eruit als een fluistering – een vol afschuw.

'Natuurlijk.' Hij knijpt zijn ogen samen. 'Waarom zou ik je anders hierheen gebracht hebben?'

Daar heb ik geen antwoord op; ik kan hem alleen maar aanstaren. Volgens mij ben ik aan het hyperventileren.

Trouwen. Een huwelijk met Julian.

Het klikt gewoon niet. Trouwen en Julian zijn zo mijlenver van elkaar verwijderd voor mij dat er een aardlengte tussen zou kunnen zitten. Als ik aan het huwelijk denk, is dat een beeld van een plezierige, zij het verre toekomst, met een liefhebbende echtgenoot en twee luidruchtige kinderen, een hond en een huis in een buitenwijk, met voetbalwedstrijden en schoolpicknicks. In dat beeld zie ik geen moordenaar met een beeldschoon gezicht, geen schitterend monster dat me het laat uitschreeuwen in zijn armen.

'Ik kan niet met je trouwen.' Ik flap het eruit voor ik mezelf kan tegenhouden. 'Het spijt me, Julian, maar ik kan het niet.'

Zijn gezicht betrekt. Razendsnel slaat hij een arm om mijn middel en trekt me tegen zich aan. De andere hand grijpt mijn kaak vast. 'Je zei dat je van me houdt.' Zijn stem is zacht en beheerst, maar ik hoor zijn woede erin doorklinken. 'Was dat een leugen?'

'Nee.' Bevend beantwoord ik Julians blik, terwijl ik me vruchteloos probeer af te zetten tegen zijn krachtige borstkas. Het gewicht van die ring aan mijn vinger maakt mijn paniek nog heviger. Ik weet niet hoe ik het hem moet uitleggen; ik kan het zelf niets eens verklaren. Ik wil bij Julian zijn. Ik kan niet zonder hem, maar een huwelijk is iets van een heel andere orde, iets dat niet bij onze verwrongen relatie hoort. 'Ik houd echt van je. Dat weet je...'

'Waarom wijs je mijn aanzoek dan af?' Zijn ogen glimmen woedend en zijn vingers branden in mijn huid.

Tranen schieten in mijn ogen. Hoe moet ik hem mijn terughoudendheid uitleggen? Hoe kan ik hem vertellen dat ik hem niet voor me zie als mijn echtgenoot? Hij is een deel van mijn leven dat ik me nooit had voorgesteld, nooit heb gewild, en als ik met hem trouw, ben ik die vage, verre droom van een normale toekomst voor altijd kwijt. 'Waaróm wil je met me trouwen?' vraag ik wanhopig. 'Waarom wil je iets dat zo traditioneel is? Ik ben al de jouwe...'

'Dat klopt.' Hij leunt naar me toe tot onze gezichten slechts een paar centimeter van elkaar verwijderd zijn. 'En ik wil dat juridisch vastgelegd hebben. Jij wordt mijn vrouw en niemand zal me je nog afnemen.'

Ik staar Julian aan tot ik het begin te begrijpen, hoewel ik het benauwd krijg bij de gedachte. Hier is niets liefs of romantisch aan. Hij doet dit niet omdat hij van me houdt en een gezinnetje wil. Zo is Julian niet. Een huwelijk maakt mij zijn legale eigendom, zo simpel is het. Het is een andere vorm van bezit, een permanente... en dat idee vervult me ondanks alles met afschuw.

'Het spijt me,' zeg ik kalm als ik mijn moed bij elkaar heb geraapt. 'Ik ben niet klaar voor deze stap. Kunnen we het in de toekomst niet een keer bespreken?'

Zijn blauwe ogen zijn nu flintertjes van ijs. Hij laat me los en zet een stap achteruit. 'Goed.' Zijn stem is even kil als zijn blik. 'Als je het zo wilt spelen, poesje van me, dan doen we het op jouw manier.'

Hij pakt zijn telefoon uit zijn zak en begint erop te tikken.

Prompt word ik misselijk. 'Wat ga je doen?' Hij geeft geen antwoord en ik vraag het nogmaals, terwijl ik probeer mijn paniek niet in mijn stem te laten doorklinken. 'Julian, wat ga je doen?'

'Iets wat ik lang geleden al had moeten doen,' zegt hij uiteindelijk. Hij blijft me aankijken terwijl hij de telefoon in zijn zak laat glijden. 'Je droomt nog steeds van hem, hè? Die knul die je ooit wilde?'

Mijn hart slaat over. 'Wat? Nee, helemaal niet. Julian, ik beloof je dat Jake hier niets mee te maken heeft...'

Hij wuift mijn woorden met een kort gebaar weg. 'Ik had hem al lang geleden uit je leven moeten verwijderen, maar dan moet ik dat nu maar rechtzetten. Misschien kun je dan accepteren dat je nu bij mij hoort en niet bij hem.'

'Ik hoor bij jou.' Ik heb geen idee wat ik moet zeggen om Julian tegen te houden. Als ik zijn handen pak, voelt zijn warme huid verzengend aan tegen mijn ijskoude vingers. 'Luister naar me. Ik houd van jou, alleen van jou... Hij betekent niets voor me, al heel lang niet meer!'

'Mooi.' Zijn uitdrukking verzacht zich niet, maar hij wikkelt wel zijn vingers om de mijne. 'Dan zou het je ook niet uit moeten maken wat er met hem gebeurt.'

'Nee, zo werkt dat niet. Ik geef om hem omdat hij een mens is, een onschuldige bijstander, maar dat is de enige reden.' Ik sta nu zo hevig te beven dat mijn tanden ervan klapperen. 'Hij verdient het niet gestraft te worden voor mijn zonden...'

'Het maakt me niet uit wat hij verdient.' Julians stem is kort en fel als een zweepslag. Intussen trekt hij me naar zich toe. 'Ik wil hem niet meer in je hoofd of in je leven, begrepen?'

Mijn ogen branden en mijn zicht wordt wazig van de onvergoten tranen. Ik leef in een waas van paniek en kan nog maar één ding bedenken om dit tegen te houden, slechts één manier om Jakes dood te voorkomen.

'Oké,' fluister ik verslagen, terwijl ik naar het monster kijk waar ik voor gevallen ben. 'Ik doe het. Ik zal met je trouwen.'

HET UUR DAT VOLGT, GAAT ALS IN EEN DROOM VOORBIJ. Nadat hij zijn handlangers heeft teruggeroepen, stelt Julian me voor aan een gerimpelde oude man die het gewaad van een katholieke priester draagt. De man spreekt geen woord Engels, maar ik knik en doe of ik het begrijp als hij in rap Spaans tegen me aan begint te babbelen. Tot mijn schande ken ik alleen een beetje Spaans van de lessen die ik op school kreeg. Mijn ouders hebben altijd Engels gesproken en ik heb nooit genoeg tijd met mijn *abuela* doorgebracht om meer dan een paar simpele zinnen te leren.

Als de priester uitgesproken is, leidt Julian me naar een andere ruimte - een klein kantoor met een bureau en twee stoelen. Als we binnenstappen, komen aan de andere kant twee jonge vrouwen binnenlopen. De ene draagt een lange witte jurk, de andere schoenen en accessoires. Ze zijn vrolijk en enthousiast en praten tegen me in een mengeling van Spaans en Engels terwijl ze zich op mijn haar storten. Ik doe mijn best even opgewekt te antwoorden, maar ik weet dat mijn reacties houterig en kortaf zijn. De angst die zich in mijn borst samenbalt, zorgt ervoor dat ik me niet kan gedragen als de enthousiaste jonge bruid die ze verwachten. Julian merkt mijn gebrek aan enthousiasme op en werpt me een donkere blik toe voor hij verdwijnt en de vrouwen hun gang laat gaan.

Tegen de tijd dat ze klaar zijn met me ben ik zowel fysiek als mentaal uitgeput. Hoewel Chicago en Bogotá zich in dezelfde tijdzone bevinden, heb ik het gevoel dat ik een enorme jetlag heb. De knagende angst in mijn maag is vervangen door een vreemde gevoelloosheid.

Het is waar. Het gebeurt echt. Ik ga met Julian trouwen.

Maar de paniek die me eerder nog zo hevig in zijn greep had, is verdwenen. Ik voel alleen nog een soort lusteloze gelatenheid. Wat had ik dan verwacht van een man die me vijftien maanden lang gevangen heeft gehouden? Een redelijke discussie of we op dit punt in onze relatie wel of geen huwelijk zouden moeten overwegen? Mentaal moet ik daarom lachen. *Ja, vast.* Achteraf gezien is het duidelijk dat ik in die vier maanden dat ik hem niet gezien heb de herinnering aan die eerste, doodenge weken op het eiland verdrongen heb - dat ik mijn ontvoerder schaamteloos heb geromantiseerd. Ik was gaan geloven dat het anders zou kunnen zijn; dat ik invloed zou hebben op mijn leven.

'Helemaal klaar.' De vrouw die met mijn haar bezig was, schenkt me een stralende glimlach. 'Prachtig, *señorita*, heel erg mooi. Nu de jurk en dan maken we u op.'

Ze reiken me zijden ondergoed aan dat bij de jurk past en keren me dan de rug toe voor wat privacy. Ik heb geen zin om tijd te rekken, dus kleed ik me snel om en hijs mezelf in de jurk - die net als de ring perfect blijkt te passen.

Nu nog mijn make-up en mijn accessoires; daar weten de twee vrouwen wel raad mee. Tien minuten later ben ik klaar voor mijn bruiloft.

'Kom kijken,' zegt een van de vrouwen terwijl ze me naar een hoek van de ruimte leidt. Er hangt een grote spiegel die ik nog niet gezien had. Verbluft staar ik naar mijn spiegelbeeld, dat ik nauwelijks herken.

Het meisje in de spiegel ziet er mooi en elegant uit, met stijlvol opgestoken haren en smaakvolle, gepaste make-up. De nauwsluitende jurk past perfect bij haar slanke lichaam en het hartvormige lijfje benadrukt de elegante lijnen van haar hals en schouders. Diamanten oorbellen in druppelvorm sieren haar oren en een bijpassende ketting glinstert om haar hals. Ze is de perfecte bruid... als je de droefheid in haar ogen negeert.

Wat zouden mijn ouders trots op me zijn.

Ineens komt die gedachte bij me op. Ineens realiseer ik me dat ik op het punt sta te gaan trouwen zonder dat mijn familie erbij is, zonder dat mijn ouders hun enige kind op deze bijzondere dag kunnen zien. Een vage pijn verspreidt zich door mijn borststreek. Ik zal nooit gaan winkelen voor een trouwjurk met mijn moeder, of taart gaan proeven met mijn vader.

Er komt geen vrijgezellenfeest met mijn vriendinnen in een mannenstripclub.

Als ik me voorstel hoe Julian op dat laatste zou reageren, schiet ik ondanks alles in de lach. Die arme strippers zouden de club in lijkenzakken verlaten als ik het zou wagen bij ze in de buurt te komen.

Een klop op de deur onderbreekt mijn haast hysterische gedachtegang. De vrouwen doen snel open en ik kan horen dat Julian met ze praat. Dan zwaaien ze me gedag en gaan de deur uit.

Zodra ze weg zijn, stapt Julian de ruimte binnen.

Ondanks alles gaap ik hem aan. Hij draagt een zwarte smoking die als gegoten om zijn indrukwekkende, krachtige lichaam sluit. Mijn aanstaande echtgenoot is ronduit adembenemend. Ik herinner me ineens onze vrijpartij in het vliegtuig. Tussen mijn benen wordt het nat, maar mijn achterste begint te branden. Hij staat mij ook op te nemen, zijn blik verhit en bezitterig als hij hem over mijn lichaam laat glijden.

'Brengt het geen ongeluk als de bruidegom de bruid voor de ceremonie ziet?' Ik breng het zo sarcastisch mogelijk en negeer de erotische gevoelens die hij bij me oproept. Ik haat hem op dit moment bijna even sterk als dat ik van hem houd. Het feit dat een deel van mij hem wil bespringen, maakt me woedend. Uiteraard zou ik er inmiddels aan gewend moeten zijn, maar mijn brein en lichaam zijn het gewoon niet eens als hij in de buurt is.

Een klein glimlachje speelt om zijn sensuele mond. 'Het geeft niet, poesje van me. Wij zijn zulke zorgen wel voorbij, dunkt me. Ben je klaar?'

Ik knik en loop naar hem toe. Uitstel is geen optie; we gaan vandaag trouwen, hoe dan ook. Julian biedt me zijn arm aan en ik leg mijn hand in de holte van zijn elleboog, waarna hij met me terugloopt naar de ruimte met de kansel.

De priester staat al op ons te wachten, net als Lucas - en een camera op een statief.

Ik blijf verrast staan. 'Is die voor de trouwfoto's?'

'Natuurlijk.' Julians ogen glimmen. 'Goede herinneringen en zo.'

Ja, ja. Ik heb geen idee waarom Julian dit allemaal geregeld heeft: de jurk, de smoking, de kerk. Het is zo verwarrend. Dit is geen liefdesverbintenis. Hij wil me aan hem binden om zijn eigendom veilig te stellen. Al die aankleding is betekenisloos, vooral omdat Lucas de enige is die erbij is.

Opnieuw gaat er een pijnscheut door me heen bij die gedachte. 'Julian,' zeg ik zacht, 'mag ik nu mijn ouders bellen? Ik wil ze graag hierover vertellen. Ik wil ze laten weten dat ik ga trouwen.' Eigenlijk verwacht ik dat hij mijn verzoek zal afwijzen, maar ik móét het vragen.

Tot mijn verrassing glimlacht hij naar me. 'Als jij dat

wilt, poesje van me. En nadat je ze gesproken hebt, kunnen ze via een livestream de ceremonie bekijken. Dat kan Lucas voor ons regelen.'

Verbijsterd staar ik hem aan. Hij wil dat mijn ouders de bruiloft zien? Hem zien, de man die hun dochter ontvoerd heeft? Heel even heb ik het gevoel dat ik in een andere werkelijkheid beland ben, maar dan besef ik hoe briljant zijn plan eigenlijk is.

'Je wilt dat ik je aan ze voorstel, hè?' De vraag komt als een fluistering over mijn lippen. 'Je wilt dat ik ze vertel dat ik vrijwillig met je ben meegegaan. We moeten ze laten zien hoe gelukkig we samen zijn. Dan hoef je je niet langer zorgen te maken of ze de autoriteiten weer achter je aansturen. Ik word gewoon een meisje dat voor een rijke, knappe man viel en er met hem vandoor ging. De foto's, die film... Het is een toneelstuk.'

Zijn glimlach verdiept zich. 'Hoe je je gedraagt of wat je tegen ze zegt, is jouw keuze, poesje,' zegt hij gladjes. 'Ze kunnen een feestelijke gebeurtenis bijwonen of hun ontvoerde dochter naar het altaar gedwongen zien worden. Het is aan jou. Kies maar.'

Julian

Haar donkere ogen staren me verbluft aan, maar ik weet al wat ze gaat kiezen. Voor haar ouders zal ze de gelukkigste bruid ter wereld uithangen en de beste rol van haar leven spelen.

Ik voel een vlaag woede en nog iets anders - iets dat ik niet nader wil onderzoeken - bij die gedachte. Rationeel gezien begrijp ik haar aarzeling. Ik weet wie ik ben en wat ik haar heb aangedaan. Een slimme vrouw zou zo hard mogelijk wegrennen en Nora is slimmer en opmerkzamer dan de meeste vrouwen.

En ze is nog jong. Dat vergeet ik soms. In het comfortabele wereldje van kleinburgerlijk Amerika trouwt men meestal niet op haar leeftijd. Ze zou nog helemaal niet aan een huwelijk gedacht kunnen hebben, aangezien ze nog op de middelbare school zat toen ik haar leerde kennen.

Rationeel gezien begrijp ik dat allemaal... maar ratio heeft niets te smaken met de wilde emoties die door me heen kolken. Ik wil haar vastbinden, martelen en neuken tot ze beurs is en me om genade smeekt - tot ze toegeeft dat ze van mij is en ze verdomme niet zonder me kan leven.

Maar dat doe ik niet. Ik glimlach koeltjes en wacht op haar besluit.

Dan geeft ze een kort knikje. 'Goed.' Het is nauwelijks verstaanbaar. 'Ik doe het. Ik ga ze alles vertellen over onze liefdesverbintenis.'

Ik weet mijn tevredenheid te verbergen en zeg slechts: 'Zoals je wilt, poesje van me. Ik zal Lucas een verbinding laten opstellen.'

Dan loop ik naar Lucas toe om de logistiek te bespreken en laat haar daar staan.

Ik vraag *padre* Diaz de ceremonie over een uur te beginnen en ga dan op een van de banken zitten, zodat Nora wat privacy heeft voor het gesprek met haar ouders. Uiteraard luister ik via een klein bluetoothapparaatje mee, maar dat hoeft zij niet te weten.

Ik maak het me gemakkelijk en bereid me voor op wat voor mij een vermakelijk gesprek gaat worden.

Haar moeder neemt op voor de telefoon een tweede keer over kan gaan.

'Hoi mam, met mij.' Nora's stem klinkt opgewekt en vol enthousiasme. Ik heb moeite een glimlach te onderdrukken; ze is hier nog beter in dan ik dacht.

'Nora, lieverd!' Gabriela Lestons stem is vol opluchting. 'Wat ben ik blij dat je belt. Ik heb je vandaag al vijf keer geprobeerd te bereiken, maar de telefoon ging steeds naar voicemail. Ik wilde naar je toe gaan... O, welk nummer is dit, waarmee je belt?'

'Mam, probeer kalm te blijven, maar ik ben niet thuis, goed?' Nora's toon is geruststellend, maar toch krimp ik vanbinnen ineen. Ik weet niet veel van normale ouders, maar ik denk dat de woorden 'probeer kalm te blijven' er normaliter voor zorgen dat het tegenovergestelde het geval is.

'Hoe bedoel je?' Er klinkt nu een scherp randje door in haar moeders stem. 'Waar ben je?'

Nora schraapt even haar keel. 'Ik ben in Colombia.'

'Wat?' De oorverdovende uitroep doet pijn aan mijn oren. 'Hoe bedoel je, in Colombia?'

'Mam, je begrijpt het verkeerd, het is geweldig...' En Nora begint aan een lange verklaring dat we verliefd waren geworden op het eiland, dat ze zo verdrietig was toen ze dacht dat ik dood was en dat het geweldig is dat ik nog blijk te leven.

Maar als ze uitgepraat is, klinkt er alleen stilte op de lijn. 'Bedoel je dat je nu bij hem bent?' De stem van haar moeder klinkt hees en afgemeten. 'Dat hij je is komen halen?'

'Ja, precies,' jubelt Nora. 'Snap je het niet, mam? Ik kon er niet met jullie over praten omdat het te zwaar voor me was toen ik dacht dat ik hem kwijt was. Maar nu zijn we weer samen en ik moet... Ik moet jullie iets geweldigs vertellen.'

'Wat dan?' Het is heel begrijpelijk dat haar moeder achterdochtig klinkt.

'We gaan trouwen!'

Opnieuw een lange stilte aan de andere kant van de lijn. 'Je gaat trouwen... met *hem*?'

Als Nora een hele verklaring lanceert waarom ik niet zo slecht ben als ze denken, moet ik opnieuw een glimlach onderdrukken. Ze doet haar uiterste best om haar moeder ervan te overtuigen dat haar ontvoering gewoon een ongelukkige samenloop van omstandigheden was en dat het nu heel anders is tussen ons. Ik weet niet of Gabriela Leston zich voor de gek laat houden - maar dat maakt ook niet uit. Opnames van dit gesprek worden verspreid onder verschillende sleutelfiguren bij zekere overheidsinstanties, om zo hun veren glad te strijken. Ik ben te waardevol voor ze om me echt iets te doen, maar het kan geen kwaad het spelletje mee te spelen. Het gaat erom wat ze denken - en Nora als mijn vrouw is een stuk beter voor ze te behappen dan Nora als mijn gevangene.

Ik had eerder met haar kunnen trouwen, maar ik wilde haar verborgen houden – voor haar veiligheid. Daarom ontvoerde ik haar en nam ik haar mee naar het eiland. Daar zou niemand iets over haar te weten komen; niemand zou weten hoe belangrijk ze voor me is. Maar nu dat bekend is geworden, wil ik juist de hele wereld laten weten dat ze van mij is en dat iedereen die aan haar komt ervoor zal boeten. Mijn vendetta tegen Al-Quadar begint langzaam bekend te worden in de onderwereld en ik heb ervoor gezorgd dat de geruchten nog vreselijker zijn dan de werkelijkheid.

Die geruchten zullen Nora's familie beschermen - evenals de beveiliging die ik op ze heb gezet. Ik denk niet dat iemand me zou willen raken door mijn schoonfamilie iets aan te doen, aangezien ik niet bepaald bekend sta als een familiemens, maar ik wil het risico zou klein mogelijk houden. Het laatste wat ik Nora aan wil doen, is haar laten rouwen om haar ouders terwijl ze het verlies van Beth nog niet heeft verwerkt.

Tegen de tijd dat Nora bijna uitgepraat is, begint padre Diaz ongeduldig te worden. Ik kijk hem waarschuwend aan en hij laat meteen alle tekenen van ergernis varen. Hij kent me al heel lang en weet wanneer hij voorzichtig moet zijn.

Als ik weer naar Nora kijk, gebaart ze naar me. Ik sta op en loop naar haar toe, onderweg mijn bluetoothapparaatje uitzettend. Als ik bij haar ben, hoor ik haar zeggen: 'Mam, laat me je aan hem voorstellen, goed? Ik vraag hem om de webcam aan te zetten, dan is het net alsof je ons persoonlijk spreekt... Ja, we hebben de verbinding zo opgezet.' Dan hangt ze op en kijkt me verwachtingsvol aan.

'Lucas.' Ik hoef mijn stem niet eens te verheffen. Hij

staat al naast me met een speciaal beveiligde laptop en zet hem zo neer dat de camera naar ons wijst. Een minuutje later is de verbinding gemaakt en verschijnt Gabriela Lestons gezicht op het scherm. Tony Leston, Nora's vader, staat achter haar. Twee paar donkere ogen worden ogenblikkelijk op mij gevestigd en ik word opgenomen met een mengeling van vijandigheid en nieuwsgierigheid.

'Pap, mam, dit is Julian,' zegt Nora zacht. Ik knik en schenk ze een klein glimlachje. Lucas loopt terug naar de andere kant van de ruimte, zodat we wat privacy hebben.

'Leuk jullie te ontmoeten.' Ik houd mijn stem met opzet koel en kalm. 'Nora heeft jullie vast alles al verteld. Ik bied mijn excuses aan voor de snelheid waarmee dit allemaal gebeurt, maar ik zou het heel fijn vinden als jullie deel zouden uitmaken van onze bruiloft. Het zou veel voor Nora betekenen als haar ouders erbij zouden zijn, zelfs van een afstandje.' Niets wat ik zeg zal de Lestons ervan overtuigen dat ik het juiste heb gedaan of dat ik een aardige vent ben, dus dat probeer ik niet eens. Nora is nu de mijne en daar hebben ze zich maar in te schikken.

Nora's vader doet zijn mond open om iets te zeggen, maar daar steekt zijn vrouw met een scherpe elleboog een stokje voor. 'Oké, Julian,' zegt ze langzaam. De ogen die me opnemen, lijken bizar veel op die van haar dochter. 'Je gaat dus met Nora trouwen. Mag ik vragen waar jullie daarna gaan wonen en of we haar ooit nog zullen zien?'

Ik glimlach naar haar. Nog zo'n slimme, intuïtieve vrouw. 'De eerste maanden blijven we waarschijnlijk hier, in Colombia,' zegt ik op een luchtige, vriendelijke toon. 'Ik moet bepaalde zaken afronden. Daarna zouden we graag op visite komen, of jullie bij ons laten langskomen.'

Gabriela knikt. 'Ik begrijp het.' Haar gezicht blijft strak staan, al is een korte vlaag van opluchting in haar ogen te lezen. 'En Nora's toekomstplannen? Hoe zit het met haar opleiding?'

'Ik zal ervoor zorgen dat ze een goede opleiding krijgt en de kans krijgt verder te groeien in haar schilderwerk.' Ik werp de Lestons een onbewogen blik toe. 'Uiteraard zullen jullie begrijpen dat geld niet langer een zorg is voor Nora. Voor jullie ook niet. Ik heb het financieel meer dan ruim en zorg voor de mijnen.'

Tony Leston knijpt woedend zijn ogen toe. 'Je kunt onze dochter niet kopen...' Maar opnieuw legt zijn vrouw hem het zwijgen op. Het is duidelijk dat Gabriela een beter beeld heeft van de realiteit van dit gesprek; het had evengoed niet plaats kunnen vinden.

Ik leun iets naar de camera toe. 'Tony, Gabriela,' zegt ik zacht, 'ik begrijp jullie bezorgdheid. Maar over een half uur is Nora mijn vrouw en mijn verantwoordelijkheid. Ik verzeker jullie dat ik voor haar zal zorgen en dat haar geluk voor mij de hoogste prioriteit heeft. Jullie hoeven je nergens zorgen om te maken.'

Dat Tony's kaak zich spant, is duidelijk, maar hij

zegt verder niets. Gabriela heeft nog wel iets te zeggen. 'We zouden het fijn vinden als we haar regelmatig kunnen spreken,' zegt ze kalm. 'Om te zien of ze nog net zo gelukkig is als ze vandaag lijkt te zijn.'

'Natuurlijk.' Die toezegging kan ik zo doen. 'De ceremonie begint over een paar minuten, dus we moeten even een betere verbinding regelen. Het was me een genoegen jullie te ontmoeten,' zeg ik beleefd. Dan doe ik de laptop dicht.

Als ik me omdraai, zie ik dat Nora me verbouwereerd opneemt. In haar witte jurk, met haar gekapte haren, is ze net een sprookjesprinses - wat mij de gemene draak maakt die haar kaapt, neem ik aan.

Die gedachte is grappig. Ik laat een hand over haar zachte wang glijden. 'Ben je er klaar voor, poesje van me?'

'Dat denk ik wel,' mompelt ze terwijl ze me aankijkt. Die vrouwen hebben iets met haar ogen gedaan waardoor ze nog groter en mysterieuzer lijken dan normaal. Haar lippen lijken zachter en glanzender - het is uitermate opwindend. De heftige vlaag van lust die door me heen slaat, verrast me en ik zet een stap achteruit voor ik heiligschennis bega tijdens mijn eigen huwelijk.

'De verbinding is opgezet,' laat Lucas ons weten.

'Bedankt, Lucas.' Dan leid ik Nora naar padre Diaz.

ora

De ceremonie duurt zo'n twintig minuten. Ik ben me bewust van de camera en glimlach zo breed mogelijk om maar te doen of ik een dolgelukkige bruid ben.

Nog steeds begrijp ik mijn eigen onwil niet helemaal. Ik trouw met de man van wie ik houd. Toen ik dacht dat hij dood was, wilde ik zelf sterven. De dag doorkomen was een ondraaglijke opgave. Ik wil bij niemand anders zijn dan bij Julian... Maar ik kan mijn innerlijke onrust niet van me afzetten.

Wel moet ik toegeven dat hij mijn ouders goed heeft aangepakt. Ik weet niet wat ik had verwacht, maar het kalme, beleefde gesprek dat plaats heeft gevonden was het in elk geval niet. Julian had de hele tijd de touwtjes in handen - zijn zakelijke houding liet geen ruimte voor dramatische uitingen of woedende beschuldigingen. Hij bood zijn excuses aan voor de overhaaste bruiloft, maar niet voor de ontvoering - omdat hij zich daar niet schuldig over voelt, dat weet ik. In zijn optiek heeft hij recht op me. Zo simpel is het gewoon.

Na een lange toespraak in het Spaans wendt padre Diaz zich tot Julian. Ik versta een paar woorden - iets over echtgenoot, liefde, bescherming - en ik hoor Julians diepe stem zeggen: '*Sí, quiero.*'

Nu is het mijn beurt. Ik kijk even naar Julian. Om zijn mond speelt een warme glimlach, maar zijn ogen vertellen een heel ander verhaal. Ik zie er honger en lust in doorschemeren, met daaronder een duistere, allesverterende bezitterigheid.

'*Sí, quiero,*' herhaal ik Julians woorden op zachte toon. *Ja, ik wil.* Dat kan ik zelfs met mijn slechte Spaans nog begrijpen.

Julians glimlach wordt breder. Hij reikt in zijn jasje en haalt er een tweede ring uit, een dunne, met diamanten bezette band die bij mijn verlovingsring past, en schuift die aan mijn gevoelloze vinger. Dan legt hij een platina ring in mijn hand en steekt zijn linkerhand naar me uit.

Zijn handpalm is bijna twee keer zo groot als de mijne; zijn vingers zijn lang en mannelijk. Hij heeft echte mannenhanden: sterk en vol eeltplekken. Handen die je even gemakkelijk genot als pijn kunnen bezorgen.

Ik haal diep adem en laat de ring om zijn ringvinger glijden. Dan kijk ik hem opnieuw aan, slechts half naar padre Diaz luisterend als hij de ceremonie afrondt. Het enige waar ik aan kan denken, is dat het voorbij is.

Mijn ontvoerder is nu mijn echtgenoot.

Na de ceremonie neem ik afscheid van mijn ouders, maar niet zonder ze ervan te verzekeren dat ik ze snel weer spreek. Mijn moeder huilt en mijn vaders gezicht draagt die harde uitdrukking die me laat weten dat hij erg overstuur is.

'Mam, pap, ik beloof dat ik bel,' vertel ik ze terwijl ik mijn eigen tranen probeer in te houden. 'Ik zal niet nog een keer verdwijnen. Alles komt goed. Jullie hoeven je nergens zorgen om te maken...'

'Ik beloof jullie dat ze jullie binnenkort belt,' voegt Julian eraan toe. Na een afscheid vol tranen verbreekt Lucas de verbinding.

Dertig minuten lang maken we foto's in de schitterende kerk. Dan trekken we onze gewone kleren weer aan en gaan terug naar het vliegveld.

De avond valt en ik ben helemaal kapot. De stress van de afgelopen uren, gecombineerd met al het reizen, heeft me uitgeput. Daarom laat ik me met gesloten ogen tegen het zwarte leer van de wagen zakken terwijl die zijn weg zoekt door de donkere straten van Bogotá. Ik wil nergens aan denken; ik wil alleen mijn hoofd leegmaken en ontspannen. Voorzichtig probeer ik zo te gaan zitten dat er niet te veel gewicht op mijn nog altijd pijnlijke achterste leunt.

'Ben je moe, schatje?' Julian legt een hand op mijn been. Zijn vingers gaan strelend, masserend, over mijn dij en ik dwing mezelf mijn ogen te openen.

'Een beetje,' geef ik toe als me naar hem keer. 'Ik ben niet gewend aan al dat vliegen - of trouwen.'

Zijn tanden zijn een witte flits in het donker als hij naar me lacht. 'Gelukkig hoef je dit niet nogmaals mee te maken. Trouwen, bedoel ik. Ik beloof niets over het vliegen.'

Misschien is het de oververmoeidheid, maar ik vind die opmerking echt heel grappig. Het begint met een gegiechel, maar al snel gaat dat over in onbedaarlijk lachen tot ik bijna van de achterbank rol.

Julian kijkt kalmpjes toe en als ik eindelijk uitgelachen ben, trekt hij me op zijn schoot en geeft me een lange, diepe kus die me letterlijk de adem beneemt. Tegen de tijd dat hij loslaat, kan ik me nauwelijks nog herinneren hoe ik heet, laat staan wat ik zo grappig vond.

Hijgend staren we elkaar aan. Zijn blik is hongerig, maar bevat ook een haast gewelddadig verlangen dat verder gaat dan gewone lust. Ik krijg een vreemd gevoel vanbinnen, alsof ik steeds verder val, steeds meer van mezelf kwijtraak. 'Wat wil je van me, Julian?' fluister ik, mijn hand om zijn kaak. 'Wat heb je nodig?'

Hij geeft geen antwoord, maar legt zijn grote hand over de mijne en drukt hem een paar ogenblikken lang stevig tegen zijn gezicht. Hij sluit zijn ogen alsof hij het gevoel wil koesteren, maar wanner hij ze opent, is het moment voorbij.

Hij schuift me van zijn schoot af, slaat een arm om me heen en trekt me tegen zijn zij. 'Neem je rust, poesje van me,' zegt hij zacht. 'We moeten nog een heel eind voor we thuis zijn.'

IN HET VLIEGTUIG VAL IK OPNIEUW IN SLAAP, DUS IK HEB geen idee hoelang deze vlucht duurt. Julian schudt me wakker nadat we geland zijn. Slaperig volg ik hem naar buiten.

Warme, vochtige lucht slaat me zodra ik naar buiten stap in het gezicht. Het is zo drukkend warm dat de omgeving als een vochtige deken aanvoelt. Het was in Bogotá veel warmer dan in Chicago, met temperaturen rond de twintig graden, maar dit voelt meer alsof ik een Turks stoombad ingestapt ben. Mijn winterlaarzen en fleecetrui geven me het gevoel levend gekookt te worden.

'Bogotá ligt veel hoger boven zeeniveau,' zegt Julian alsof hij mijn gedachten gelezen heeft. 'Dit is *terra caliente*, de laaggelegen wamtezone.'

'Waar zijn we?' vraag ik, iets helderder dan zojuist. Ik hoor insecten tjirpen en ruik de geur van weelderige vegetatie - de tropen? 'Welk deel van het land, bedoel ik?'

'Het zuidoosten,' antwoordt Julian. Hij stuurt me richting een SUV die aan de andere kant van de landingsbaan op ons staat te wachten. 'We bevinden ons aan de rand van de Amazone.'

Ik wrijf even in mijn ogen. Weliswaar heb ik weinig kennis van de geografie van Colombia, maar het klinkt erg afgelegen. 'Zijn er steden of dorpen in de buurt?'

'Nee,' zegt Julian. 'Dat is het mooie van deze plek, poesje van me. We zijn volledig afgesloten van de wereld en dus veilig. Niemand zal ons hier lastigvallen.'

Hij helpt me de auto in. Lucas stapt een paar minuten later in en dan vertrekken we over een onverhard pad door een dichtbebost gebied.

Het is pikdonker buiten. De koplampen van de auto vormen de enige verlichting in de wijde omtrek. Ik tuur nieuwsgierig naar buiten, op zoek naar onze bestemming, maar het enige wat ik zie, zijn bomen. Heel veel bomen.

Daarom laat ik mijn poging iets te onderscheiden varen en probeer me het in plaats daarvan gemakkelijk te maken. De airconditioning staat op zijn hardst en het is in de auto koeler dan buiten, maar toch trek ik mijn trui uit. Gelukkig heb ik er een topje onder. Ik kan een zucht van verlichting niet onderdrukken als ik de koele lucht op mijn verhitte huid voel en wapper mezelf nog wat extra koelte toe.

'Ik heb kleren voor je die wat beter geschikt zijn voor dit weer,' zegt Julian, die me met een halve glimlach zit te observeren. 'Ik had ze mee moeten nemen, maar ik wilde je zo snel ik kon gaan halen.'

'O?' Het is gek, maar zijn opmerking doet me genoegen en ik kijk hem aan.

'Ik ben zo snel mogelijk achter je aan gekomen,' zegt hij zacht. Zijn ogen glanzen in het schaarse licht van de auto. 'Je dacht toch niet dat ik je lang alleen zou laten?'

'Nee,' antwoord ik zacht. Dat is ook zo. Ik heb altijd zeker geweten dat Julian me wil. Ik weet niet of hij van me houdt - ik weet niet of hij daartoe in staat is - maar ik heb nooit getwijfeld aan zijn verlangen naar mij. In het pakhuis zette hij voor mij zijn leven op het spel en ik weet dat hij dat zo weer zou doen. Daar ben ik honderd procent zeker van en die wetenschap is in zekere zin geruststellend.

Ik sluit mijn ogen en zucht opnieuw als ik tegen de bank aan leun. Al die contrasterende emoties bezorgen me hoofdpijn. Hoe kan ik boos zijn op Julian omdat hij me tot een huwelijk dwong en tegelijkertijd blij zijn dat hij me zo graag weer wilde ontvoeren? Welk normaal mens voelt zulke dingen?

'We zijn er,' breekt Julians stem door mijn overpeinzingen heen. Ik sper mijn ogen open en besef dat de auto stil staat.

Voor ons is een landhuis met twee verdiepingen te zien, dat wordt omringd door verschillende bijgebouwen. Felle lampen verlichten de omgeving en ik zie groene grasvelden rond een weelderige, nauwkeurig onderhouden tuin. Julian overdreef niet toen hij dit een landgoed noemde.

Ik zie ook wat beveiliging en neem alles nieuwsgierig in me op als Julian me uit de auto helpt en naar het grote huis leidt. Aan de randen van het terrein staan torens, steeds een paar meter uit elkaar, met gewapende mannen erbovenop.

Het ziet eruit alsof we in een gevangenenkamp zitten, alleen zijn deze bewakers bedoel om de slechteriken buiten te houden, niet binnen.

'Ben je hier opgegroeid?' vraag ik Julian als we het huis naderen. Het is een prachtig wit gebouw met statige zuilen op het bordes. Het huis doet me denken aan Scarlett O'Hara's plantage in *Gejaagd door de wind*.

'Jazeker.' Hij kijkt me zijdelings aan. 'Ik heb hier tot ik zeven of acht was het grootste deel van de tijd gewoond. Daarna nam mijn vader me vaak mee naar de stad zodat ik hem kon helpen bij zijn zaken.'

We lopen het bordes op, maar Julian stopt voor de deur, bukt zich en tilt me op. Voor ik iets kan zeggen, draagt hij me over de drempel naar binnen, waarna hij me weer neerzet. 'Geen enkele reden om deze kleine traditie over te slaan,' zegt hij met een ondeugende grijns. Zijn handen rusten nog om mijn middel en hij kijkt me aan.

Onwillekeurig beantwoord ik zijn glimlach. Julian is onmogelijk te weerstaan in een luchtige bui als deze. 'Ja, helemaal vergeten dat jij echt een man van tradities bent,' plaag ik hem, de gedachte aan het gedwongen begin van ons huwelijk opzijschuivend. Voor mijn eigen geestelijke gezondheid moet ik de goede momenten scheiden van de slechte momenten en zoveel mogelijk in het nu leven. 'Ik dacht dat je gewoon zin had om me op te tillen.'

'Dat had ik ook,' antwoordt hij met een nog bredere

grijns. 'Dit is de eerste keer dat mijn behoeften en de traditie in overeenstemming zijn, dus laten we het 'de traditie in acht nemen' noemen.'

'Ik doe mee,' zeg ik zacht. Op dit moment klampt mijn geest zich vast aan de goede momenten; ik zou alles doen wat hij vraagt, meedoen met wat hij ook voorstelt.

'Señor Esguerra?' Een onzekere vrouwenstem onderbreekt ons. Als ik me omdraai, zie ik een vrouw van middelbare leeftijd staan. Ze draagt een zwarte jurk met korte mouwen. Een wit schort siert haar omvangrijke middel. 'Alles staat klaar, zoals u gevraagd heeft,' zegt ze in het Engels, met een duidelijk accent. Daarna neemt ze ons met nauwelijks verholen nieuwsgierigheid op. 'Zal ik het diner opdienen?'

'Nee, bedankt, Ana,' antwoordt Julian, zijn hand nog steeds bezitterig op mijn heup. 'Breng maar een bord belegde broodjes naar onze kamer, alsjeblieft. Nora is moe van al het reizen.' Dan kijkt hij weer naar mij. 'Nora, dit is Ana, onze huishoudster. Ana, dit is Nora, mijn vrouw.'

Ana spert haar bruine ogen open. Blijkbaar is het feit dat ik zijn vrouw ben net zo'n verrassing voor haar als dat het voor mij was. Maar ze herstelt zich snel. 'Aangenaam u te ontmoeten, señora,' zegt ze met een brede glimlach. 'Welkom.'

'Dank je, Ana. Ik vind het ook leuk jou te ontmoeten.' Ik glimlach terug en negeer de pijnscheut die door me heen trekt. Deze huishoudster lijkt totaal niet op Beth, maar toch moet ik denken aan de vrouw die mijn vriendin was geworden - en aan haar wrede, zinloze dood.

Nee, niet aan denken, Nora. Ik heb echt geen zin in weer zo'n nachtmerrie.

'Zorg ervoor dat we vanavond niet meer gestoord worden,' draagt Julian Ana op, 'tenzij het iets belangrijks is.'

'Ja, Señor,' zegt ze zacht. Dan verdwijnt ze door een stel dubbele deuren die naar een ruimte achter de hal leiden.

'Ana is een van mijn personeelsleden,' legt Julian uit terwijl hij me naar een brede, gebogen trap leidt. 'Ze is al vrijwel haar hele leven bij mijn familie in dienst, zij het in verschillende rollen.'

'Ze lijkt me heel aardig,' zeg ik. Terwijl we de trap op lopen, neem ik mijn nieuwe huis eens goed in me op. Ik heb nog nooit zo'n luxueus huis gezien en het is onvoorstelbaar dat ik hier ga wonen. Het is ingericht in een smaakvolle mengeling van ouderwetse charme en moderne elegantie, met glanzende houten vloeren en abstracte kunst aan de muren. Ik vermoed dat alleen de vergulde lijsten om de schilderijen al duurder zijn dan wat ik dan ook in mijn appartement in Chicago had. 'Hoeveel man personeel heb je?'

'Ik heb twee huishoudsters,' zegt Julian. 'Ana, die je zojuist ontmoet hebt, en Rosa, het kamermeisje. Haar zul je morgen wel ontmoeten. Daarnaast zijn er nog meerdere tuinmannen, klusjesmannen en opzichters in dienst.' Hij blijft voor een van de deuren boven staan en opent die voor me. 'We zijn er. Onze slaapkamer.'

Onze slaapkamer. Dat klinkt erg huiselijk. Op het eiland had ik mijn eigen kamer. Hoewel Julian meestal bij me sliep, voelde het toch als mijn persoonlijke ruimte - iets dat ik hier blijkbaar niet zal hebben.

Ik stap naar binnen en neem de ruimte belangstellend in me op.

Net als in de rest van het huis hangt er een ouderwetse sfeer, ondanks meerdere moderne aanpassingen. Op de vloer ligt een dik blauw vloerkleed en midden in de kamer staat een enorm hemelbed. De hele kamer is ingericht in blauw- en crèmetinten, met hier en daar wat brons en goud. De gordijnen zijn dik en zwaar, net als in een chic hotel, en aan de muren zijn meer abstracte werken te zien.

De kamer is even mooi en intimiderend als de man die nu mijn echtgenoot is.

'Zullen we in bad gaan?' vraagt Julian zacht. Hij slaat zijn sterke armen om me heen en tast naar de gesp van mijn riem. 'Volgens mij zijn we daar allebei wel aan toe.'

'Ja, dat klinkt goed,' stem ik zacht toe, en ik laat hem me uitkleden. Ik voel me een pop - of eigenlijk meer een prinses, gezien de omgeving. Als Julian mijn top uittrekt en mijn spijkerbroek naar beneden duwt, glijdt hij met zijn handen over mijn naakte huid, wat me een rilling van genoegen oplevert die ik tot in mijn kern voel.

Onze huwelijksnacht. Het is onze huwelijksnacht. Een combinatie van spanning en zenuwen versnelt mijn ademhaling. Ik heb geen idee wat Julian voor me in petto heeft, maar de hardheid die tegen mijn onderrug duwt, laat me weten dat we sowieso gaan vrijen.

Als ik helemaal ontkleed ben, draai ik me om, zodat ik hem kan zien terwijl hij zich uitkleedt. Zijn spieren tekenen zich duidelijk af in het zachte licht van het verlaagde plafond. Hij is slanker dan eerst en bij zijn ribbenkast bevindt zich een nieuw litteken. Desondanks is hij de knapste man die ik ooit heb gezien. Hij is opgewonden en zijn stijve penis springt fier naar voren. Bij het zien van zijn lengte knijpen de spieren van mijn vagina samen. Maar dat gevoel herinnert me aan de ruwe seks van eerder en de aanhoudende vage pijn in mijn achterste.

Ik wil hem, maar ik geloof niet dat ik vandaag nog meer pijn aankan.

'Julian...' Ik weet niet goed hoe ik het moet brengen. 'Is er een manier... Kunnen we...'

Hij loopt naar me toe en legt zijn handen om mijn gezicht. Zijn ogen glanzen. 'Ja,' beantwoordt hij mijn onuitgesproken vraag. 'Ja, schatje, dat kunnen we. Ik zal je de huwelijksnacht van je dromen bezorgen.'

*J*ulian

IK BUK EN TIL HAAR OP. ZE IS ZO LICHT ALS EEN VEERTJE als ik haar naar de badkamer draag, waar Ana de jacuzzi voor ons heeft voorbereid.

Mijn echtgenote. Nora is nu mijn echtgenote. Die gedachte brengt een hevige voldoening met zich mee waar ik niet op in wil gaan. Ze is van mij; de rest doet er niet toe. Ik neuk haar af en vertroetel haar; zij vervult al mijn behoeften, hoe duister of verwrongen ook. Ze zal me alles van zichzelf geven en dat wil ik ook.

Ik wil alles van haar en nog meer.

Maar vanavond geef ik haar wat zij wil. Ik zal lief en mild zijn, even teder als iedere echtgenoot met zijn kersverse bruid zou omgaan. Voorlopig is de sadist in mij tevredengesteld en dus houdt hij zich op de achtergrond. Later heb ik nog tijd zat om haar te straffen voor haar aarzeling in de kerk. Op dit moment heb ik niet de behoefte haar pijn te doen - ik wil haar vasthouden, haar zijdeachtige huid strelen en haar voelen sidderen van genot in mijn armen. Mijn penis bonst van verlangen, maar het is een beheerste honger nu, anders dan eerst.

Ik stap in de grote jacuzzi en laat me met haar in mijn armen in het water zakken, waardoor Nora op mijn schoot terechtkomt. Ze ontspant zich met een diepe zucht en laat zich tegen me aanzakken, haar ogen gesloten en haar hoofd tegen mijn schouder. Haar glanzende haren kietelen mijn huid; de lange lokken drijven in het water. Als ik wat verschuif, voel ik de harde stralen tegen mijn rug en sijpelt de spanning langzaam uit mijn spieren weg, ondanks mijn opwinding.

Een paar minuten blijf ik gewoon zo met haar in mijn armen zitten. Ondanks de hitte buiten is het in het huis koel, waardoor het water lekker warm aanvoelt. Kalmerend. Ook voor Nora's pijnlijke plekken van onze seks eerder zal het water wel verzachtend werken.

Ik strijk langzaam over haar rug, genietend van haar zachte, gouden huid. Mijn penis smeekt om meer, maar ik heb op dit moment geen haast. Ik wil dit moment rekken om de spanning tussen ons te verhogen.

'Lekker, zeg,' prevelt ze als ze na een tijdje naar me opkijkt. Er ligt een blos op haar wangen van de warmte en haar ogen zijn half gesloten, waardoor ze eruitziet alsof ze al goed genomen is. 'Ik wou dat ik elke dag zo'n bad kon nemen.'

'Dat kun je ook,' zeg ik zacht. Ik zet haar naast me en reik onderwater om haar rechtervoet te pakken. 'Je kunt doen wat je wilt hier. Dit is ook jouw huis nu.'

Ik duw zacht op haar zool en begin hem te masseren zoals zij graag wil. De kreuntjes die haar ontsnappen zijn heerlijk om te horen. Haar voeten zijn net als de rest van haar lichaam klein en mooi. Sexy, zelfs, met roze gelakte nagels. Ik krijg een idee en breng haar voet naar mijn mond om op haar tenen te zuigen. Ze snakt naar adem en staart me aan. Maar haar ademhaling versnelt en ik zie dat haar pupillen zich verwijden - een duidelijk teken van opwinding. De gedachte dat ze dit geil vindt, maakt mijn erectie nog stijver.

Haar andere voet geef ik dezelfde behandeling. De aanraking van mijn tong laat haar tenen krullen en ze laat haar eigen tong over haar lippen glijden. Mijn eigen behoefte neemt toe en ik laat mijn hand over haar been glijden. Haar beenspieren trekken samen als ik haar vagina nader. Mijn vingers strijken over haar schaamlippen en spreiden ze voorzichtig uiteen. Ik laat mijn middelvinger zachtjes in haar kutje glijden en duw tegelijkertijd met mijn duim op haar klit.

Ze is heet en nat vanbinnen. Haar spieren omklemmen mijn vinger zo stevig dat mijn penis nog harder wordt. Ze kreunt en heft haar heupen op zodat mijn vinger dieper naar binnen glijdt, waarna ze harder begint te kreunen. Instinctief schuift ze achteruit, maar ik pak haar arm en trek haar naar me toe. 'Geef je over, schatje,' prevel ik als ik haar met mijn vinger begin af te neuken en met mijn duim ritmisch over haar klit blijf strelen. 'Laat het gevoel toe... Ja, zo...'

Ze laat haar hoofd achterovervallen en sluit haar ogen. Een uitdrukking van intens genoegen glijdt over haar gezicht als ze nogmaals kreunt.

Prachtig. Ze is zo mooi. Ik kan mijn blik niet afwenden - ik moet haar in mijn armen zien klaarkomen. Haar lichaam kromt zich, verstijft... en dan schreeuwt ze het uit als haar orgasme haar overspoelt. De manier waarop haar vagina mijn vinger melkt, maakt mijn erectie pijnlijk.

Ik houd dit niet langer meer vol. Meteen trek ik mijn vinger terug en ga staan om haar op te tillen. Ze opent haar ogen en slaat haar armen om mijn nek. Haar blik neemt me nieuwsgierig op als ik uit de jacuzzi stap en haar naar de slaapkamer draag. We zijn drijfnat, maar ik kan niet meer wachten. Natte lakens interesseren me niet - alleen zij doet er nog toe.

Mijn handen trillen als ik haar neerleg, zo opgewonden ben ik. Een andere avond zou ik al in haar zijn, haar neukend tot ik haar helemaal vul, maar vanavond niet. Deze avond is voor haar. Vanavond geef ik haar wat ze wil: een huwelijksnacht met een minnaar, geen monster.

Ze kijkt naar me als ik op het bed klim en me over

haar zachte onderlichaam buig. Ik negeer mijn bonzende erectie en druk kleine kusjes aan de binnenzijde van haar dijen, omhoog bewegend tot ik mijn doel bereik: haar natte kutje, roze en gezwollen van haar eerdere orgasme.

Ik duw haar schaamlippen uit elkaar en lik de omgeving rond haar klit tot ik mijn tong in haar duw om haar te proeven, zo ver als ik kan. Er gaat een rilling door haar heen en haar handen grijpen mijn hoofd zo stevig vast dat haar nagels in mijn hoofdhuid prikken. Een van haar vingers krast over mijn litteken, waardoor er een pijnscheut door me heen schiet. Die negeer ik ook - ik richt me op haar genot, op haar orgasme. Iedere druppel vocht is een genoegen, iedere kreun die haar lippen verlaat een zegen terwijl mijn tong het knopje zenuwen boven haar sekse liefkoost. Ze trilt van top tot teen en als ze schreeuwend klaarkomt, proef ik een golf zoetig vocht.

Als ze uitgesidderd is en zich uitgeput en hijgend op het bed laat zakken, kruip ik naar haar toe en druk een kus op haar prachtige oorlel. Ik ben nog lang niet klaar met haar.

'Je bent zo lief,' fluister ik. Ze rilt onder mijn adem. Mijn erectie is keihard en ik sta op knappen, waardoor mijn volgende woorden hees en ruw klinken: 'Zo verdraaid lief... Ik wil je neuken, zo graag neuken, maar dat doe ik niet...' Ik lik over haar oorlelletje, waardoor haar handen naar mijn zij vliegen. '...tot je nog een keer voor me komt. Kun je nog een keer voor me klaarkomen, schatje?'

'Dat denk ik niet...' Ze snakt naar adem als mijn lippen zich naar haar hals verplaatsen en een warm, vochtig pad op haar huid achterlaten.

'O, jawel,' fluister ik als ik mijn rechterhand tegen haar natte kutje leg. Terwijl ik mijn lippen over haar schouders en bovenlichaam laat glijden, masseer ik haar klit met mijn vingers. Ze begint opnieuw te hijgen, zeker wanneer ik mijn mond naar haar borsten verplaats. Haar roze tepels zijn hard en smeken om een aanraking. Die geef ik ze maar al te graag, mijn lippen om een hard knopje sluitend. Ze maakt geluidjes die het midden houden tussen een kreun en een zucht en ik wend me tot de andere tepel, eraan zuigend tot ze onder me ligt te trillen, mijn vingers nat van haar vocht. Maar voor ze kan klaarkomen, laat ik me weer naar haar kutje zakken. Ik steek mijn tong in haar opening als de eerste sidderingen haar orgasme aankondigen.

Ik ga door met likken tot ze volkomen leeg is, waarna ik mijn aandacht weer op haar gezicht richt.. Met mijn linkerhand grijp ik haar kaak, zodat ze me wel aan moet kijken. Haar blik is onscherp van genot en ik laat mijn hoofd zakken om haar een harde kus te geven. Ik weet dat ze zichzelf kan proeven en dat windt me nog verder op. Ze slaat haar armen om mijn nek en haar borsten drukken tegen me aan, de tepels hard als kiezels.

Lieve hemel. Ik moet haar gewoon hebben. Nu.

Mijn zelfbeheersing is bijna verdwenen als ik tijdens het zoenen haar benen uiteen duw met mijn knieën. Mijn eikel strijkt langs haar natte kutje en ik leg een hand tegen haar achterhoofd.

Dan dring ik langzaam binnen.

Vanbinnen is ze ook klein; haar kutje is strakker dan ooit. Langzaam maakt ze plaats voor me, me omhullend en tegelijkertijd ruimte biedend. Mijn ruggengraat tintelt, mijn ballen trekken zich op. Ik ben nog niet eens in haar en sta al op springen, zo lekker is ze. Langzaam, vertel ik mezelf. *Rustig aan.*

Ze verbreekt de kus om kleine, hijgende geluidjes in mijn oor te maken. 'Ik wil je,' fluistert ze terwijl ze haar benen om mijn heupen slaat. Door die beweging schuif ik dieper in haar en ook ik begin wanhopig te kreunen. 'Alsjeblieft, Julian...'

Met die woorden vliegt mijn laatste beetje zelfbeheersing het raam uit. *Vergeet dat rustig aan doen maar.* Ik grom en mijn hand grijpt haar haren steviger vast als ik in haar begin te stoten, wild en ongeremd. Ze schreeuwt het uit en klemt zich aan me vast; haar lichaam verwelkomt mijn meedogenloze aanval.

Mijn hoofd lijkt te ontploffen in een kakofonie van sensaties en overweldigende extase. Dit, precies dit, is wat ik wil, wat ik nodig heb. Dit is reden dat ik haar nooit laat gaan. Onze lichamen rollen over het bed, verankerd in elkaar, natte lakens om onze ledematen gedraaid, als ik mezelf in haar verlies, in de geuren en geluiden van hete, ongeremde seks. Nora voelt als vloeibaar vuur in mijn armen, haar slanke lichaam tegen me aan gekromd, haar benen om me heen geslagen. Iedere stoot brengt me dieper in haar tot ik het gevoel heb dat we met elkaar versmelten, dat we één worden.

Zij komt als eerste en haar kutje omklemt me nog steviger dan eerst. Ik hoor haar gesmoorde kreet als ze vol overgave in mijn schouder bijt en dan kom ook ik klaar, schokkend als mijn zaad zich in haar loost.

Hijgend laat ik me op haar zakken; mijn armen kunnen me niet meer dragen. Iedere spier in mijn lichaam trilt en ik ben bedekt met zweet, zo heftig was mijn orgasme. Ik moet even bijkomen voor ik de kracht vind me op mijn rug te rollen, haar met me mee trekkend.

Omdat we al eerder zo heftig gevreeën hebben, had dit niet zo intens moeten zijn, maar dat was het wel. Dat is het altijd. Er gaat geen moment voorbij dat ik haar niet wil of dat ik niet aan haar denk. Als ik haar ooit zou verliezen...

Nee. Daar weiger ik aan te denken. Dat zal niet gebeuren. Dat sta ik niet toe.

Ik zal doen wat nodig is om haar te beschermen.

Beschermen tegen iedereen, behalve mezelf.

*N*ora

ALS IK 'S OCHTENDS WAKKER WORD, IS JULIAN AL WEG.

Ik klim uit bed en ga douchen, iets waar ik echt behoefte aan heb omdat ik me vies en plakkerig voel na gisteravond. We vielen allebei na de seks in slaap, te uitgeput om ons te wassen of de lakens te verversen. Voor het ochtendgloren wekte Julian me door in me te komen en me tot een orgasme te brengen voor ik goed en wel wakker was. Zijn toch al sterke libido draait op volle toeren nu hij me zo'n lange tijd niet heeft gezien.

Op mijn beurt krijg ik ook geen genoeg van hem.

Ik glimlach bij de herinnering aan onze verzengende passie. Hij beloofde me de huwelijksnacht van mijn dromen en die belofte heeft hij waargemaakt. Ik heb zoveel orgasmes gehad in de afgelopen 24 uur dat ik de tel kwijt ben. Door al die seks ben ik nu nog beurser vanbinnen.

Toch voel ik me stukken beter, zowel fysiek als mentaal. De blauwe plekken op mijn achterste zijn minder pijnlijk en ik voel me niet meer zo overweldigd. Zelfs het idee van met Julian getrouwd zijn is minder angstaanjagend. Er is niets echt veranderd, behalve dat nu een officieel papier ons met elkaar verbindt. Nu kan de hele wereld zien dat ik aan hem toebehoor. Ontvoerder, minnaar of echtgenoot - het is allemaal hetzelfde. De naam verandert niets aan de aard van onze disfunctionele relatie.

Ik stap onder de douche en hef mijn hoofd op om de warme waterstralen over mijn gezicht te laten spoelen. De douche is even luxe als de rest van het huis, met een ronde cabine die groot genoeg is voor wel tien mensen. Ik was en schrob elke centimeter van mijn lichaam tot ik me weer een beetje mens voel. Dan ga ik me aankleden.

Aan de andere kant van de kamer is een enorme inloopkast, grotendeels gevuld met luchtige zomerkleren. De drukkende warmte verleidt me tot een eenvoudig blauw zomerjurkje en een paar bruine slippers. Het is niet de meest verfijnde outfit, maar hij voldoet prima.

Ik ben klaar om mijn nieuwe thuis te verkennen.

H et landgoed is veel groter dan ik gisteravond

DACHT. Naast het grote huis zijn er barakken voor de meer dan tweehonderd bewakers die er patrouilleren en een aantal huizen voor andere werknemers en hun gezinnen. Het is haast een dorp - of een militair kamp.

Tijdens het ontbijt vertelt Ana me dit en meer. Blijkbaar heeft Julian haar geïnstrueerd me eten te geven en rond te leiden. Hij is zelf bezig met zijn werk, zoals gewoonlijk.

'Señor Esguerra heeft een belangrijke vergadering,' legt Ana uit terwijl ze me een gerecht voorzet dat *migas de arepa* heet - roerei met maïsbrood en een saus van tomaat en ui. 'Hij vroeg me vandaag op u te passen, dus laat het me weten als u iets nodig heeft. Na het ontbijt kan Rosa u een rondleiding geven.'

'Bedankt, Ana,' zeg ik, waarna ik me op mijn eten stort. Het is verrukkelijk. De zoetheid van de *arepas* sluit perfect aan bij de scherpte van de eieren. 'Een rondleiding zou geweldig zijn.'

We kletsen nog even verder als ik klaar ben met eten. Naast informatie over het landgoed krijg ik ook te horen dat Ana al bijna haar hele leven in dit huis woont en dat ze als kamermeisje begon onder Julians moeder. 'Zo heb ik Engels geleerd,' legt ze uit terwijl ze me een kop schuimende warme chocolademelk inschenkt. 'Señora Esguerra was Amerikaanse, net als u, en sprak geen Spaans.'

Ik knik als ik me herinner wat Julian me over zijn moeder heeft verteld. Ze was model in New York City voor Julians vader met haar trouwde. 'Dus je kende Julian toen hij nog jong was?' Ik neem een slok van de warme chocolademelk, die net als de eieren goed op smaak gebracht is, in dit geval met kruidnagel, kaneel en vanille.

'Jazeker.' Maar Ana zwijgt verder, alsof ze bang is haar mond voorbij te praten. Ik schenk haar een bemoedigende glimlach in de hoop dat ze verder gaat, maar ze begint de tafel leeg te ruimen. Het is duidelijk dat dit het einde van ons gesprek is.

Met een zucht drink ik mijn kop leeg en sta op. Ik wil meer weten over mijn echtgenoot, maar ik vermoed dat Ana even zwijgzaam is als het op dat onderwerp aankomt als Beth.

Beth. Ik voel opnieuw die bekende pijn, met daarbij een vlaag brandende woede. De herinneringen aan haar gewelddadige dood lurken altijd net onder de oppervlakte. Ik heb het gevoel dat ik erin zal verdrinken als ik ze toelaat. Toen Julian me vertelde wat hij Maria's moordenaars had aangedaan, vervulde dat me met afschuw... maar nu begrijp ik het. Ik wou dat ik de terrorist die Beth heeft vermoord in mijn handen kon krijgen, dat ik hem kon laten boeten voor wat hij haar heeft aangedaan. Zelfs de wetenschap dat hij dood is, verzacht mijn woede niet; die blijft aanwezig, als een stil, knagend gif dat me van binnenuit verteert.

'Señora, dit is Rosa,' zegt Ana. Als ik me omdraai, zie ik een jonge brunette in de deuropening van de eetkamer staan. Ze lijkt van mijn leeftijd te zijn en heeft een rond gezicht en een brede glimlach. Net als Ana draagt ze een zwarte jurk met korte mouwen en een wit schort. 'Rosa, dit is Señor Esguerras jonge vrouw, Nora.'

Rosa's glimlach verbreedt zich. 'Hallo, Señora Esguerra, aangenaam kennis te maken.' Haar Engels is nog beter dan dat van Ana, met een nauwelijks hoorbaar accent.

'Dank je, Rosa.' Ik vind haar meteen aardig. 'Ik vind het ook leuk jou te ontmoeten. Zou je me alsjeblieft gewoon Nora willen noemen?' Ik kijk naar de huishoudster. 'Dat geldt ook voor jou, Ana, alsjeblieft. Ik ben niet gewend aan al dat Señora-gedoe.' Dat is ook zo. Het is echt heel vreemd om mezelf Señora Esguerra genoemd te horen worden. Betekent dat dat ik nu Julians achternaam draag? We hebben het er niet over gehad, maar ik neem aan dat Julian ook daarin de traditie wil volgen.

Nora Esguerra. Mijn hart begint te bonzen bij die gedachte en iets van de onredelijke angst van gisteren keert terug. Ik ben negentieneneenhalf jaar lang Nora Leston geweest. Die naam ben ik gewend, daar voel ik me goed bij. Het idee van een andere naam brengt me uit mijn evenwicht, alsof ik nog meer van mezelf verlies. Het voelt of Julian me alles ontneemt wat ik was en me omvormt tot iemand die ik nauwelijks ken.

'Natuurlijk,' zegt Ana, daarmee mijn bezorgde gedachten onderbrekend. 'We noemen u wat u maar wilt.' Rosa knikt enthousiast, nog altijd stralend, en ik haal even diep adem om te kalmeren.

'Dank jullie wel.' Ik schenk ze een glimlachje. 'Dat waardeer ik.'

'Wilt u het huis zien voor we naar buiten gaan?' Rosa strijkt haar schort glad. 'Of begint u liever buiten?'

'Als je wilt, kunnen we binnen beginnen?' stel ik voor. Ik bedank Ana voor het ontbijt en de rondleiding begint.

Rosa laat me eerst de begane grond zien. Er zijn zeker tien kamers, waaronder een goed uitgeruste bibliotheek, een thuisbioscoop met een enorme televisie en een ruime sportzaal met luxe sportapparatuur. Ik ben ook blij te zien dat Julian mijn hobby niet vergeten is: een van de ruimtes is ingericht als atelier, met rijen lege doeken en een raam dat zuidwaarts gericht is. 'Señor Esguerra heeft het huis een paar weken voor uw komst laten inrichten,' vertelt Rosa terwijl ze me van kamer naar kamer leidt. 'Alles is splinternieuw.'

Dat verrast me. Ik nam aan dat het atelier nieuw was omdat Julian niet van schilderen houdt, maar ik had me niet gerealiseerd dat het hele huis gerenoveerd was. 'Hij heeft zeker geen zwembad laten aanleggen?' Ik maak uiteraard een grapje.

'Nee, het zwembad was er al,' zegt Rosa bloedserieus. 'Maar hij heeft het wel laten opknappen.' Ze stuurt me richting de afgeschermde veranda achter het huis en daar is een zwembad van olympische afmetingen, omringd door tropische vegetatie. Naast het zwembad staan comfortabel uitziende ligstoelen en grote parasols die er hun schaduw op werpen. Ook zie ik meerdere buitentafels en -stoelen.

'Mooi,' mompel ik. De warme, vochtige lucht plakt aan mijn huid. Ik vermoed dat een zwembad heerlijk is in dit klimaat.

Als we weer binnen zijn, neemt Rosa me mee naar boven. Naast de grote slaapkamer zijn er nog meerdere andere, stuk voor stuk groter dan mijn hele appartement in Chicago. 'Waarom is het huis zo groot?' Na al die luxueus ingerichte kamers te hebben gezien, moet ik het wel vragen. 'Er wonen hier toch maar een paar mensen?'

'Dat klopt,' beaamt Rosa. 'Maar dit is gebouwd door de oudere Señor Esguerra en voor zover ik weet, had hij hier altijd veel gasten en zakenpartners over de vloer.'

'Hoe ben jij hier terechtgekomen?' Ik werp een nieuwsgierige blik op Rosa terwijl we de trap af lopen naar beneden. 'En waar heb je zo goed Engels geleerd?'

'Ik ben hier geboren, op het Esguerra-landgoed,' zegt ze opgewekt. 'Mijn vader was een van de bewakers van de oudere Señor en mijn moeder en broer werkten ook voor hem. De vrouw van Señor - een Amerikaanse - leerde me Engels toen ik nog een kind was. Ik denk dat ze zich een beetje verveelde hier. Ze gaf Engelse les aan al het huishoudelijk personeel en iedereen die de taal maar wilde leren. Ze stond er wel op dat we in het huis alleen Engels zouden spreken, zelfs onderling, zodat we de taal goed konden oefenen.'

'Ik begrijp het.' Rosa lijkt spraakzamer dan Ana en daarom stel ik haar dezelfde vraag die ik eerder aan de huishoudster stelde. 'Als je hier bent opgegroeid, kende je Julian dan vroeger ook al?'

'Nee, niet echt.' Ze werpt me een korte blik toe terwijl we de veranda op stappen. 'Ik was pas vier toen uw echtgenoot het land verliet, dus ik herinner me weinig van zijn jeugd. Tot een paar weken geleden had ik hem alleen nog gezien toen hij terugkwam na...' Ze slikt en kijkt naar de grond. 'Na wat er gebeurde.'

'Na de dood van zijn ouders?' zeg ik zacht. Julian heeft me verteld dat zijn ouders vermoord zijn, maar hij heeft nooit verteld hoe dat precies gegaan is. Hij zei alleen dat de dader een van zijn vaders rivalen was.

'Ja,' zegt Rosa somber. Haar opgewekte glimlach is verdwenen. 'Een paar jaar nadat Julian vertrok, probeerde een van de kartels van de noordkust de Esguerra-organisatie over te nemen. Ze overvielen vele belangrijke operaties en kwamen zelfs naar het landgoed. Veel mensen zijn die dag gestorven. Mijn vader en broer ook.'

Verbijsterd blijf ik staan. 'O, Rosa, wat erg voor je...' Ik vind het vreselijk dat ik zo'n pijnlijk onderwerp heb aangeroerd. Op de een of andere manier had ik er nog niet bij stilgestaan dat de gebeurtenissen die Julian gevormd hadden, ook andere mensen hadden geraakt. 'Het spijt me zo...'

'Dat geeft niet,' zegt ze, al is haar uitdrukking nog steeds strak. 'Het is bijna twaalf jaar geleden.'

'Je moet nog heel jong geweest zijn,' zeg ik zacht. 'Hoe oud ben je nu?'

'Eenentwintig,' antwoordt ze terwijl we de veranda

af lopen. Dan kijkt ze me nieuwsgierig aan en iets van de somberheid verdwijnt uit haar gezicht. 'En u, Nora, als ik dat mag vragen? U lijkt ook nog jong.'

Ik grijns naar haar. 'Negentien. Over een paar maanden word ik twintig.' Ik ben blij dat ze zich voldoende op haar gemak voelt om me persoonlijke vragen te stellen. Ik wil niet de Señora zijn en behandeld worden als een adellijke dame.

Ze grijst terug, haar vrolijke stemming weer helemaal terug. 'Dat dacht ik al,' zegt ze tevreden. 'Ana dacht dat u nog jonger was toen ze u zag, maar zij is bijna vijftig en dan lijkt iedereen van onze leeftijd nog heel jong. Ik gokte vanochtend twintig, en ik had dus gelijk.'

Haar eerlijkheid maakt me aan het lachen. 'Dat had je zeker.'

Tijdens de rest van de rondleiding bombardeert Rosa me met vragen over mij en mijn leven in de VS. Ze lijkt gefascineerd door Amerika en Amerikaanse films, die ze keek om haar Engels te verbeteren. 'Ik hoop op een dag ook naar de VS te gaan,' zegt ze verlangend. 'New York City zien, op Times Square lopen tussen al die felle lichten...'

'Je moet echt gaan,' zeg ik. 'Ik ben een keer in New York geweest en het was geweldig. Er is zoveel te doen voor toeristen.'

Al pratend laat ze me het landgoed zien, wijzend op de barakken van de bewakers, die Ana eerder al had genoemd, en het trainingsgebied aan de andere kant van het landgoed. Het trainingsgebied bestaat uit een indoor vechtsportarena en een schietbaan buiten. Ook zie ik een grote, met gras bedekte stormbaan. 'De bewakers moeten in topvorm blijven,' legt Rosa uit als we langs een groep ernstig kijkende mannen komen die aan een vorm van vechtsport doen. 'De meesten van hen waren vroeger militairen. Ze zijn heel goed in wat ze doen.'

'Julian traint met hen mee, toch?' Gefascineerd kijk ik toe hoe een van de mannen zijn tegenstander met een krachtige trap tegen het hoofd uitschakelt. Ik heb lessen zelfverdediging gehad thuis, maar dat is kinderspel als je het hiermee vergelijkt.

'Zeker.' Rosa's toon krijgt een eerbiedige klank. 'Ik heb Señor Esguerra gezien en hij is net zo goed als zijn mannen.'

'Dat geloof ik graag,' zeg ik als ik me herinner hoe Julian me uit het pakhuis redde. Hij was in zijn element en kwam als een engel des doods in de nacht opdagen. Heel even dreigen de duistere herinneringen me te overweldigen, maar ik duw ze weg. Ik weiger in het verleden te blijven hangen. Daarom vraag ik Rosa: 'Weet je toevallig waar hij nu is? Ana zei dat hij een vergadering had.'

Ze haalt haar schouders op. 'Hij is waarschijnlijk in zijn kantoor, dat gebouw daar.' Ze wijst naar een klein, modern gebouw dat bij het grote huis staat. 'Ook dat heeft hij laten renoveren. Sinds hij terug is, brengt hij er veel tijd door. Ik zag Lucas, Peter en de anderen erheen gaan vanochtend, dus ik neem aan dat Julian een vergadering met hen had.'

'Wie is Peter?' Ik ken Lucas al, maar de naam Peter heb ik nog niet horen vallen.

'Een van Señor Esguerras werknemers,' legt Rosa uit als we weer richting het huis lopen. 'Hij is hier sinds een paar weken om de beveiliging aan te scherpen.'

'O, ik begrijp het.'

Tegen de tijd dat we bij het huis zijn, plakken mijn kleren aan mijn lijf door de hoge luchtvochtigheid. Het is een verademing om binnen te stappen, waar het koel en aangenaam is vanwege de airconditioning. 'Dat is de Amazone,' zegt Rosa lachend terwijl ik gulzig een glas koud water leegdrink. 'We zitten vlak bij het regenwoud en buiten is het net een stoombad.'

'Dat meen je niet,' mompel ik. Ik zou zo weer kunnen douchen. Op het eiland was het ook warm, maar het zeebriesje had het draaglijk en zelfs aangenaam gemaakt. Hier is de hitte echter smorend vanwege de vochtige lucht.

Ik zet het lege glas op de tafel en wend me tot Rosa. 'Ik heb wel zin in dat zwembad dat je me liet zien.' Ze zijn er toch, dus laat ik gebruikmaken van de faciliteiten hier. 'Ga je mee zwemmen?'

Rosa spert haar ogen open; de uitnodiging komt blijkbaar als een verrassing. 'Dat zou ik heel leuk vinden,' zegt ze oprecht, 'maar ik moet Ana helpen met de lunch en de slaapkamers boven schoonmaken...'

'Natuurlijk.' Ik schaam me een beetje. Heel even was ik vergeten dat Rosa er niet is als mijn gezelschapsdame - ze heeft werk te doen. 'In dat geval wil ik je graag bedanken voor de rondleiding. Ik waardeer het echt.'

Ze grijnst naar me. 'Het was me een genoegen, ik zou het zo weer doen.'

Als zij naar de keuken gaat, loop ik naar boven om een bikini aan te trekken.

ulian

IK VIND NORA BIJ HET ZWEMBAD, LEZEND IN EEN VAN DE ligstoelen onder een parasol. Ze heeft haar slanke benen over elkaar geslagen en draagt een strapless witte bikini. Druppels water glanzen op haar gouden huid. Blijkbaar heeft ze net gezwommen.

Als ze mijn voetstappen hoort aankomen, gaat ze zitten en legt het boek op een tafeltje. 'Hoi,' zegt ze zacht als ik naar de ligstoel loop. Haar zonnebril is wat te groot voor haar gezicht, waardoor ze eruitziet als een libelle. Ik neem me voor een passender exemplaar voor haar te kopen als we weer eens naar Bogotá gaan.

'Hallo, poesje van me,' antwoord ik. Ik ga naast haar zitten, trek de zonnebril van haar neus en geef haar een korte, diepe kus. Ze smaakt naar zonlicht. Haar lippen zijn zacht en gewillig en ik word meteen hard in reactie op haar bijna naakte lichaam, dat zich zo dicht bij me bevindt. Vanavond, houd ik mezelf voor als ik mijn hoofd onwillig terugtrek. Vanavond neem ik haar weer.

'Waar ging je vergadering vanochtend over?' vraagt ze. Haar ademhaling is ongelijkmatig na die kus, maar in haar donkere ogen is een mengeling van nieuwsgierigheid en een vleugje voorzichtigheid te zien. Ze test me opnieuw, probeert te ontdekken wat ik met haar wil delen.

Even denk ik daarover na. Het is verleidelijk haar in het ongewisse te laten. Ondanks alles is Nora nog altijd zo naïef, zo onwetend hoe de echte wereld in elkaar steekt. Ze heeft er iets van gezien in dat pakhuis, maar dat was nog niets vergeleken met waar ik elke dag mee te maken heb. Ik wil haar beschermen tegen de brute werkelijkheid van mijn leven, maar onwetendheid zal haar niet beschermen - niet nu mijn vijanden van haar bestaan weten. Daarbij heb ik het gevoel dat mijn jonge vrouw sterker is dan haar delicate uiterlijk doet vermoeden.

Dat moet wel, als ze mij wil overleven.

Ik neem een besluit en schenk haar een koele glimlach. 'We hebben informatie gekregen over twee cellen van Al-Quadar,' zeg ik. Intussen houd ik haar reactie nauwlettend in de gaten. 'Nu zijn we bezig een plan te bedenken hoe we die kunnen uitschakelen en daarbij wat leden gevangen kunnen nemen. De vergadering ging over de logistiek daarvan.'

Haar ogen worden iets groter, maar afgezien daarvan houdt ze de schok over mijn onthulling goed onder controle. 'Hoeveel cellen zijn er?' vraagt ze. Ze schuift naar voren op haar stoel. Haar stem klinkt kalm, maar haar rechterhand balt zich tot een vuist. 'Hoe groot is hun organisatie?'

'Dat weet niemand behalve de absolute top. Daardoor zijn ze ook zo moeilijk uit te schakelen - ze zijn over de hele wereld verspreid. Het is net ongedierte. Maar ze maakten een fout toen ze mij wilden uitspelen. Ik ben heel goed in ongedierteverdelging.'

Nora slikt, maar haar blik wijkt niet van de mijne. *Dappere meid.* 'Wat wilden ze van je?' vraagt ze. 'Waarom speelden ze het zo hard?'

Heel even aarzel ik; dan besluit ik haar bij te praten. Op dit punt kan ze maar beter het hele verhaal weten. 'Mijn bedrijf heeft een nieuw wapen ontwikkeld - een sterk explosief dat bijna niet te traceren is,' leg ik uit. 'Een paar kilo is genoeg om een gemiddeld vliegveld op te blazen. Met een kilo of twintig kun je een kleine stad met de grond gelijkmaken. Het heeft de explosieve kracht van een atoombom, maar is niet radioactief. Het materiaal lijkt sterk op plastic, dus je kunt er alles van maken... kinderspeelgoed, bijvoorbeeld.'

Ze trekt wit weg. Blijkbaar ziet ze in wat dat betekent. 'Is dat de reden dat je het niet aan hen wilde geven?' vraagt ze. 'Omdat je zo'n gevaarlijk wapen niet in de handen van terroristen wilde zien?'

'Nee, niet echt.' Geamuseerd kijk ik haar aan. Het is heel lief dat ze me zulke nobele motieven toeschrijft, maar inmiddels zou ze toch beter moeten weten. 'Het is moeilijk om dit explosief in grote hoeveelheden te produceren en ik heb al een lange wachtlijst met kopers. Al-Quadar stond onderaan die lijst. Ze hadden jaren, zo niet decennia moeten wachten.'

Het strijkt Nora tot eer dat haar uitdrukking niet verandert. 'Wie staat dan bovenaan je lijst?' vraagt ze onbewogen. 'Een andere terroristenorganisatie?'

'Nee.' Ik lach even. 'Lijkt er niet op, zelfs. Jouw overheid, poesje van me. Ze hebben zo'n grote bestelling geplaatst dat mijn fabrieken er nog jaren mee bezig zijn.'

'O, ik begrijp het.' Heel even lijkt ze opgelucht, maar dan verschijnt er een verwarde frons op haar voorhoofd. 'Dus wettige overheden kopen ook spullen van jou? Ik dacht dat het Amerikaanse leger zijn eigen wapens ontwikkelde...'

'Dat doen ze ook.' Haar naïviteit maakt me aan het lachen. 'Maar ze laten echt de kans niet voorbijgaan dit in handen te krijgen. Hoe meer zij kopen, hoe minder ik aan anderen kan verkopen. Het is een afspraak die voor ons beiden goed werkt.'

'Waarom gebruiken ze geen geweld om het van je af te pakken? Of sluiten ze gewoon je fabrieken?' Ze kijkt me verward aan. 'Als ze van je bestaan weten, waarom staan ze je dan toe illegale wapens te produceren?'

'Omdat als ik het niet deed, een ander het wel zou doen - en die persoon zou misschien lang niet zo rationeel en pragmatisch zijn als ik.' De ongelovige blik op Nora's gezicht maakt me aan het glimlachen. 'Ja, poesje, geloof het of niet, maar de Amerikaanse overheid heeft liever met mij te maken, iemand die niets tegen Amerika heeft, dan met iemand als Majid.'

'Majid?'

'De klootzak die Beth vermoordde.' Mijn stem klinkt harder, alle sporen van vermaak verdwenen. 'Degene die jou uit de kliniek liet ontvoeren.'

Nora verstrakt bij het horen van Beths naam en ik zie haar handen zich opnieuw tot vuisten ballen. 'Het Pak, zo noemde ik hem,' mompelt ze. Heel even lijkt ze in de verte te staren. 'Hij droeg een pak, weet je...' Ze knippert en richt haar blik weer op mij. 'Dat was Majid?'

Ik knik en houd mijn uitdrukking neutraal, ondanks de woede die door me heen raast. 'Ja, dat was Majid.'

'Ik wou dat hij niet was omgekomen bij die explosie,' zegt ze. Die uitspraak verrast me. Haar ogen glinsteren duister, zelfs in het licht van de zon. 'Hij verdiende zo'n gemakkelijke dood niet.'

'Dat klopt.' Ik begrijp nu wat ze bedoelt. Net als ik wil ze dat Majid had geleden. Ze snakt naar wraak; ik hoor het in haar stem, zie het in haar ogen. Ik vraag me af wat ze zou doen als ze Majid in handen zou krijgen, aan haar genade overgeleverd. Zou ze hem echt kwaad kunnen doen? Hem zulke pijn toebrengen dat hij zou smeken om de dood?

Dat idee is behoorlijk intrigerend.

'Heb je Beth weleens hierheen gebracht?' vraagt ze, daarmee mijn gedachten onderbrekend. 'Naar dit landgoed, bedoel ik.'

'Nee.' Ik schud mijn hoofd. 'Voor ze op het eiland ging wonen, reisde Beth met me mee en ik ben hier al lang niet meer geweest.'

'Waarom niet?'

Ik haal mijn schouders op. 'Het was niet bepaald mijn lievelingsplek,' zeg ik luchtig, de duistere herinneringen die me dreigen te overspoelen bij haar onschuldige vraag negerend. Hier heb ik het grootste deel van mijn jeugd doorgebracht. Mijn vaders riem en vuisten waren oppermachtig tot ik oud genoeg was om terug te vechten. Hier pleegde ik mijn eerste moord - en hier kwam ik twaalf jaar geleden mijn moeders bebloede lichaam ophalen. Pas nadat ik het huis helemaal had gerenoveerd, kon ik het idee verdragen hier te wonen - maar zelfs nu nog maakt alleen Nora's aanwezigheid het draaglijk hier.

Haar hand op mijn knie roept me terug naar het heden. 'Julian...' Ze zwijgt even, alsof ze niet weet hoe ze verder moet gaan. Dan besluit ze blijkbaar toch door te zetten. 'Ik wil je iets vragen,' zegt ze zacht maar duidelijk.

Ik trek mijn wenkbrauwen op. 'Wat dan, poesje?'

'Ik heb thuis lessen genomen,' zegt ze. Haar hand spant zich om mijn knie. 'Zelfverdediging, schietles, dat soort dingen... En ik wil die lessen hier graag voortzetten, als dat kan.'

'Ik begrijp het.' Een glimlach vormt zich om mijn mond. Blijkbaar zat ik goed met mijn eerdere vermoeden. Dit is niet langer het bange, hulpeloze meisje dat ik naar het eiland bracht. Deze Nora is sterker en vindingrijker... en nog aantrekkelijker. Een vermelding over haar lessen stond ook in Lucas' rapportage, dus haar verzoek komt voor mij niet uit het niets. 'Je wilt dat ik je leer vechten en wapens leer gebruiken?'

Ze knikt. 'Ja. Of als jij het druk hebt, kan iemand anders het me misschien leren.'

'Nee.' De gedachte dat een van mijn mannen aan haar zit, al is het maar om iets te leren, laat mijn bloed koken. 'Ik zal je zelf lesgeven.'

Ik besluit diezelfde middag nog met Nora's training te beginnen, nadat ik een paar zakelijke e-mails heb afgehandeld. Het idee haar zelfverdediging te leren spreekt me aan. Ik ben niet van plan haar ooit nog gevaar te laten lopen, maar ik wil dat ze zichzelf kan beschermen als het nodig is.

De ironie van wat ik ga doen ontgaat me niet. De meeste mensen zouden zeggen dat ik degene ben tegen wie ze beschermd moet worden - en waarschijnlijk zouden ze daar gelijk in hebben. Maar dat interesseert me echt niet. Nora is van mij en ik zal doen wat nodig is om haar te beschermen - ook haar leren hoe je iemand als ik doodt.

Als ik klaar ben met de e-mails, zoek ik haar op in het huis. Dit keer is ze in de sportzaal, hardlopend op de loopband. Aan het zweet dat over haar slanke rug druipt te zien, is ze al een tijdje bezig.

Ik wil haar niet laten schrikken en loop naar haar toe vanaf de zijkant, waar ze me kan zien.

Als ze me ziet, vertraagt ze de het tempo op de band tot een jog. 'Hoi,' zegt ze hijgend. Met een kleine handdoek veegt ze haar gezicht af. 'Is het tijd voor de les?'

'Ja, ik heb een paar uur vrij.' De woorden klinken laag en hees als een golf van verlangen mijn penis stijf maakt. Ze is schitterend zo, ademloos en haar huid glanzend en vochtig. Zo ziet ze er ook uit na heftige seks. Het feit dat ze alleen een sportbroekje en een sportbeha draagt, helpt uiteraard ook niet mee. Ik wil het zweet van haar gladde, strakke buik likken en haar op de grote mat gooien voor een vluggertje.

'Uitstekend.' Ze schenkt me een brede lach en zet de loopband stil. Dan pakt ze haar flesje water en springt van de machine. 'Ik ben er klaar voor.'

Ze lijkt zo enthousiast dat ik mijn idee voor een vluggertje uit mijn hoofd zet. Vertraagde bevrediging is ook wel eens goed en ik heb speciaal tijd vrij gemaakt voor haar lessen. 'Goed,' zeg ik. 'We gaan ervoor.' Ik pak haar hand en neem haar mee.

We gaan naar het veld waar ik meestal met mijn

mannen train. Midden op de dag is het te warm om te sporten, waardoor het gebied grotendeels leeg is. Toch zie ik een paar bewakers in Nora's richting staren als we langslopen. Prompt krijg ik de neiging hen de ogen uit te steken en volgens mij is dat duidelijk, gezien de manier waarop ze wegkijken als ze mijn blik zien. Ik weet dat mijn bezitterigheid irrationeel is, maar dat doet er niet toe. Ze is van mij en iedereen moet dat weten.

'Wat gaan we eerst doen?' vraagt ze als we bij een opslagschuur in de hoek van het veld komen.

'Schieten.' Ik kijk haar zijdelings aan. 'Ik wil weten hoe goed je bent met een wapen.'

Ze glimlacht en haar ogen stralen van enthousiasme. 'Ik ben niet slecht,' zegt ze vol zelfvertrouwen. Haar vertrouwen in haar eigen vaardigheden maakt me aan het lachen. Blijkbaar heeft mijn poesje het een en ander geleerd tijdens mijn afwezigheid. Ik kan niet wachten tot ze me haar nieuwe vaardigheden laat zien.

In de schuur liggen wapens en trainingsuitrusting. Ik pak een paar van de meest gebruikte wapens, van een 9mm pistool tot een M16-geweer. Ik pak ook een AK-47, al is ze waarschijnlijk te klein om die goed te gebruiken.

Dan gaan we naar de schietbaan.

Er staan meerdere doelen op verschillende afstanden van elkaar. Ik laat haar beginnen met het dichtstbijzijnde doel: een stel lege bierblikjes op een houten tafel, zo'n vijftien meter bij ons vandaan. Na haar de 9mm te hebben gegeven, leg ik haar uit hoe hij werkt en laat haar op de blikjes richten.

Tot mijn verrassing raakt ze bij haar eerste poging al tien van de twaalf blikjes. 'Verdomme,' moppert ze, terwijl ze het wapen laat zakken. 'Ongelofelijk dat ik die twee heb gemist.'

Ik ben niet alleen verrast, maar ook onder de indruk en ik laat haar de andere wapens proberen. De meeste pistolen en jachtgeweren kan ze hanteren en ze raakt de meeste doelwitten wel, maar haar armen trillen als ze de AK-47 probeert te richten.

'Je moet sterker worden voor je daarmee kunt schieten,' zeg ik en ik neem het geweer weer van haar over.

Ze knikt en pakt haar flesje water. 'Dat klopt,' zegt ze tussen twee slokken door. 'Maar ik wil ook sterker worden. Ik wil al deze wapens kunnen hanteren, net als jij.'

Daar moet ik toch echt om lachen. Ondanks het feit dat ze meestal meegaand is, is Nora ook behoorlijk competitief. Daar kwam ik al achter toen we onze race hielden op het eiland.

'Oké,' zeg ik grinnikend. Ik neem het flesje van haar over, neem een paar slokken en geef het terug. 'Ik kan je ook krachttraining geven.'

Na nog een paar keer schieten leggen we de wapens terug. Dan neem ik haar mee naar de indoor sportzaal om haar wat basale vechtmanoeuvres te leren.

Lucas is er ook, sparrend met drie bewakers. Als hij ons ziet binnenkomen, stopt hij om respectvol naar

Nora te knikken. Zijn ogen houdt hij strak op haar gezicht gericht. Hij weet wat ik voel als het om haar gaat en is slim genoeg om geen enkele interesse in haar slanke, halfnaakte lichaam te tonen. Zijn sparringpartners zijn echter niet zo slim. Pas na een moordzuchtige blik van mij stoppen ze met haar aan te gapen.

'Hoi, Lucas,' zegt Nora. De blikken van de anderen negeert ze. 'Leuk je weer te zien.'

Lucas schenkt haar een neutrale glimlach. 'U ook, mevrouw Esguerra.'

Tot mijn ergernis krimpt Nora zichtbaar ineen bij die naam. Mijn toch al aanwezige irritatie door het gedrag van de bewakers slaat om in woede op haar. Haar terughoudendheid om met me te trouwen woekert nog steeds in mijn brein als een vastzittende splinter en er is dan ook niet veel nodig om het gevoel dat ik in de kerk had weer op te roepen.

Ze zegt van me te houden, maar ze weigert ons huwelijk te accepteren - iets waar ik niet langer redelijk of vergevingsgezind tegenover sta.

'Ophoepelen,' blaf ik met een handgebaar richting de deur tegen Lucas en de bewakers. 'Wij hebben deze ruimte nodig.'

In een paar seconden zijn ze weg, waardoor Nora en ik alleen achterblijven.

Ze zet een stap achteruit, een behoedzame blik in haar ogen. Het is duidelijk dat ze me goed genoeg kent om aan te voelen dat er iets mis is.

En zoals gewoonlijk legt ze de vinger meteen op de

zere plek. 'Julian,' zegt ze voorzichtig, 'het was niet mijn bedoeling zo te reageren. Ik ben er gewoon nog niet aan gewend, dat is alles...'

'Is dat zo, poesje van me?' Mijn stem klinkt zacht en zalvend en verhult de furie die in me smeult. Ik stap op haar af en strijk met mijn vingers langs haar kaak. 'Zou je liever niet zo genoemd worden? Misschien had je liever gehad dat ik je helemaal niet was komen halen?'

Ze spert haar ogen nog wijder open. 'Natuurlijk niet! Ik zei al dat ik bij je wil zijn...'

'Lieg niet tegen me.' De woorden klinken kil en scherp. Mijn hand laat ik vallen. Het maakt me woedend dat dit me kwetst, dat ik iets geef om Nora's gevoelens. Wat doet het ertoe of ze van me houdt of niet? Dat zou ik niet van haar moeten willen, moeten verwachten. Maar dat doe ik wel - het hoort bij die kloterige obsessie die ik voor haar koester.

'Ik lieg niet,' antwoordt ze vurig, terwijl ze nog een stap achteruitzet. In het schemerige licht van de ruimte kan ik zien dat haar gezicht bleek is, maar dat ze direct en onbevreesd mijn blik vasthoudt. 'Ik zou niet bij je moeten willen zijn, maar dat doe ik wel. Denk je dat ik niet weet hoe verkeerd dit is? Hoe verknipt? Je hebt me ontvoerd, Julian... Je hebt me gedwongen.'

Die beschuldiging blijft zwaar tussen ons in hangen. Als ik een andere man was, had ik mijn blik afgewend. Ik zou spijt voelen.

Maar ik heb geen spijt.

Ik ben niet iemand die zichzelf voorliegt. Dat heb ik nooit gedaan. Ik wist dat ik een grens overging toen ik

Nora ontvoerde, dat ik een nieuw dieptepunt bereikt had. En toch beging ik die stap met de wetenschap dat het me een onvergeeflijk beest zou maken, een vernietiger van onschuld. Maar ik kan met die aantijgingen leven als ik haar maar heb.

Ik zou alles doen om haar bij me te houden.

En daarom beantwoord ik haar blik in plaats van weg te kijken. 'Ja,' zeg ik zacht. 'Dat heb ik gedaan.' Mijn woede is vervangen door een emotie die ik niet onder de loep wil nemen. Ik stap in haar richting en laat mijn duim over haar zachte, volle onderlip glijden. Haar lippen wijken vaneen onder mijn aanraking en de honger die ik al de hele dag onderdrukt heb, groeit, vecht zich een weg naar buiten.

Ik wil haar.

Ik wil haar en ga haar nemen ook.

Hierna zal ze weten dat ze bij mij hoort.

*N*ora

Ik staar naar mijn echtgenoot en vecht tegen de neiging om achteruit te stappen. Ik had Julian mijn reactie op mijn nieuwe naam niet moeten laten zien, maar ik had zo genoten van onze schietoefeningen - en Julians gezelschap - dat ik mijn nieuwe werkelijkheid vergeten was. Dat Lucas me aansprak als 'mevrouw Esguerra' bracht me van mijn stuk, riep dat verontrustende gevoel van mijn missende identiteit weer op en ik was heel even niet in staat mijn ontzetting te verbergen.

Dat ene moment was genoeg om Julian van een opgewekte, plagende metgezel in de angstaanjagende, onvoorstelbare man die me naar het eiland bracht te veranderen.

Mijn polsslag versnelt als zijn duim over mijn lip strijkt. De aanraking is zacht, ondanks de duisternis die in zijn ogen te zien is. Mijn roekeloze beschuldigingen lijken hem niets te doen; hij lijkt kalm, bijna geamuseerd. Ik weet niet wat ik dacht dat er zou gebeuren toen ik hem die woorden naar het hoofd slingerde, maar ik had niet verwacht dat hij zijn misdaden zo gemakkelijk zou toegeven, zonder een spoortje schuldgevoel of spijt. De meeste mensen proberen hun acties tegenover zichzelf en anderen te rechtvaardigen, verdraaien de feiten zoals het hen uitkomt, maar Julian is niet zoals de meeste mensen. Hij ziet de dingen zoals ze zijn; het idee daden te begaan waar de meeste mensen voor zouden terugdeinzen, doet hem gewoon niets. Mijn kersverse echtgenoot is geen malende gek die denkt dat hij het juiste doet, maar gewoon een man zonder geweten.

En man die ik op dit moment zowel liefheb als vrees.

Zonder een woord te zeggen pakt Julian mijn bovenarm en trekt me naar een van de worstelmatten bij de muur. Ik vang een glimp op van de zwelling in zijn korte broek en mijn adem versnelt in een combinatie van angst en verlangen.

Hij is van plan me te neuken, hier en nu, waar iedereen ons zou kunnen zien.

Een ongemakkelijke mengeling van lust en schaamte zet me in vuur en vlam. Logisch gezien weet ik dat dit geen lief vrijpartijtje wordt, maar mijn lichaam kent het verschil niet tussen een bestraffende neukpartij en het bedrijven van de liefde. Het kent alleen Julian en is geconditioneerd naar zijn aanraking te verlangen.

Tot mijn verbazing valt Julian niet meteen op me aan. In plaats daarvan laat hij mijn arm los en staart me met een kille, licht wrede glimlach om zijn sensuele mond aan. 'Waarom laat je me niet eens zien wat je geleerd hebt in die zelfverdedigingslessen, poesje van me?' zegt hij zacht. 'Laat me zien wat ze je hebben aangeleerd.'

Ik staar hem aan. Mijn hart klopt in mijn keel als ik besef wat hij wil. Hij wil dat ik hem bevecht, me verzet - zelfs al doet het aan de uitkomst niets af.

Zelfs al voel ik me vernederd en hulpeloos wanneer ik verlies.

'Waarom?' Ik probeer het onvermijdelijke uit te stellen en mijn stem klinkt wanhopig. Ik weet dat Julian met me speelt, maar dit spel wil ik niet spelen, niet na alles wat tussen ons gebeurd is. Die begintijd op het eiland wil ik vergeten, niet er op deze verwrongen manier aan herinnerd worden.

'Waarom niet?' Hij begint om me heen te cirkelen, waardoor mijn angst nog verder toeneemt. 'Daarom heb je toch die lessen genomen, zodat je jezelf kon beschermen tegen mannen als ik? Mannen die je willen nemen, die misbruik van je willen maken?'

Mijn ademhaling versnelt verder en ik voel een vlaag van adrenaline door me heen gaan als mijn vecht-of-vluchtmechanisme in actie komt. Instinctief probeer ik hem in het vizier te houden alsof hij een gevaarlijk roofdier is - want dat is hij op dit moment ook.

Een schitterend, dodelijk roofdier dat mij als zijn prooi heeft gemarkeerd.

'Ga je gang, Nora,' zegt hij zacht. Hij staat stil en ik besef dat ik met mijn rug tegen de muur sta. 'Vecht.'

'Nee.' Ik probeer niet ineen te krimpen als hij met een hand mijn pols pakt. 'Ik ga dit niet doen, Julian. Niet op deze manier.'

Hij spert zijn neusvleugels. Hij is niet gewend dat ik hem dingen ontzeg en ik houd mijn adem in als ik afwacht wat hij nu gaat doen. Mijn hart bonst pijnlijk snel en ik voel een straaltje zweet over mijn rug lopen. Ik weet inmiddels wel dat Julian me niet echt pijn zal doen, maar hij zal me wel straffen omdat ik tegen hem inga.

'Goed,' zegt hij zacht. 'Als je het zo wilt spelen.' Met die ene hand om mijn pols trekt hij mijn arm naar voren en omhoog, zodat ik op mijn knieën zak. Met zijn vrije hand doet hij zijn gulp open. Zijn erectie springt naar voren. Dan grijpt hij mijn haren en duwt mijn gezicht naar zijn penis. 'Zuigen,' beveelt hij hees terwijl hij op me neerkijkt.

Ik ben opgelucht door deze simpele taak en sluit met genoegen mijn lippen om zijn grote schacht. Hij smaakt naar zout en man. Zijn eikel is vochtig van het voorvocht en mijn angst verdwijnt, wordt vervangen door groeiend verlangen. Ik vind het heerlijk hem zo genot te bezorgen. Als Julian mijn pols loslaat, gebruik ik beide handen om zijn ballen te strelen en ze stevig te kneden.

Hij kreunt en zijn ogen zakken dicht. Ik beweeg mijn mond over hem heen, zuigend om hem dieper in mijn mond en keel te nemen. De manier waarop hij mijn haar vast heeft, doet zeer, maar dat verhoogt mijn opwinding. Julian had gelijk toen hij zei dat ik masochistische neigingen heb. Of het nu van nature is of omdat ik dat geleerd heb, pijn windt me op. Mijn lichaam snakt naar de intensiteit van dergelijke ervaringen.

Ik kijk op naar hem en geniet van de gekwelde uitdrukking op zijn gezicht. Ik houd van dit kleine beetje macht dat hij me toestaat.

Maar vandaag laat hij me niet lang het tempo bepalen. Hij duwt zijn heupen naar voren, waardoor zijn penis verder mijn keel in glijdt. Ik kokhals en spuug wat speeksel uit. Dat lijkt hem te bevallen, want hij prevelt: 'Ja, schatje,' en opent zijn ogen om naar me te kijken terwijl hij mijn mond in een hard, genadeloos ritme begint af te neuken. Opnieuw kokhals ik, waardoor ik meer speeksel uitspuug. Mijn kin en zijn penis zijn nat van het vocht.

Dan laat hij me los, maar voor ik op adem kan komen, duwt hij me met mijn gezicht naar beneden op de mat, zodat ik op handen en knieën terechtkom. Dan gaat hij achter me staan en ik voel dat hij mijn sportbroekje en slip naar beneden trekt. Mijn vagina knijpt samen vol verlangen... Maar daar gaat hij me vandaag niet nemen. Hij richt zijn aandacht op een andere opening. Instinctief span ik mijn spieren als ik zijn eikel tegen mijn billen voel duwen.

'Ontspan, poesje van me,' prevelt hij terwijl hij mijn heupen grijpt om me op mijn plek te houden. 'Ontspan je gewoon... Zo ja, brave meid...'

Ik haal kort en oppervlakkig adem als ik Julians advies probeer op te volgen, maar ik moet vechten tegen de neiging aan te spannen als hij langzaam in mijn achterste dringt. Uit ervaring weet ik dat dit veel minder pijnlijk is als ik me ontspan, maar mijn lichaam wil tegen deze invasie vechten. Na maanden van onthouding voel ik me daar weer net een maagd. Een hevige, brandende druk verspreidt zich als hij mijn rectum open dwingt.

'Julian, alsjeblieft...' De woorden klinken laag en fluisterend terwijl hij zich genadeloos naar binnen werkt. Mijn speeksel op zijn penis dient als glijmiddel. Ik voel mijn ingewanden verkrampen en het koude zweet breekt me uit als mijn spieren eindelijk toegeven en zijn enorme penis helemaal in me komt. Hij pulseert in me en ik voel me ondraaglijk vol, overweldigd en bezeten.

'Alsjeblieft wat?' fluistert hij terwijl hij een gespierde arm om mijn heupen laat glijden om me op mijn plek te houden. Zijn andere hand grijpt opnieuw mijn haar, waardoor mijn lichaam achterover moet buigen. Deze nieuwe hoek zorgt dat hij me dieper penetreert en ik schreeuw het uit. Mijn hele lichaam begint te trillen. Het is te veel. Ik kan dit niet, maar Julian laat me geen keus. Dit is mijn straf: geneukt worden als een dier op een vieze mat, zonder zorg of voorbereiding. Ik zou hiervan moeten walgen, zou geen enkel restje lust over moeten hebben, maar ik ben nog steeds opgewonden. Mijn lichaam snakt naar wat Julian me ook maar wil bieden. 'Alsjeblieft wat?' herhaalt hij. Zijn stem klinkt laag en hees. 'Alsjeblieft, neem me? Alsjeblieft, ik wil meer?'

'Ik... ik weet het niet.' Ik krijg de woorden nauwelijks over mijn lippen, zo overweldigd ben ik. Hij houdt zich even stil en ik ben hem dankbaar voor die kleine pauze. Nu kan mijn lichaam wennen aan de brute hardheid die zich in me bevindt. Ik probeer rustiger adem te halen en me te ontspannen. De pijn neemt langzaam af, verandert in een brandende warmte die mijn zenuwen in vuur en vlam zet.

Hij begint opnieuw te bewegen, met diepe, langzame stoten, en hitte balt zich samen in mijn onderbuik. Mijn tepels worden hard, mijn vagina vochtig. Ondanks de pijn is er iets heel pervers erotisch aan zo genomen worden, bezeten worden op zo'n foute, verboden manier. Ik sluit mijn ogen en geef me over aan het oeroude ritme van zijn stoten, die mijn ingewanden van zowel pijn als genot laten samentrekken. Mijn klit zwelt en ik weet dat ik met een paar aanrakingen zou komen, dat dat genoeg zou zijn om mijn opgebouwde spanning kwijt te raken.

Mar hij raakt me daar niet aan. In plaats daarvan laat hij mijn haar los en brengt zijn hand naar mijn hals. Hij grijpt me bij mijn keel en dwingt me omhoog, zodat ik op mijn knieën zit, mijn rug licht gebogen.

Mijn ogen schieten open en automatisch vliegen mijn vingers omhoog om zijn hand rond mijn keel los te wrikken, maar zijn greep verslapt niet. Zo bevindt hij zich nog dieper in me en ik krijg nauwelijks adem. Mijn hart begint te bonzen in een vlaag nieuwe, onbekende angst.

Hij leunt naar voren, zodat zijn lippen mijn oor raken als hij fluistert: 'De rest van je leven ben je van mij.' De woorden klinken ruw en ik krijg kippenvel van de warmte van zijn adem. 'Begrijp je me, Nora? Alles aan jou, je kutje, je kont en zelfs je gedachten, is van mij, om te gebruiken en misbruiken naar mijn believen. Ik bezit je, vanbinnen en vanbuiten, op elke manier denkbaar...' Dan zet hij zijn tanden in mijn oorlelletje. De plotse pijn laat me naar adem snakken. 'Begrepen?' Er zit een duistere ondertoon in zijn stem die me beangstigt. Dit is nieuw. Hij heeft dit nog nooit eerder gedaan en mijn polsslag schiet omhoog als hij zijn vingers om mijn keel aanspant, waardoor hij langzaam mijn luchttoevoer afknijpt.

De paniek stuurt een nieuwe vlaag adrenaline door me heen. 'Ja...' kraak ik. Mijn vingers klauwen aan zijn hand, proberen hem los te maken. Maar tot mijn afschuw begin ik sterretjes te zien. De kamer vervaagt en wordt duisterder. *Hij wil me niet doden... hij wil me niet doden...* Ik ben doodsbang, maar op de een of andere manier neemt mijn opwinding alleen maar toe.

'Mooi. Vertel... wiens vrouw ben je?' De greep op mijn keel wordt nog strakker en mijn brein snakt naar zuurstof. Ik sta op het punt te stikken, maar tegelijkertijd voelt mijn lichaam zich levender dan ooit. Iedere sensatie, ieder gevoel wordt versterkt. De brandende omvang van zijn penis in mijn achterste, de hitte van zijn adem tegen mijn slapen, het pulseren van mijn gezwollen klit - het is te veel en tegelijkertijd niet genoeg. Ik wil schreeuwen, vechten, maar ik kan me niet bewegen, krijg geen lucht... Als op een afstand hoor ik Julian vragen: 'Van wie?'

Vlak voor ik van mijn stokje ga, verslapt zijn greep iets. Ik weet nog net: 'De jouwe...' uit te brengen als mijn lichaam samentrekt in een pijnlijke climax. Het orgasme komt uit het niets en is bizar intens nu zuurstof eindelijk mijn longen vult.

Trillend zak ik tegen hem aan, snakkend naar adem. Ongelofelijk dat ik zo kon klaarkomen, zonder dat Julian mijn klit aanraakte.

Ongelofelijk dat ik kon klaarkomen terwijl ik bang was dat ik zou sterven.

Na een tijdje voel ik zijn lippen over mijn bezwete wang glijden. 'Ja,' prevelt hij terwijl hij zijn hand zachtjes over mijn keel laat gaan, 'dat klopt, schatje...' Hij is nog steeds in me, hard en heftig. 'En hoe heet je?'

'Nora,' kreun ik hees, terwijl zijn vingers van mijn hals naar mijn borsten zakken. Ik heb mijn sportbeha nog steeds aan en zijn hand wurmt zich onder het strakke materiaal om zich om mijn borst te sluiten.

'Nora hoe?' dringt hij aan. Zijn vingers knijpen in mijn tepel. Mijn tepels zijn gevoelig en stijf na mijn orgasme en die beweging stuurt een nieuwe vlaag hitte naar mijn kern. 'Nora hoe?'

'Nora Esguerra,' fluister ik. Ik sluit mijn ogen. Dat zal ik nooit meer vergeten. Terwijl Julian me opnieuw begint af te neuken, besef ik dat Nora Leston er niet meer is.

Zij is voorgoed verdwenen.

II

HET LANDGOED

11

IN DE WEKEN DAARNA wen ik langzaam aan mijn nieuwe thuis. Het landgoed is een fascinerende plek, en ik ben dan ook vaak bezig het te verkennen en de bewoners te leren kennen.

Naast de bewakers wonen er nog een paar dozijn mensen, sommigen alleen, anderen met gezinnen. Ze werken allemaal voor Julian, van de oudsten tot de jongsten. Sommigen zorgen voor het huis en de gronden, net als Ana en Rosa, terwijl anderen betrokken zijn bij Julians bedrijf. Hij mag hier misschien lange tijd niet gewoond hebben, maar zijn medewerkers wonen hier al sinds de tijd dat Juan Esguerra, Julians vader, een van de machtigste drugshandelaren van het land was. Voor een

Amerikaan als ik is zulke loyaliteit naar een werkgever toe ondenkbaar.

'Ze krijgen goed betaald, wonen gratis en hun kinderen krijgen les van een privéleraar die je echtgenoot een paar jaar geleden heeft laten invliegen,' legt Rosa uit als ik haar naar dit vreemde verschijnsel vraag. 'Hij is hier zelf weinig, maar hij heeft altijd goed voor zijn mensen gezorgd. Ze mogen weggaan als ze dat willen, maar ze weten dat er weinig betere werkplekken te vinden zijn. En daarbij worden ze hier beschermd. Ergens anders vormen zij en hun gezinnen een doelwit voor nieuwsgierige politieagenten of anderen die meer willen weten over de Esguerra-organisatie.' Met een wrange glimlach voegt ze daaraan toe: 'Mijn moeder zegt dat als je eenmaal in dit wereldje zit, je er altijd zult blijven. Er is geen weg terug.'

'Waarom hebben ze dan voor dit leven gekozen?' Ik probeer te begrijpen waarom iemand zou willen verhuizen naar het geïsoleerde, aan de Amazone grenzende landgoed van een wapenhandelaar. Niet veel normaal denkende mensen zouden dat zomaar doen, volgens mij - vooral als ze wisten dat er niet zomaar een weg terug was.

Rosa haalt haar schouders op. 'Iedereen heeft een andere achtergrond. Sommigen werden gezocht door de autoriteiten, anderen hebben gevaarlijke vijanden gemaakt. Mijn ouders kwamen hier om aan armoede te ontsnappen en mijn broers en mij een beter leven te bieden. Ze wisten dat het een gok was, maar ze vonden dat ze geen keus hadden. Tot op de dag van vandaag is mijn moeder ervan overtuigd dat ze de juiste beslissing hebben genomen, zowel voor zichzelf als voor hun kinderen.'

'Zelfs na...' Haastig sluit ik mijn mond als ik me realiseer dat die vraag waarschijnlijk weer nare herinneringen bij Rosa oproept.

'Ja, zelfs na wat er gebeurd is,' beantwoordt ze mijn half uitgesproken vraag. 'Er zijn geen garanties in het leven. Ze hadden hoe dan ook kunnen sterven. Mijn vader en Eduardo, mijn oudste broer, zijn omgekomen tijdens hun werk, maar ze hadden in elk geval werk. In het dorp waar mijn ouders vandaan komen, waren geen banen en in de grote steden al helemaal niet. Mijn ouders deden wat ze konden om hun dagelijks brood te verdienen, maar er was altijd te weinig. Toen mijn moeder zwanger was van mij, ging Eduardo, die toen twaalf was, naar Medellín om een drugskoerier te worden in een poging te voorkomen dat we stierven van de honger. Mijn vader ging achter hem aan om hem tegen te houden en toen hebben ze Juan Esguerra ontmoet, die in de stad was voor onderhandelingen met het kartel in Medellín. Hij bood zowel mijn vader als Eduardo een baan in zijn organisatie aan, en de rest is geschiedenis.' Ze glimlacht even naar me voor ze verdergaat: 'Dus, Nora, werken voor Señor Esguerra was de beste optie voor mijn ouders. Mijn moeder zegt altijd dat ik mezelf nooit heb hoeven verkopen voor voedsel, zoals zij dat wel moest toen ze mijn leeftijd had.'

Dat laatste zegt ze zonder bitterheid of zelfmedelijden. Het zijn gewoon feiten voor haar. Rosa beschouwt zichzelf als een gelukkig mens omdat ze hier op het Esguerra-landgoed geboren is. Ze is Julian en zijn vader dankbaar dat ze haar familie een goed leven hebben geboden en ondanks haar verlangen om Amerika te zien, vindt ze het niet erg om midden in het oerwoud te wonen. Voor haar is dit landgoed haar thuis.

Al deze dingen krijg ik te horen tijdens onze wandelingen. Rosa houdt niet van hardlopen, maar ze gaat graag een eind wandelen 's ochtends, voor het te warm en vochtig wordt. Daar zijn we op mijn derde dag hier mee begonnen en het werd al snel deel van mijn dagelijkse routine. Ik vind het leuk om tijd met Rosa door te brengen. Ze is vriendelijk en slim. In zekere zin doet ze me aan mijn vriendin Leah denken. Rosa lijkt mijn gezelschap ook op prijs te stellen, hoewel ik aanneem dat ze sowieso aardig tegen me zou zijn geweest, gezien mijn positie. Iedereen op het landgoed behandelt me vriendelijk en met respect.

Ik ben tenslotte de vrouw van de Señor.

Na het incident in de sportzaal heb ik geprobeerd te accepteren dat ik nu met Julian getrouwd ben; dat de mooie, immorele man die me ontvoerd heeft nu mijn echtgenoot is. Het zit me in zekere zin nog steeds dwars, maar iedere dag raak ik er meer aan gewend. Mijn leven is onherroepelijk veranderd door de ontvoering. De droom van een normale toekomst heb ik al lang geleden op moeten geven. Me daaraan vasthouden terwijl ik verliefd was op mijn ontvoerder, was even irrationeel als het feit dat ik überhaupt voor hem ben gevallen.

In plaats van een huis in een buitenwijk met twee komma één kinderen omvat mijn toekomst een zwaarbewaakt landgoed bij het Amazone-regenwoud en een man die me zowel opwindt als beangstigt. Ik kan me niet voorstellen dat Julian en ik ooit kinderen zullen krijgen en daarom vrees ik voor de toekomst, want over een paar maanden vervalt de werkzaamheidsgarantie van het anticonceptiestaafje dat ik op mijn zeventiende heb laten plaatsen. Ik moet dit een keer met Julian bespreken, maar vooralsnog probeer ik daar niet aan te denken. Ik was er niet klaar voor om iemands vrouw te zijn en ik ben er niet klaar voor om iemands moeder te zijn. De mogelijkheid dat die keuze me opgedrongen wordt, bezorgt me kippenvel. Ik houd van Julian, maar kinderen opvoeden met een man die niet terugdeinst voor ontvoering en moord? Dat is een heel andere zaak.

Mijn ouders en vrienden in Amerika helpen ook niet mee. Ik heb één keer met Leah gesproken om haar over mijn overhaaste huwelijk te vertellen. Haar reactie was op z'n zachtst gezegd geschokt.

'Je bent met die wapenhandelaar getrouwd?' riep ze ongelovig uit. 'Na alles wat hij jou en Jake heeft aangedaan? Ben je gek geworden? Je bent pas negentien. Hij zou in de gevangenis moeten zitten.' Hoezeer ik de boel ook zo positief mogelijk probeerde neer te zetten, ik weet gewoon dat ze denkt dat ik na mijn ontvoering ben doorgedraaid.

Mijn ouders zijn nog erger. Iedere keer als ik met ze praat, moet ik hun indringende vragen over mijn onverwachte huwelijk en Julians plannen voor onze toekomst afweren. Maar ik neem het ze niet kwalijk dat ze me stress bezorgen; ik weet dat ze zich enorme zorgen om me maken. De laatste keer dat we skypeten waren mijn moeders ogen rood en dik, alsof ze had gehuild. Het is duidelijk dat het snel verzonnen verhaal dat ik tijdens de bruiloft opdiste hun zorgen niet heeft verminderd. Mijn ouders weten hoe mijn relatie met Julian begon en ze kunnen niet geloven dat ik gelukkig kan zijn met een man die zij als de verpersoonlijking van het kwaad zien.

En toch ben ik op mijn zorgen over de toekomst na gelukkig. Die ijzige leegte vanbinnen is verdwenen, vervangen door een overweldigende hoeveelheid emoties en gevoelens. Het is alsof de zwart-wit film die mijn leven was ineens is ingekleurd.

Als ik bij Julian ben, ben ik compleet. Dan ben ik gelukkig op een manier die ik niet helemaal begrijp en soms maar moeilijk kan accepteren. Het is niet alsof ik ongelukkig was voor ik hem ontmoette. Ik had leuke vrienden, een liefhebbende familie en de belofte van een goed, zij het gewoon, leven voor me. Ik had een kalverliefde, Jake, die me vlinders in mijn buik bezorgde. Het slaat nergens op dat ik zoiets pervers als deze relatie met Julian nodig had om een rijker leven te leiden, om vervuld te worden.

Maar goed, ik ben geen psycholoog. Er is misschien wel een verklaring voor mijn gevoelens: een jeugdtrauma dat ik heb onderdrukt, een chemische onbalans in mijn hersenen. Of misschien ligt het gewoon aan Julian en de manier waarop hij sinds het begin mijn fysieke en emotionele respons heeft gevormd. Ik ben me bewust van zijn conditionering, maar dat doet niets af aan de effectiviteit ervan. Het is vreemd om je bewust te zijn van het feit dat je wordt gemanipuleerd en daar tegelijkertijd van geniet.

En toch geniet ik ervan. Bij Julian zijn is opwindend, angstaanjagend en spannend tegelijk. Het is alsof je een wilde tijger berijdt. Ik weet nooit welke kant ik van hem ga zien, de charmante minnaar of de wrede meester. En verknipt als het is, ik houd van allebei. Het licht en het duister, het geweld en de tederheid - het hoort allemaal bij elkaar in een vluchtige, duizelingwekkende cocktail die spelletjes speelt met mijn evenwichtigheid en me steeds verder onder Julians betovering brengt.

Het feit dat ik hem nu elke dag zie, helpt ook niet mee. Op het eiland kon ik bijkomen van het effect dat hij op mijn lichaam en geest heeft omdat hij vaak voor langere tijd afwezig was. Op die manier behield ik mijn emotionele balans. Hier is er echter geen ontsnappen aan de magnetische aantrekkingskracht tussen ons. Ik kan mezelf op geen enkele manier afschermen. Iedere dag verlies ik meer van mijn ziel aan hem, iedere dag groeit mijn behoefte aan hem in plaats van mettertijd af te nemen.

Het enige dat me geruststelt hierin, is dat Julian zich net zo sterk tot mij aangetrokken voelt. Ik weet niet of het komt doordat ik zo op Maria lijk of dat het gewoon onverklaarbare chemie is, maar die verslaving werkt twee kanten op.

Julians lust naar mij kent geen grenzen. Hij neemt me meerdere malen per nacht en vaak overdag ook nog, maar ik voel dat hij eigenlijk nog meer wil. Ik zie het in de intensiteit in zijn blik, voel het in de manier waarop hij me aanraakt of vasthoudt. Hij kan niet van me afblijven en dat zorgt ervoor dat ik me iets beter voel over mijn eigen hulpeloze verlangen naar hem.

Maar het is niet alleen lust; hij lijkt het ook leuk te vinden buiten het bed tijd met me door te brengen. Julian heeft zich aan zijn belofte gehouden en geeft me lessen in vechten en wapengebruik. Na die eerste hobbelige start blijkt hij een uitstekende leraar: geleerd, geduldig en verrassend toegewijd. We trainen vrijwel elke dag samen en ik heb in deze paar weken al meer geleerd dan in de drie maanden zelfverdedigingslessen die ik had. Uiteraard is zelfverdediging niet de juiste term voor wat hij me leert; Julians lessen lijken meer op een bootcamp voor moordenaars.

'Je slaat altijd toe om te doden,' vertelt hij me bij een les waarin ik kleine messen naar een doelwit op de muur sta te gooien. 'Je bent niet groot of sterk, dus moet je je richten op snelheid, reflexen en meedogenloosheid. Je moet je tegenstanders verrassen en ze uitschakelen voor ze doorhebben wat je kunt.

Iedere slag moet dodelijk zijn; iedere beweging doet ertoe.'

'Maar wat nou als ik ze niet wil doden?' Ik kijk hem aan. 'Wat nou als ik ze alleen wil verwonden zodat ik kan vluchten?'

'Een gewonde man kan jou nog steeds pijn doen. Je hebt weinig kracht nodig om een trekker over te halen of iemand te steken. Tenzij je een goede reden hebt je tegenstander in leven te laten, sla je toe om te doden, Nora. Begrepen?'

Ik knik en gooi een klein, scherp mes richting de muur. Het stuitert tegen het doelwit en valt naar beneden zonder maar een krasje in het hout te maken. Het is geen goede poging, maar beter dan de vorige vijf.

Ik weet niet of ik kan doen wat Julian zegt, maar ik weet wel dat ik me nooit meer zo hulpeloos wil voelen. Als dat betekent dat ik de vaardigheden van een moordenaar moet leren, dan doe ik dat graag. Ik ben niet van plan ze ooit te gaan gebruiken, maar alleen al de wetenschap dat ik mezelf kan beschermen zorgt ervoor dat ik me sterker en zelfverzekerder voel, waardoor ik beter kan omgaan met de nachtmerries die ik heb na mijn tijd in handen van de terroristen.

Tot mijn grote opluchting nemen ze echt af. Het is alsof mijn onderbewuste weet dat Julian er is en dat ik veilig ben bij hem. Uiteraard helpt het ook dat wanneer ik schreeuwend wakker word, hij er is om me vast te houden en de angst te verjagen.

De eerste keer dat ik een nachtmerrie heb, is drie dagen na aankomst op het landgoed. Ik droom weer van Beths dood en de oceaan van bloed waar ik in verdrink, maar dit keer word ik opgevangen door sterke armen, die me uit de woeste stroming redden. Dit keer open ik mijn ogen en ben ik niet alleen in het donker. Julian heeft het bedlampje aangedaan en schudt me wakker. Zijn knappe gezicht draagt een bezorgde uitdrukking.

'Ik ben bij je,' sust hij zacht. Als ik blijf trillen en de tranen maar blijven komen omdat de herinneringen aan die gruwelen zo sterk zijn, trekt hij me op zijn schoot. 'Alles is goed, dat beloof ik je...' Hij streelt mijn haren tot ik tot bedaren kom. Daarna vraagt hij zacht: 'Wat is er aan de hand, schatje? Had je een nachtmerrie? Je riep mijn naam...'

Ik knik en klamp me met al mijn kracht aan hem vast. Ik voel de warmte van zijn huid, hoor het bonzen van zijn hart, en langzaam vervaagt de nachtmerrie en kom ik terug in het heden. 'Het was Beth,' fluister ik als ik weer kan spreken. 'Hij martelde haar... vermoordde haar.'

Julians armen verstrakken in hun omhelzing. Hij zegt niets, maar ik voel zijn brandende woede. Beth was meer voor hem dan een huishoudster, hoewel de precieze natuur van hun relatie me altijd een raadsel is gebleven.

Ik wil mezelf wanhopig losmaken van de bloederige beelden die ik nog steeds voor me zie en daarom besluit ik de nieuwsgierigheid te bevredigen die al sinds mijn tijd op het eiland aan me knaagt. 'Waar heb je Beth ontmoet?' Ik kijk Julian aan. 'Hoe kwam ze met mij op dat eiland terecht?'

Als hij me aankijkt, staan zijn ogen vol sombere herinneringen. Als ik vroeger zulke vragen stelde, wimpelde hij me af of veranderde hij van onderwerp, maar nu is het anders tussen ons. Julian praat vaker met me, laat me meer toe in zijn leven.

'Ik was zeven jaar geleden in Tijana voor een ontmoeting met een van de kartels,' begint hij na een tijdje. 'Toen de zaken afgerond waren, ging ik naar Zona Norte, de hoerenbuurt, voor wat vertier. Ik liep langs een steeg toen ik een schreeuwende, huilende vrouw op de grond over een kleine gedaante gebogen zag zitten.'

'Beth,' fluister ik als ik me herinner wat ze me over haar dochter verteld had.

'Ja, Beth. Het waren mijn zaken niet, maar ik had wat gedronken en ik was nieuwsgierig. Ik liep op haar af en toen zag ik dat de kleine gedaante een kind was. Een prachtig klein meisje met rode krullen, een kleine replica van de vrouw die om haar huilde.' Nu verschijnt er een woedende blik in zijn ogen. 'Het kind lag in een poel bloed. In haar borst bevond zich een kogelwond. Ze was gedood om haar moeder te straffen, die haar niet had willen 'lenen' aan klanten met... exotischere smaken.'

Daar word ik kotsmisselijk van. Ondanks alles wat ik heb doorgemaakt, vervult de wetenschap dat zulke monsters echt bestaan me met afschuw. Dat zijn veel ergere monsters dan de man van wie ik houd.

Het is geen wonder dat Beth alleen het slechte in de wereld zag; haar hele leven was ze omringd geweest door het duistere.

'Toen ik het hele verhaal had gehoord, nam ik Beth en haar dochter mee,' gaat Julian met lage, kille stem verder. 'Het waren nog steeds mijn zaken niet, maar ik kon dit niet laten gaan, niet na het lichaam van dat meisje te hebben gezien. We begroeven haar dochter in een kerkhof net buiten Tijana. Toen riep ik een paar van mijn mannen op en gingen Beth en ik met hen op zoek naar de pooier die haar dit had aangedaan.' Hij glimlacht even wreed als hij zegt: 'Beth heeft hem eigenhandig afgemaakt. Hem en zijn twee mannen, die geholpen hadden haar dochter te vermoorden.'

Ik haal diep adem om niet weer te gaan huilen. 'En daarna kwam ze voor je werken? Toen je haar geholpen had?'

Julian knikt. 'Ja. Ze kon niet in Tijana blijven, dus bood ik haar een baan aan als kok en huishoudster. Die nam ze uiteraard aan, omdat het veel beter was dan straathoer in Mexico zijn. Vanaf dat moment reisde ze met mij de wereld over. Pas toen ik besloten had jou te verwerven, bood ik haar de mogelijkheid permanent op het eiland te verblijven. De rest van het verhaal ken je.'

'Dat klopt,' mompel ik, en ik duw tegen zijn borst om los te komen uit zijn omhelzing, die ineens verstikkend in plaats van troostend aanvoelt. Dat 'verwerven' brengt de onaangename herinnering met zich mee hoe ik hier ben gekomen... en dat de man die me vasthoudt mijn ontvoering op meedogenloze wijze heeft gepland en uitgevoerd. Op de lijn van goed en kwaad zit Julian niet in het uiterste van de zwarte kant, maar het scheelt niet veel.

Mettertijd worden mijn nachtmerries minder. Pervers genoeg begin ik nu ik weer terug ben bij mijn ontvoerder te herstellen van de beproeving van hem weggerukt te zijn. Ook in mijn kunst is die rust terug te zien. Ik schilder nog steeds de vlammen van de explosie, maar ik begin ook weer interesse te krijgen in landschappen en daarom schilder ik ook de wilde schoonheid van het regenwoud dat zich rond het landgoed bevindt.

Net als eerst moedigt Julian mijn hobby aan. Naast het inrichten van een atelier heeft hij een kunstdocent laten invliegen, een dunne, oudere man uit Zuid-Frankrijk die Engels spreekt met een zwaar accent. Monsieur Bernard heeft op alle goede kunstacademies in Europa lesgegeven voor hij, ruim in de zeventig, met pensioen ging. Ik heb geen idee hoe Julian hem heeft overgehaald hierheen te komen, maar ik ben blij dat hij er is. De technieken die hij me leert, zijn veel geavanceerder dan ik uit mijn instructiefilmpjes kon halen en ik begin nieuwe niveaus van verfijning in mijn kunst te onderscheiden - net als monsieur Bernard.

'U hebt talent, Señora,' zegt hij met zijn zware Franse accent als hij mijn laatste poging de zonsondergang in de jungle vast te leggen bestudeert. De bomen zijn donker tegenover het stralende oranje en roze van de ondergaande zon. De randen van het schilderij zijn onscherp voor het effect. 'Dit heeft een... hoe zeg je dat? Een haast sinistere ondertoon?' Hij neemt me scherp op, zijn nieuwsgierigheid onmiskenbaar. 'Ja,' mompelt hij na me een paar ogenblikken bekeken te hebben. 'U hebt talent en ook iets anders... iets in u dat naar buiten komt in uw kunst. Een duisternis die men zelden ziet bij zo'n jong iemand.'

Ik heb geen idee wat ik daarop moet zeggen, dus glimlach ik maar. Ik weet niet of monsieur Bernard weet wat mijn echtgenoot voor werk doet, maar ik heb een sterk vermoeden dat de oudere docent geen idee heeft hoe mijn relatie met Julian begonnen is.

Voor zover de wereld het nu ziet, ben ik de vertroetelde jonge vrouw van een knappe, rijke man, meer niet.

'Ik heb je ingeschreven voor het wintertrimester op Stanford,' zegt Julian op een avond tijdens het eten. 'Ze hebben een nieuw programma voor studeren op afstand. Het is nog in ontwikkeling, maar de eerste feedback is erg goed. De lessen zijn van dezelfde docenten; ze zijn alleen opgenomen en niet live.'

Mijn mond valt open. Ik sta ingeschreven op Stanford? Ik had niet gedacht dat studeren - laat staan bij een universiteit die een van de beste van de VS is - een optie was. 'Wat?' Ongelovig leg ik mijn vork neer. Ana heeft een heerlijk maal voor ons bereid maar al mijn aandacht is nu op Julian gericht, niet op het eten op mijn bord.

Hij glimlacht kalmpjes naar me. 'Ik heb je ouders beloofd dat je een goede opleiding zou krijgen, dus daar zorg ik voor. Vind je Stanford niks?'

Verbluft staar ik hem aan. Ik heb geen mening over Stanford omdat ik nooit had gedacht daar te gaan studeren. Ik had goede cijfers op school, maar geen enorm hoge examenscores. Daarbij hadden mijn ouders het extreem hoge collegegeld niet kunnen ophoesten. De plaatselijke hogeschool, gevolgd door een gewone universiteit, was mijn plan geweest, dus ik heb nooit naar Stanford of een dergelijke universiteit gekeken. 'Hoe heb je me daar binnengekregen?' weet ik uiteindelijk uit te brengen. 'Laten ze niet maar iets van tien aanmeldingen per jaar toe? Of is het onlineprogramma minder competitief?'

'Nee, erger nog, geloof ik,' zegt Julian terwijl hij een tweede portie kip opschept. 'Ik geloof dat ze dit jaar honderd studenten toelaten en dat er zo'n tienduizend aanmeldingen waren.'

'Hoe heb je dan...' Maar ik houd mijn mond als ik besef dat het voor iemand met Julians rijkdom en connecties een peulenschil is me op zo'n eliteschool te krijgen. 'Dus ik begin in januari?' Als de eerste schok verdwijnt, begin ik enthousiast te worden. *Stanford. O, God, ik ga naar Stanford.* Ik zou me schuldig moeten voelen dat ik het niet op eigen kracht heb gedaan, of woedend dat Julian dit voor mij besloten heeft, maar het enige waar ik aan kan denken, is de reactie van mijn ouders als ik ze dit vertel. *Ik ga verdomme naar Stanford!*

Julian knikt en schept nog wat rijst op. 'Ja, dan begint het wintertrimester. Ze sturen je ergens de komende dagen per e-mail een informatiepakket toe en dan kun je je boeken bestellen als je weet wat je per vak nodig hebt. Ik zorg dan dat ze hier op tijd zijn.'

'Wauw, oké.' Dat is vast geen gepaste reactie voor iets monumentaals als dit, maar meer komt er even niet in me op. Over twee weken ben ik een student aan een van de meest prestigieuze universiteiten ter wereld - dat is wel het laatste wat ik verwachtte toen Julian me kwam halen. Het is weliswaar een onlineprogramma, maar dat is nog altijd beter dan wat ik ook kon bedenken.

Langzaam komen er ook wat vragen in me op. 'En mijn studierichting? Wat ga ik studeren?' Ik vraag me af of Julian dat ook voor me beslist heeft. Het feit dat hij het heft in eigen handen heeft genomen waar het mijn opleiding betreft, verbaast me niet; dit is per slot van rekening de man die me ontvoerd heeft en me dwong met hem te trouwen. Hij staat er niet om bekend me keuzes te geven.

Julian schenkt me een toegeeflijke glimlach. 'Wat jij wilt, poesje van me. Je volgt eerst een aantal universele vakken, dus pas over een jaar of twee kies je je uiteindelijke studierichting. Weet je al wat je zou willen studeren?'

'Nee, niet echt.' Ik was altijd al van plan lessen in verschillende studierichtingen te volgen om erachter te komen wat ik leuk vind en ik ben blij dat Julian me die keuze laat. Op de middelbare school was ik in de meeste vakken wel goed, wat me geen specifieke richting voor een carrièrepad gaf.

'Je hebt nog tijd zat om daarachter te komen,' zegt Julian, die prompt klinkt als een studieadviseur. 'Er is geen haast bij.'

'Ja, oké.' Een deel van mij kan niet geloven dat we dit gesprek daadwerkelijk voeren. Minder dan twee uur geleden dreef Julian me in het zwembad in een hoek en neukte me op een van de ligstoelen tot ik sterretjes zag. Een paar uur eerder leerde hij me een man uitschakelen door hem met mijn vingers de ogen uit te steken. Twee nachten geleden bond hij me aan het bed om me met een zweepje af te ranselen. En nu hebben we het over mijn studiekeuze? Terwijl ik probeer dit alles te verwerken, vraag ik Julian automatisch: 'Wat heb jij dan gestudeerd?'

Zodra ik ben uitgesproken, besef ik dat ik helemaal niet weet of Julian wel gestudeerd heeft. Ik weet nog zo weinig van de man met wie ik elke dag vrij. In mijn hoofd reken ik het snel na. Volgens Rosa zijn Julians ouders twaalf jaar geleden vermoord, waarna hij het bedrijf van zijn vader overnam. Er zijn ongeveer twintig maanden verstreken sinds Beth me vertelde dat Julian negenentwintig was, dus moet hij nu rond de eenendertig zijn. Op zijn negentiende heeft hij dan het bedrijf overgenomen.

Voor het eerst realiseer ik me dat Julian net zo oud was als ik toen hij zijn vaders positie aan het hoofd van een illegale drugshandel overnam en dat omvormde tot een hypermodern en al even illegaal wapenimperium.

Tot mijn verrassing zegt Julian: 'Ik heb elektrotechniek gestudeerd.'

'Wat?' Ik kan mijn verbazing niet verbergen. 'Ik dacht je op heel jonge leeftijd je vaders bedrijf...'

'Dat klopt.' Julian kijkt me geamuseerd aan. 'Na anderhalf jaar heb ik mijn studie op het California Institute of Technology stopgezet. Maar in die anderhalf jaar volgde ik een versneld programma binnen elektrotechniek.'

Het California Institute of Technology? Ik kijk Julian met hernieuwd respect aan. Ik wist al dat hij intelligent was, maar als hij op Caltech zat, moet hij echt heel slim zijn. 'Ben je daarom de wapenhandel ingegaan? Omdat je een technische opleiding had?'

'Gedeeltelijk, in ieder geval. En gedeeltelijk omdat ik in de wapenhandel meer mogelijkheden zag dan in de drugshandel.'

'Meer mogelijkheden?' Ik speel met mijn vork terwijl ik naar Julian kijk en probeer te begrijpen waarom iemand de ene criminele activiteit zou opgeven voor de andere. Iemand met zijn intelligentie had toch iets beters kunnen doen, iets dat minder gevaarlijk en immoreel is? 'Waarom heb je niet gewoon je diploma gehaald en er iets legaals mee gedaan?' vraag ik na een tijdje. 'Je had vast elke baan kunnen krijgen die je wilde, of je eigen bedrijf kunnen beginnen als de zakenwereld je verder niet trok.'

Hij kijkt onbeweeglijk terug. 'Daar heb ik over

nagedacht,' zegt hij uiteindelijk. Ook dat is een schok. 'Toen ik na Maria's dood Colombia verliet, was ik helemaal klaar met dat wereldje. Gedurende de rest van mijn tienertijd probeerde ik de lessen die mijn vader me had geleerd te vergeten en het geweld in me onder controle te houden. Daarom ging ik aan Caltech studeren, omdat ik een ander pad wilde bewandelen... iemand anders wilde worden dan ik gedoemd was te zijn.'

Mijn polsslag versnelt. Dit is de eerste keer dat ik Julian hoor toegeven dat hij iets anders wilde dan het leven dat hij nu leidt. 'Waarom heb je dat dan niet gedaan? Er was toch niets dat je aan die wereld bond toen je vader eenmaal dood was...'

'Dat klopt.' Hij glimlacht kort. 'Ik had mijn vaders dood kunnen negeren en het andere kartel zijn organisatie over kunnen laten nemen. Dat was makkelijk geweest. Ze wisten niet waar ik was of welke naam ik gebruikte, dus ik had opnieuw kunnen beginnen, mijn studie af kunnen maken en een baan kunnen zoeken bij een van de bedrijven in Silicon Valley. Dat had ik waarschijnlijk ook gedaan, als ze mijn moeder niet hadden vermoord.'

'Je moeder?'

'Ja.' Zijn gezicht vertrekt. 'Ze schoten haar hier neer, net als talloze anderen. Dat kon ik niet over mijn kant laten gaan.'

Natuurlijk niet. Niet iemand als Julian, die toch al uit wraak had gedood. Ik herinner me wat hij vertelde over de mannen die Maria vermoord hadden en voel spontaan een rilling over mijn rug lopen. 'Je kwam terug en vermoordde ze?'

'Ja. Ik verzamelde alle mannen van mijn vader die nog leefden en huurde een paar nieuwe in. We vielen midden in de nacht aan en overvielen de kartelleiders in hun huizen. Ze hadden zo'n snelle wraakactie niet verwacht en we troffen ze dan ook onvoorbereid aan.' Zijn lippen vormen zich tot een duistere glimlach. 'Tegen de ochtend was er niemand over... en wist ik dat ik een fout had gemaakt door te denken dat ik mijn ware natuur kon negeren, iemand anders kon zijn dan de moordenaar die ik van nature ben.'

De rilling over mijn rug spreidt zich uit tot kippenvel over mijn hele lichaam. Deze kant van Julian vind ik angstaanjagend. Ik sla mijn handen ineen onder de tafel zodat hij ze niet ziet trillen. 'Je zei dat je na de dood van je ouders naar een psycholoog was geweest omdat je nog meer wilde moorden.'

'Ja, poesje van me.' Zijn blauwe ogen glinsteren wreed. 'Ik had de kartelleiders en hun gezinnen omgebracht en toen het voorbij was, snakte ik naar meer bloed... meer doden. Die neiging in mij was alleen maar sterker geworden in de jaren dat ik afwezig was. Een 'normaal' leven maakte het alleen maar erger, niet beter.' Hij zwijgt even en de schaduw in zijn blik wakkert het kippenvel weer aan. 'Naar een therapeut gaan was mijn laatste strohalm in het gevecht tegen mijn natuur. Het duurde niet lang voor ik besefte dat het geen zin had, dat de enige weg voorwaarts het omarmen en accepteren van mijn lot was.'

'Dat deed je door de wapenhandel in te gaan.' Ik probeer mijn stem niet te laten trillen. 'Door een crimineel te worden.'

Op dat moment komt Ana binnen om de tafel af te gaan ruimen. Ik volg haar bewegingen en wrijf over mijn armen om de kou in me te verjagen. Dat Julian een keuze had en er bewust voor koos dat duistere deel in hem te omarmen, maakt het allemaal eigenlijk nog erger. Daaruit blijkt dat er geen hoop is op verbetering, geen mogelijkheid dat hij de dwaling in zijn gangen inziet. Het is niet alsof hij nooit een andere optie heeft gehad dan de criminaliteit in te gaan; in tegendeel, hij heeft het alternatief ervaren en ervoor gekozen het te verwerpen.

'Kan ik u nog iets anders brengen?' Ik schud stilletjes mijn hoofd naar Ana. Ik ben te overstuur voor een toetje. Julian daarentegen vraagt even kalm als altijd om een kop warme chocolademelk.

Als Ana de kamer uit is, glimlacht hij naar me, alsof hij mijn gedachten wel kan raden. 'Ik ben altijd een crimineel geweest, Nora,' zegt hij zacht. 'Ik doodde mijn eerste man toen ik acht was en ik wist toen al dat er geen weg terug was. Die kennis heb ik een tijdje geprobeerd te negeren, maar hij bleef aanwezig, wachtend tot ik wakker zou worden.' Hij leunt naar achteren in zijn stoel. Zijn houding is kalm en tegelijk alert, als een loom uitgestrekte jaguar. 'De waarheid is dat ik dit leven nodig heb, poesje van me. Het gevaar, het geweld en de macht die daarbij hoort, passen bij me. Een gewone kantoorbaan zou me nooit hebben gepast.' Hij zwijgt even en voegt er dan aan toe: 'In deze wereld voel ik me levend.'

ALS WE ONS DIE AVOND TERUGTREKKEN IN ONZE SLAAPKAMER, moet Julian nog een paar e-mails beantwoorden op de iPad. Ik besluit in de tussentijd te gaan douchen. Tegen de tijd dat ik uit de badkamer kom, een handdoek om me heen gewikkeld, heeft hij de tablet weggelegd en begint hij zich net uit te kleden. Als hij zijn overhemd uittrekt, bespeur ik een ongewone opwinding in hem, een energie die er eerder niet was.

'Wat is er gebeurd?' vraag ik behoedzaam, ons laatste gesprek nog vers in het geheugen. Dingen die Julian opwinden zijn meestal dingen die mij met afschuw vervullen. Ik blijf bij het bed staan en maak de handdoek opnieuw vast, op een vreemde manier terughoudend mezelf aan hem bloot te stellen.

Terwijl hij op het bed zittend zijn sokken uittrekt, schenkt hij me een stralende glimlach. 'Weet je nog dat ik zei dat we wat informatie hadden over twee Al-Quadarcellen?' Als ik knik, vervolgt hij: 'We hebben die twee cellen vernietigd en drie terroristen gevangengenomen. Lucas brengt ze hierheen voor een ondervraging. Ze komen morgenochtend aan.'

'O.' Ik staar hem aan, misselijk van een verontrustende mengeling aan emoties. Ik weet wat in Julians wereld een 'ondervraging' inhoudt. Ik zou vervuld van afschuw moeten zijn bij de gedachte dat mijn echtgenoot waarschijnlijk die mannen gaat martelen - en dat ben ik ook - maar diep vanbinnen voel ik ook een zieke, wraakzuchtige vreugde. Die emotie verontrust me meer dan de gedachte dat Julian hen morgen gaat ondervragen. Ik weet dat dit niet de mannen zijn die Beth hebben vermoord, maar dat doet niets af aan de haat die ik voor hen voel. Een deel van mij wil dat ze boeten voor Beths dood... dat ze lijden vanwege wat Majid deed.

Julian begrijpt mijn reactie verkeerd, want hij staat op en zegt: 'Geen zorgen, poesje van me. Ze zullen je niets doen, daar zorg ik wel voor.' En voor ik iets kan zeggen, trekt hij zijn spijkerbroek uit, waardoor zijn groeiende erectie naar voren springt.

De aanblik van zijn naakte lichaam doet verlangen in me oplaaien, ondanks mijn mentale verwarring. De afgelopen tijd heeft Julian een deel van de spieren die hij tijdens zijn coma is kwijtgeraakt, teruggewonnen en hij is knapper dan ooit. Zijn schouders zijn breed en zijn huid is diep gebronsd door de zon. Voor de honderdste keer vraag ik me af hoe iemand die zo knap is zulk kwaad met zich mee kan dragen - en of een deel van dat kwaad op mij overgaat.

'Ik weet dat ze me niets zullen doen,' zegt ik zacht als hij naar me reikt. 'Ik ben niet bang voor ze.'

Een halve glimlach verschijnt om zijn lippen als hij een rukje aan de handdoek geeft, die meteen op de grond valt. 'Ben je dan bang voor mij?' prevelt hij terwijl hij dichterbij komt. Hij sluit zijn handen om mijn borsten en knijpt er zachtjes in. Zijn duimen spelen met mijn tepels. Als zijn blik de mijne ontmoet, bespeur ik een geamuseerde, licht wrede glinstering in zijn blauwe ogen.

'Moet ik dat zijn?' Mijn hartslag versnelt en mijn vagina trekt samen als ik zijn harde erectie tegen mijn buik voel. Zijn handen zijn warm en ruw op de gevoelige huid van mijn borsten en ik snak even naar adem als mijn tepels hard worden onder zijn aanraking. 'Ga je me vanavond pijnigen?'

'Is dat wat je wilt, poesje van me?' Hij knijpt hard in mijn tepels en laat ze dan tussen zijn vingers rollen, waardoor ik kreun van pijn en genot. Zijn stem wordt hees, duister en verleidelijk. 'Wil je dat ik je pijnig... dat ik je zachte huid kwets en je laat schreeuwen?'

Ik laat mijn tong over mijn lippen glijden als een rilling van hitte en nerveuze verwachting door mijn lichaam gaat. Ik zou bang moeten zijn, vooral na ons gesprek van vanavond, maar in plaats daarvan ben ik enorm opgewonden. Pervers als het is, dit is wat ik wil: het vuur van zijn verlangen, de wreedheid van zijn genegenheid. Ik wil mezelf verliezen in de verwrongen extase van zijn omhelzing, vergeten dat goed en kwaad bestaan en alleen nog maar voelen. 'Ja,' fluister ik. Het is voor het eerst dat ik mijn eigen duistere behoeften toegeef, dat ik toegeef dat ik die afwijkende behoefte heb die hij in me opgewekt heeft. 'Ja, dat wil ik...'

Hitte vlamt op in zijn blik en dan tuimelen we op het bed, een verstrengelde hoop ledematen en passie. Er is niets over van de bedrieglijk tedere minnaar, noch van de verfijnde sadist die mijn lichaam en geest elke nacht bespeelt. Julian is nu pure mannelijke lust, ongeremd en onbeheerst.

Zijn handen gaan over mijn lichaam en zijn mond is overal, likkend, zuigend en bijtend. Zijn linkerhand vindt het plekje tussen mijn dijen en hij duwt gretig een vinger in me. Ik snak naar adem als hij met die vinger mijn natte kutje begint te neuken. Het is een ruwe behandeling, maar het windt me op en ik laat mijn nagels over zijn rug glijden terwijl we als beesten op het bed tekeergaan.

Uiteindelijk eindig ik op mijn rug onder zijn sterke lichaam, met mijn armen boven mijn hoofd en mijn polsen in de ijzeren greep van zijn rechterhand. Ik ben overwonnen, maar mijn hart bonst van verlangen en niet van angst bij het zien van de roofdierachtige uitdrukking op zijn gezicht.

'Ik ga je neuken,' zegt hij hees, terwijl hij met zijn knieën mijn benen uiteen duwt. Er is niets verleidelijks aan zijn stem - ik hoor alleen rauwe, agressieve lust. 'Ik ga je neuken tot je om genade smeekt en dan neuk ik je nog harder. Begrepen?'

Ik knik hijgend. Mijn huid lijkt te branden waar hij me aanraakt en ik ben buiten adem alsof ik een eind gerend heb. Heel even voel ik de pulserende lengte van zijn erectie tegen de binnenkant van mijn dij, de eikel zacht en fluweelachtig, maar dan grijpt hij zijn penis met zijn vrije hand en leidt hem bij me naar binnen.

Hoewel ik nat ben, is mijn lichaam niet klaar voor de brute stoot waarmee hij onze lichamen verenigt.

Een golf van pijn slaat door me heen als hij in me komt. Het voelt of ik in tweeën word gescheurd. Ik schreeuw het uit en mijn spieren verkrampen in een poging de brute binnendringing te weerstaan, maar hij geeft me geen tijd om bij te komen. Meteen zet hij een snel, grof ritme in dat me de adem beneemt en me aan het beven maakt. Ik kan niets anders doen dan het onophoudelijke stoten in mijn lichaam accepteren.

Ik heb geen idee hoelang hij me zo neukt - of hoe vaak ik klaarkom door de meedogenloze stoten. Maar tegen de tijd dat hij zijn orgasme bereikt en sidderend op me neerdaalt, ben ik hees van het schreeuwen en zo rauw vanbinnen dat het pijn doet als hij zich terugtrekt. Zijn zaad prikt in mijn kapotte huid.

Daarna ben ik te uitgeput om me te bewegen. Hij staat op en loopt naar de badkamer om een koele, natte doek te halen. Die houdt hij tegen mijn opgezwollen onderkant en maakt me voorzichtig schoon. Dan buigt hij zich voorover en brengt met zijn tong en handen mijn uitgeputte lichaam tot een laatste orgasme.

Vervolgens neemt hij me in zijn armen en vallen we allebei in slaap.

12

Julian

DE VOLGENDE OCHTEND WORD IK WAKKER MET HET ZONLICHT OP MIJN GEZICHT. Ik heb gisteravond de gordijnen opzettelijk opengelaten, want ik wilde vroeg opstaan. Daglicht werkt beter bij mij dan welke wekker ook - en Nora heeft er geen last van. Ze ligt nog heerlijk te slapen op mijn borst.

Een paar minuten blijf ik gewoon zo liggen, genietend van haar warme huid tegen de mijne, haar zachte ademhaling en de manier waarop haar lange wimpers als donkere maantjes op haar wangen rusten. Vóór haar wilde ik nooit naast een vrouw in slaap vallen. Ik zag de aantrekkingskracht niet van iemand in je bed hebben, behalve om te neuken. Pas toen ik mijn gevangene te pakken kreeg, leerde ik het simpele genoegen kennen van in slaap vallen met haar kleine, slanke lichaam in mijn armen, of haar 's nachts naast me voelen.

Ik haal diep adem en leg Nora naast me. Ik moet opstaan, hoewel de verleiding groot is hier te blijven liggen en niets te doen. Ze slaapt verder als ik ga zitten, al rolt ze zich wel op haar zij. Daardoor glijdt de deken van haar af, waardoor ik haar rug kan zien. Ik kan de neiging niet weerstaan een kus op haar slanke schouder te drukken. Een paar krassen en blauwe plekken, die ik haar vermoedelijk gisteravond heb bezorgd, ontsieren haar gladde huid.

De aanblik ervan windt me op. Ik vind het fijn haar te brandmerken, tekenen van mijn bezit op haar zachte lichaam achter te laten. Ze draagt mijn ring, maar dat is niet genoeg. Ik wil meer. Iedere dag neemt mijn behoefte aan haar verder toe. Mijn obsessie wordt alleen maar sterker in plaats van zwakker.

Die ontwikkeling verontrust me. Ik had gehoopt dat die wanhopige honger naar haar wel zou afnemen als ik Nora elke dag zag en haar tot mijn vrouw had gemaakt, maar het tegenovergestelde lijkt het geval. Ik verafschuw elke minuut die ik zonder haar moet doorbrengen, ieder moment dat ik haar niet aan kan raken. Zoals bij iedere verslaving lijk ik steeds hogere doseringen nodig te hebben van mijn drug. Mijn afhankelijkheid van haar is toegenomen tot het punt waarop ik alleen nog maar aan mijn volgende shot kan denken.

Ik weet niet wat ik zou moeten doen als ik haar ooit zou verliezen. Die angst bezorgt me 's nachts nachtmerries en sluipt overdag soms ineens mijn hoofd binnen. Ik weet dat ze hier op het landgoed veilig is - slechts een directe aanval van een heel leger kan door mijn veiligheidsmaatregelen dringen - maar toch maak ik me zorgen, toch ben ik bang dat iemand me haar afneemt. Het is gestoord, maar ik zou haar dolgraag te allen tijde bij me houden. Dan zou ik weten dat het goed met haar gaat.

Ik werp nog een blik op haar slapende figuur en sta dan zo stil als ik kan op om te gaan douchen, waarbij ik mezelf dwing aan iets anders te denken. Vanavond zie ik Nora weer, maar eerst moet ik mijn aandacht richten op het pakketje dat vannacht aangekomen is. Als ik denk aan wat komen gaat, vormt zich een verwachtingsvolle grijns op mijn gezicht.

Mijn Al-Quadar-gevangenen wachten op me.

Lucas heeft ze naar een opslagschuur in een verre hoek van het landgoed laten brengen. Het eerste dat me opvalt als ik binnenstap, is de stank: een zurig mengsel van zweet, bloed, urine en wanhoop. Die geur laat me weten dat Peter vanochtend al hard aan het werk is geweest.

Als mijn ogen zich aan het schemerlicht in de

opslag hebben aangepast, zie ik dat twee van de mannen aan metalen stoelen zijn vastgebonden, terwijl de derde aan zijn polsen aan een haak in het plafond hangt. Ze zijn alle drie bedekt met vuil en bloed, wat het moeilijk maakt hun leeftijd of nationaliteit te schatten.

Ik loop eerst op een van de zittende mannen af. Zijn linkeroog is dik en zit dicht, zijn lippen zijn gezwollen en bebloed. Maar zijn rechteroog staart me woedend en opstandig aan. Hij is nog jong, zie ik als ik dichterbij kom. Eind tienertijd, begin twintig, met een pluizige kinbedekking die door moet gaan voor een baard en kortgeknipt zwart haar. Ik denk niet dat hij meer is dan een pion, maar ik moet hem toch ondervragen. Zelfs kleine vissen krijgen soms wat nuttige informatie binnen - en als je het goed aanpakt, hoesten ze die zo op.

'Zijn naam is Ahmed,' zegt een diepe stem met een licht accent achter me. Ik draai me om en zie Peter staan, zijn gezicht uitdrukkingsloos als altijd. Ik ben niet verbaasd dat ik hem niet meteen heb gezien; Peter Sokolov kan zich uitstekend in de schaduwen terugtrekken. 'Hij is zes maanden geleden in Pakistan gerekruteerd.'

Een nog kleinere vis dan ik dacht, dus. Ik ben teleurgesteld, maar het verrast me niet.

'En deze?' Ik loop naar de man op de andere stoel. Hij lijkt ouder te zijn, tegen de dertig, en is gladgeschoren. Net als Ahmed heeft hij klappen gehad, maar zijn blik is niet woedend als hij me aankijkt. Ik zie alleen ijzige haat.

'John, ook bekend als Yusuf. Geboren in de VS. Zijn ouders waren Pakistaanse immigranten en hij is vijf jaar geleden door Al-Quadar gerekruteerd. Dat is wat hij me tot dusver verteld heeft,' zegt Peter terwijl hij naar de man aan de haak wijst. 'Yusuf zelf heeft nog geen woord tegen me gezegd.'

'Natuurlijk.' Ik kijk naar John, blij met deze ontwikkeling. Als hij getraind is een aanzienlijke hoeveelheid pijn en marteling te doorstaan, geniet hij wat aanzien binnen de groepering. Als we hem breken, kan hij ons wat nuttige dingen vertellen, daar ben ik zeker van.

'En dit is Abdul.' Peter gebaart naar de hangende man. 'Hij is Ahmeds neef. Hij schijnt pas vorige week bij Al-Quadar gekomen te zijn.'

Vorige week? Als dat waar is, is hij volkomen nutteloos. Ik loop naar hem toe om hem van dichterbij te bekijken. Hij verstrakt als hij me aan ziet komen. Zijn gezicht is een grote blauwe plek. Daarbij stinkt hij naar urine. Als ik voor hem blijf staan, begint hij in het Arabisch te ratelen. Zijn stem is vervuld van angst en wanhoop.

'Hij zegt dat hij alles heeft verteld wat hij weet.' Peter komt naast me staan. 'Hij zegt dat hij zich alleen aansloot omdat ze beloofden zijn familie twee geiten te geven. Hij zweert dat hij geen terrorist is en dat hij niemand ooit kwaad heeft willen doen, dat hij niets tegen Amerika heeft, et cetera, et cetera.'

Ik knik. Dat had ik inderdaad begrepen. Ik spreek geen Arabisch, maar versta het voor een deel wel. Een kille glimlach vormt zich om mijn lippen als ik mijn Zwitserse zakmes uit mijn achterzak haal en een klein lemmet eruit trek. Bij de aanblik van het mes rukt Ahmed wanhopig aan de touwen die hem aan het plafond bevestigen. Zijn smeekbeden nemen toe in volume. Hij is duidelijk een groentje, waardoor ik geloof dat hij inderdaad niets weet.

Maar dat doet er niet toe. Het enige ik van hem wil, is informatie en als hij me die niet kan bieden, gaat hij eraan. 'Weet je zeker dat je niets anders kunt vertellen?' Ik speel met het mes. 'Iets wat je gezien of gehoord hebt? Namen, gezichten, zoiets?'

Peter vertaalt de vraag en Abdul schudt zijn hoofd. De tranen rollen over zijn opgezette, bebloede gezicht. Hij mompelt iets over dat hij alleen John, Ahmed en de mannen die tijdens de overval gedood werden, kende. Vanuit mijn ooghoek zie ik Ahmed woedend naar hem kijken. Hij wil ongetwijfeld dat zijn neef zijn mond houdt, maar John lijkt Abduls verbale diarree niet te deren. Johns gebrek aan onrust bevestigt wat mijn instinct me al laat weten: Abdul vertelt de waarheid. Hij weet niets.

Alsof hij mijn gedachten heeft gelezen, komt Peter naast me staan. 'Wil jij, of zal ik het doen?' Zijn toon is even neutraal als wanneer hij me een kop koffie zou aanbieden.

'Ik doe het wel,' antwoord ik even onaangedaan. In dit werk is er geen ruimte voor mededogen of sympathie. Het doet er niet toe of Abdul schuldig is of niet; hij staat aan de kant van mijn vijanden en daarmee heeft hij zijn eigen doodvonnis ondertekend. De enige genade die ik hem zal tonen, is die van een snel einde aan zijn miserabele bestaan.

Ik negeer de doodsbange smeekbeden van de man en snijd in een vloeiende haal Abduls keel door. Daarna kijk ik toe hoe hij leegbloedt. Uiteindelijk veeg ik het mes aan het overhemd van de dode af en wend me tot de andere twee gevangenen.

'Goed,' zeg ik met een kalme glimlach. 'Wie is de volgende?'

Tot mijn ergernis kost het me het grootste deel van de ochtend om Ahmed te breken. Hij is verrassend sterk voor een nieuwe rekruut. Uiteindelijk breekt hij - dat doen ze allemaal - en dan kom ik erachter wie als tussenpersoon tussen hun cel en een cel met een belangrijke leider fungeert. Ik kom ook te weten dat ze een touringcar in Tel Aviv willen opblazen. Die informatie zullen mijn contacten bij de Israëlische overheid zeer op prijs stellen.

Intussen laat ik John toekijken, tot aan het moment dat Ahmed zijn laatste adem uitblaast toe. Hoewel John getraind is om marteling te weerstaan, denk ik niet dat hij psychologisch in staat is te verwerken dat zijn collega stuk voor stuk uit elkaar gesneden wordt en dat hij de volgende is. Slechts weinig mensen zijn in staat in zo'n situatie het hoofd koel te houden - en als John tijdens een zeer gruwelijk moment zijn blik naar de grond richt, weet ik dat hij niet een van hen is. Maar het zal ons toch een aantal uur kosten om iets uit hem te krijgen en ik heb nog meer te doen vandaag. John zal moeten wachten tot vanmiddag, nadat ik geluncht en wat ander werk gedaan heb.

'Ik kan vast beginnen, als je wilt?' vraagt Peter als ik hem dit vertel. 'Je weet dat ik dit ook in mijn eentje kan.'

Dat weet ik inderdaad. In het jaar dat hij nu voor me werkt, heeft Peter zich uiterst vaardig bewezen op dit gebied. Maar ik doe dit soort dingen het liefst zelf; in mijn wereld zijn dat soort dingen erg nuttig.

'Nee, het geeft niet,' zeg ik daarom. 'Neem zelf ook een lunchpauze. We gaan om 15.00 uur verder.'

Peter knikt en glipt de schuur uit zonder zelfs maar de moeite te nemen het bloed van zijn handen te wassen. Ik ben kritischer als het op dat soort zaken aankomt. Daarom loop ik naar een emmer bij de muur en was de ergste viezigheid van mijn handen en gezicht. Omdat ik bewust een zwart T-shirt en een zwarte korte broek heb aangetrokken, hoef ik me om mijn kleren niet druk te maken. En mocht ik Nora tegenkomen voor ik de kans heb gehad om me om te kleden, dan bezorg ik haar in elk geval geen nachtmerries. Ze weet waar ik toe in staat ben, maar weten en zien zijn twee heel verschillende dingen. Mijn jonge vrouw is nog heel onschuldig op een bepaalde manier, en ik wil dat ze die onschuld zo lang mogelijk behoudt.

Gelukkig kom ik haar niet tegen op mijn weg naar het huis. Ik voel me altijd wild na een moord, nerveus en opgewonden tegelijk. Dat zat me vroeger dwars, het genot dat ik ervaar in dingen die de meeste mensen met afschuw vervullen, maar nu niet meer. Dit is wie ik ben, wie ik gevormd ben te zijn. Twijfels leiden tot schuldgevoel en spijt. Dat zijn zinloze emoties die ik weiger te ervaren.

In het huis neem ik een lange douche en trek ik schone kleren aan. Nu ik me veel schoner en kalmer voel, ga ik naar de keuken voor een snelle lunch.

Ana is er niet, dus smeer ik een broodje voor mezelf en ga aan de keukentafel zitten. Ik heb mijn iPad mee en het volgende halfuur los ik productieproblemen in mijn fabriek in Maleisië op, praat ik bij met mijn leverancier in Hong Kong en stuur ik een e-mail naar mijn contactpersoon in Israël over de bomaanslag.

Na de lunch heb ik nog wat telefoontjes af te handelen. Daarom ga ik naar mijn kantoor, waar ik meerdere beveiligde verbindingen heb.

Op de veranda kom ik Nora tegen.

Ze loopt pratend en lachend met Rosa de trap op, gekleed in een gele jurk met een patroontje. Haar haren hangen los op haar rug en ze glimlacht breed. Al met al ziet ze eruit als een straal zonneschijn.

Als ze me ziet, blijft ze staan en wordt haar glimlach een beetje verlegen. Ik vraag me af of ze terugdenkt aan gisteravond. Mijn eigen gedachten gingen zeker die kant op toen ik haar zag.

'Hoi,' zegt ze zacht, terwijl ze me aankijkt. Rosa blijft ook staan en schenkt me een beleefd knikje. Ik knik terug en richt mijn aandacht weer op Nora.

'Hallo, poesje van me.' De woorden klinken hees zonder dat ik dat wilde. Rosa beseft blijkbaar dat ze te veel is en mompelt iets over nodig zijn in de keuken, waarna ze zich uit de voeten maakt. Nora en ik blijven samen achter op de veranda.

Nora moet lachen om het snelle vertrek van haar vriendin en komt naast me staan. 'Ik heb vanochtend het introductiepakket van Stanford ontvangen en ik heb me gelijk ingeschreven voor alle lessen,' zegt ze opgewonden. 'Ik moet zeggen dat ze echt snel zijn daar.'

Ik glimlach naar haar, blij haar zo gelukkig te zien. 'Dat zijn ze zeker.' En terecht, gezien de uiterst genereuze donatie van een van mijn lege vennootschappen aan hun alumnifonds. Voor drie miljoen dollar verwacht ik dat men op Stanford zijn uiterste best doet het mijn vrouw naar haar zin te maken.

'Ik ga vanavond mijn ouders bellen.' Haar ogen stralen. 'Ze zullen zo verrast zijn.' 'Dat denk ik ook wel,' zeg ik droog als ik me Tony en Gabriela's reactie voorstel. Ik heb met enkele van Nora's telefoontjes met hen meegeluisterd en ik weet dat ze me niet geloofden toen ik zei dat ik zou zorgen dat Nora een goede opleiding zou krijgen. Het zal goed zijn voor mijn schoonouders om te leren dat ik me aan mijn beloftes houd - dat ik het serieus meen als ik zeg dat ik voor hun dochter zal zorgen. Het zal hun mening over mij niet veranderen, uiteraard, maar ze zullen zich wel wat minder zorgen maken over Nora's toekomst.

Nora denkt blijkbaar hetzelfde als ik, want ze grijnst weer - maar dan wordt haar uitdrukking onverwacht somber. 'Zijn ze er al?' vraagt ze aarzelend. 'De mannen van Al-Quadar die je gevangen hebt genomen?'

'Ja.' Ik ga het niet mooier maken dan het is. Ik wil haar niet traumatiseren door haar die kant van mijn werk daadwerkelijk te laten zien, maar ik ga het ook niet bewust voor haar verbergen. 'Ik ben begonnen met de ondervraging.'

Als ze me nu aankijkt, is haar eerdere enthousiasme nergens meer te bespeuren. 'O, ik begrijp het.' Haar blik gaat over mijn lichaam en blijft hangen bij mijn schone kleren. Ik ben blij dat ik heb gedoucht en me heb omgekleed.

Als ze me weer aankijkt, ligt er een typische uitdrukking op haar gezicht. 'Ben je iets nuttigs te weten gekomen?' vraagt ze zacht. 'Door de ondervraging, bedoel ik.'

'Ja,' zeg ik langzaam. Het verrast me dat ze hier nieuwsgierig naar is, dat ze niet zo geschokt reageert als ik had verwacht. Ik weet dat ze Al-Quadar haat om wat ze Beth hebben aangedaan, maar ik had toch verwacht dat het idee van marteling haar met afschuw zou vervullen. Een glimlach vormt zich om mijn mond als ik me afvraag hoe ver mijn poesje tegenwoordig de duistere kant op durft te gaan. 'Wil je dat ik je erover vertel?'

Ze verrast me opnieuw door te knikken. 'Ja,' zegt ze zacht, haar blik niet afgewend. 'Vertel het me, Julian. Ik wil het weten.'

13

Nora

IK WEET NIET WELKE DEMON ME DAT INFLUISTERDE, maar ik houd mijn adem in afwachting van Julians reactie. Ik verwacht dat hij in lachen uitbarst en weigert me iets te vertellen. Hij vertelt nooit veel over zijn zaken en hoewel hij sinds zijn terugkeer opener is geworden, heb ik het idee dat hij me nog steeds wil behoeden voor de smeriger delen van zijn wereld.

Verrassend genoeg weigert hij niet en bespot hij me ook niet. In plaats daarvan steekt hij zijn hand uit. 'Oké, poesje van me,' zegt hij met een mysterieuze glimlach. 'Als je meer wilt weten, mag je meekomen. Ik moet een paar telefoontjes plegen.'

Met bonzend hart leg ik mijn hand in de zijne en

laat me de trap af leiden. Als we naar het kleine gebouw lopen dat als Julians kantoor fungeert, vraag ik me af of ik een grote fout bega. Ben ik er klaar voor het twijfelachtige gemak van de onwetendheid op te geven en me in vol overgave in de beerput van Julians imperium te storten? Ik heb waarlijk geen idee.

Maar ik krabbel niet terug, zeg niet tegen Julian dat ik van gedachten veranderd ben - want dat ben ik niet. Diep vanbinnen weet ik namelijk dat mijn hoofd in het zand steken niets verandert. Mijn echtgenoot is een gevaarlijke, machtige crimineel. Het feit dat ik niets van zijn activiteiten afweet, pleit me niet vrij van medeplichtigheid. Door elke avond in zijn armen te liggen, door van hem te houden ondanks alles wat hij gedaan heeft, keur ik impliciet zijn acties goed. Zelfs ik ben niet naïef genoeg om dat niet door te hebben. Ik was ooit zijn slachtoffer, maar ik weet niet of ik die dubieuze titel nu nog mag dragen. Of hij nou een injectiespuit bij zich had of niet, ik ben vrijwillig met hem meegegaan, wetend wie hij was en wat voor leven ik zou gaan leiden.

Daarnaast bespeur ik een duistere nieuwsgierigheid in mezelf. Ik wil weten wat hij vanochtend te weten is gekomen, wat voor informatie zijn brute methoden hem hebben opgeleverd. Ik wil weten wat voor telefoontjes hij moet plegen en met wie hij spreekt. Ik wil alles weten over Julian, hoezeer de werkelijkheid van zijn zakenleven me ook afschuw aanjaagt.

De deur van het kantoor is van metaal, zie ik als we er zijn. Net als op het eiland opent de deur door middel van een retinascan. Die mate van beveiliging bevreemdt me niet langer. Zijn paranoia lijkt me wel op zijn plek, gezien wat ik nu weet over het soort wapens dat Julians bedrijf ontwikkelt.

Binnen stappen we een grote ruimte binnen. Er staat een ruime ovalen vergadertafel vlakbij. Achterin is een groot bureau met een stel computerschermen. Langs de wanden zijn televisies opgehangen. Rond de tafel staan comfortabel uitziende leren stoelen. Alles ziet er geavanceerd en luxueus uit. Julians kantoor ziet er voor mij uit als een kruising tussen een exclusieve vergaderkamer en een CIA-werkruimte.

Terwijl ik met open mond rondkijk, legt Julian van achteren zijn handen op mijn schouders. 'Welkom in mijn schuilplaats,' fluistert hij. Even spannen zijn vingers zich. Dan laat hij me los en gaat achter het bureau zitten.

Nieuwsgierig volg ik hem.

Er staan zes monitors op het bureau. Drie ervan tonen livebeelden van verschillende camera's en twee laten tabellen en knipperende getallen zien. De laatste staat het dichtst bij Julian en laat een onbekend e-mailprogramma zien.

Geïntrigeerd stap ik dichterbij, nieuwsgierig naar wat dat is. 'Houd je zo je investeringen bij?' Dat is tenminste wat in me opkomt als ik naar de monitors met de knipperende getallen kijk. Ik weet weinig van aandelenhandel, maar ik heb wat films over Wall Street gezien en Julians opstelling op het bureau doet me denken aan de bureaus van de aandelenhandelaren.

'Zoiets.' Julian leunt achterover en glimlacht naar me. 'Ik heb een dochteronderneming die als een soort hefboomfonds opereert. Er zit van alles in, van valuta tot olie, maar met een focus op speciale situaties en gebeurtenissen in de wereldpolitiek. Ik heb heel goede mensen in dienst die daarover de leiding hebben, maar ik vind het zelf ook interessant en speel er dus soms een beetje mee.'

'Aha.' Gefascineerd staar ik hem aan. Deze kant van Julian kende ik ook nog niet. Ik vraag me af hoeveel lagen ik nog in hem ga ontdekken. 'Wie wilde je bellen?' Ik herinner me dat hij zei dat hij wat telefoontjes moest plegen.

Julians glimlach wordt breder. 'Kom zitten, schatje,' zegt hij terwijl hij mijn pols pakt. Voor ik het doorheb, zit ik op zijn schoot. Zijn armen houden me gevangen tussen zijn borst en het bureau. 'Blijf zitten en zeg niets,' fluistert hij in mijn oor. Dan tikt hij wat op zijn toetsenbord. Ik blijf zitten, zijn warme geur opsnuivend en genietend van zijn harde lichaam om me heen.

Er gaat iets een paar keer over; dan klinkt een mannenstem op uit de computer. 'Esguerra. Ik vroeg me al af wanneer je zou bellen.' De spreker heeft een Amerikaans accent en klinkt hoogopgeleid en een beetje bekakt. Ik zie meteen een man van middelbare leeftijd in een pak voor me. Een bureaucraat, hooggeplaatst, gezien het zelfvertrouwen in zijn stem. Misschien een van Julians contacten bij de overheid?

'Ik vermoed dat onze Israëlische vrienden je al hebben ingelicht?' vraagt Julian.

Ik houd mijn adem in om niets te missen en luister aandachtig. Weliswaar heb ik geen idee waarom Julian me zo over zijn bedrijf wil laten leren, maar ik ga niet protesteren.

'Ik heb er weinig aan toe te voegen,' gaat Julian verder. 'Je weet al dat de operatie een succes was en dat ik nu wat gevangenen aan het uitwringen ben voor meer informatie.'

'Ja, dat hebben we begrepen.' Heel even is het stil, dan gaat de man verder: 'We zouden dit soort nieuws volgende keer graag als eerste horen. Het was goed geweest als de Israëli's van ons over die bus hadden gehoord in plaats van andersom.'

'O, Frank...' Julian zucht en schuift me met een arm om zijn middel een stukje naar links. Ik wiebel en grijp me aan zijn arm vast, proberend geen geluid te maken terwijl hij me wat gemakkelijker op zijn schoot neerzet. 'Je weet hoe het gaat met dit soort dingen. Als jullie graag de Israëli's willen voeren, mag daar wel wat tegenover staan.'

'We hebben al je sporen van dat ongelukkige gedoe met dat meisje al uitgewist,' zegt Frank. Ik verstrak; dit gaat over mijn ontvoering.

Ongelukkig gedoe? Meent hij dat nou? Heel even voel ik een onredelijke woede, maar dan haal ik diep adem en houd ik mezelf voor dat ik niet wil dat Julian gestraft wordt voor wat hij me heeft aangedaan - niet als ik hem dan weer kwijtraak. Maar het zou leuk zijn geweest als ze het beestje bij zijn naam hadden genoemd en gezegd dat Julian een misdaad had begaan, in plaats van het 'ongelukkig gedoe' te noemen. Gek genoeg voel ik me een beetje opzijgeschoven, alsof ik er niet toe doe.

Uiteraard merkt Frank niets van mijn woede over zijn woordkeuze en gaat hij onverstoord verder: 'Meer kunnen we je nu niet bieden...'

'Jawel,' onderbreekt Julian hem. Met een bezitterig, rustgevend gebaar streelt hij mijn arm. Zoals altijd verwarmt zijn aanraking me en ik ontspan een beetje. Hij begrijpt waarschijnlijk waarom ik ineens zo gespannen ben; hoe je het ook wendt of keert, het is beledigend je ontvoering zo nonchalant besproken te horen worden.

'Wat dacht je van voor wat hoort wat? Ik laat jullie volgende keer de held uithangen en jij biedt mij een achteringang in Syrië. Er zijn vast dingen die je gelekt wil zien... En daar kan ik bij helpen.'

Er valt weer een stilte, tot Frank kortaf zegt: 'Prima. Wordt geregeld.'

'Uitstekend. Tot de volgende keer,' zegt Julian, waarna hij op het scherm tikt om de verbinding te verbreken.

Zodra hij dat gedaan heeft, draai ik me om om hem aan te kijken. 'Wie was dat?'

'Frank is een van mijn contacten bij de CIA,' zegt Julian, wat mijn vermoeden bevestigt. 'Een bureaucraat, maar wel een goede.'

'Dat dacht ik al.' Ik voel me rusteloos en duw tegen

Julians borst zodat ik kan opstaan. Hij laat me los en kijkt met een flauwe glimlach toe als ik een paar stappen naar achteren zet en tegen het bureau leun. 'Wat was er met de Israëliërs en die bus? En Syrië?'

'Volgens een van mijn gasten van Al-Quadar beramen ze een aanslag op een bus in Tel Aviv,' legt Julian uit. 'Ik heb de Mossad, de Israëlische geheime dienst, daar eerder vandaag over ingelicht.'

'O.' Ik frons. 'Waarom vond Frank dat vervelend?'

'Omdat de Amerikanen een redderscomplex hebben - of in elk geval willen dat de Israëli's dat denken. Zij willen degenen zijn die die informatie doorgeven, zodat de Mossad hen iets schuldig is.'

'Ik begrijp het.' En dat doe ik ook. Ik denk dat ik begin te begrijpen hoe dit spelletje werkt. In de schaduwrijke wereld van geheime diensten en schaduwpolitiek zijn gunsten de valuta. Mijn echtgenoot is rijk op meerdere manieren. Hij is in elk geval rijk genoeg om niet vervolgd te worden voor simpele misdaden als ontvoering of illegale wapenhandel. 'En je wil dat Frank je wat informatie geeft die jij naar Syrië kunt lekken zodat zij jou iets verschuldigd zijn, toch?'

Julian grijnst naar me. 'Zeker. Je leert snel, poesje van me.'

'Waarom liet je me vandaag meeluisteren?' Ik neem hem nieuwsgierig op. 'Waarom vandaag?'

Hij zegt niets, maar staat op en loopt op me af. Dan legt hij beide handen naast me op het bureau, waardoor ik opnieuw gevangen zit. 'Waarom denk je, Nora?'

prevelt hij vlakbij mijn gezicht. Zijn warme adem strijkt langs mijn wang en zijn armen voelen als stalen banden om me heen. Ik voel me als een klein dier in de val van een jager - een ongemakkelijk gevoel dat me desondanks opwindt.

'Omdat we getrouwd zijn?' Mijn stem trilt. Zijn gezicht bevindt zich centimeters van het mijne en mijn buik trekt samen van opwinding als hij zijn groeiende erectie tegen me aanduwt.

'Ja, schatje, omdat we getrouwd zijn,' zegt hij zwoel, 'en omdat ik denk dat je niet langer zo kwetsbaar bent als je eruitziet...' Zijn ogen worden donker van verlangen als mijn stijve tepels langs zijn borst strijken.

Dan buigt hij zijn hoofd om mijn mond in een hongerige, bezitterige kus op te eisen. Zijn handen op mijn dijen leggen een bekende weg af.

IN DE DAGEN DIE VOLGEN KOM IK MEER TE WETEN OVER Julians duistere imperium en ik realiseer me dat de meeste mensen slechts heel weinig weten van wat zich in de wereld achter de schermen afspeelt. Niets van wat ik in Julians kantoor te horen krijg, komt op het nieuws... want anders zouden er koppen rollen en eindigden heel belangrijke mensen in de gevangenis.

Julian lijkt geamuseerd door mijn interesse en laat me vaker meeluisteren. Eén keer mag ik zelfs van achter in de ruimte, waar ze me niet kunnen zien, toekijken bij een videogesprek. Tot mijn schok herken ik een van de mannen op het beeld. Hij is een belangrijke generaal van het Amerikaanse leger en ik heb hem wel eens bij talkshows gezien. Hij wil dat Julian zijn fabrieken uit Thailand haalt omdat hij bang is dat de politieke instabiliteit in die regio de volgende levering van het nieuwe explosief in gevaar kan brengen - de levering die voor de VS bestemd is.

Mijn voormalig ontvoerder loog niet toen hij zei dat hij connecties had; hij heeft ze allesbehalve aangedikt.

Natuurlijk heeft Julian dagelijks slechts voor een klein deel met politici, militair leiders en dergelijke mensen te maken. Het merendeel van de tijd is hij bezig met klanten, leveranciers en verschillende tussenpersonen; twijfelachtige en meestal angstaanjagende individuen van over de hele wereld. Hij doet zaken met de Russische maffia, Libische rebellen en dictators van onbekende Afrikaanse landen. Mijn echtgenoot behandelt iedereen gelijk als het om wapenverkoop gaat. Terroristen, drugsbazen, wettige overheden - hij handelt met allemaal.

Ik word er soms misselijk van, maar ik kan mezelf er niet toe dwingen uit Julians kantoor weg te blijven. Elke dag ga ik met hem mee, gedreven door een morbide nieuwsgierigheid. Het is alsof je de ontmaskering van een undercoveroperatie ziet: zowel fascinerend als verontrustend.

Na drie dagen slaagt Julian erin ook de laatste Al-Quadargevangene te breken. Hij zegt niet hoe en ik vraag er ook niet naar. Ik weet dat hij de man gemarteld heeft, maar de details hoef ik niet te weten. De informatie die het Julian oplevert, zorgt ervoor dat hij nog twee Al-Quadarcellen kan lokaliseren - en dat de CIA hem nog iets verschuldigd is.

Nu Julian heeft besloten me ook in dat deel van zijn leven toe te laten, brengen we nog meer tijd samen door. Hij vindt het gezellig als ik in zijn kantoor ben. Niet alleen is het handig voor wanneer hij zin heeft in seks - wat minstens één keer per dag is - maar hij lijkt ook de snelheid waarmee ik het oppik te kunnen waarderen. Hij zegt dat ik scherp ben. Intuïtief. Ik zie de dingen zoals ze zijn in plaats van zoals ik wil dat ze zijn en dat is volgens Julian een zeldzame gave.

'De meeste mensen hebben een bord voor hun kop,' zegt hij op een dag tijdens de lunch, 'maar jij niet, poesje van me. Je neemt de realiteit zoals die is en daardoor kun je onder de oppervlakte kijken.'

Ik bedankt hem voor het compliment, al vraag ik me vanbinnen af of dat wel een goed iets is, onder de oppervlakte kunnen kijken. Als ik mezelf zou kunnen voorhouden dat Julian in wezen een goed mens is dat verkeerd begrepen is maar uiteindelijk hervormd kan worden, zou het zoveel makkelijker zijn. Als ik blind was voor de ware aard van mijn echtgenoot, zou ik niet zo in de knoop zitten met mijn gevoelens voor hem.

Ik zou niet bang zijn dat ik verliefd ben op de duivel.

Maar ik zie hem voor wat hij is: een demon die vermomd is als een knappe man, een monster dat een beeldschoon masker draagt. En ik vraag me af of dat inhoudt dat ik ook een monster ben... dat ik slecht ben omdat ik van hem houd.

Ik wou dat ik hier met Beth over kon praten. Ze was niet echt een expert op het gebied van normaal, maar ik mis haar onorthodoxe wijze van naar dingen kijken en de manier waarop ze alles kon omdraaien en het op een verknipte manier logisch kon laten lijken. Ik denk dat ik wel weet wat ze nu zou zeggen. Ze zou zeggen dat ik geluk heb dat ik iemand als Julian heb, dat we voorbestemd waren samen te zijn en dat de rest onzin is.

Waarschijnlijk zou ze nog gelijk hebben ook. Als ik terugdenk aan die eenzame, lege maanden voor Julians terugkeer - toen ik mijn vrijheid had, maar hem niet - vervagen alle twijfels. Het maakt niet uit wie hij is of wat hij doet; ik zou nog liever sterven dan weer die verpletterende misère doormaken.

Of het nou goed is of niet, ik ben niet langer compleet zonder Julian en geen enkele hoeveelheid zelfkastijding gaat daar iets aan veranderen.

EEN WEEK NA JULIANS GESPREK MET FRANK klop ik op de zware metalen deur en wacht tot hij me binnenlaat. Ik heb vanochtend gewandeld met Rosa en me voorbereid op mijn nieuwe studie. Julian was bezig met papierwerk voor zijn buitenlandse rekeningen. Zelfs misdadigers hebben te maken met belastingen en juridische zaken, een universeel kwaad waar niemand zich aan kan onttrekken.

Als de deur opent, zie ik tot mijn verrassing een lange, donkerharige man tegenover Julian aan de vergadertafel zitten. Ik schat hem op halverwege de dertig, een paar jaar ouder dan mijn echtgenoot. Hoewel ik hem nog nooit gesproken heb, heb ik hem al een paar keer op het landgoed gezien. Uit de verte deed hij me aan een slank, donker roofdier denken. Die indruk wordt nu versterkt door de manier waarop hij me opneemt: zijn grijze ogen staan zowel waakzaam als onverschillig en volgen elke beweging.

'Kom binnen, Nora,' zegt Julian met een uitnodigend gebaar. 'Dit is Peter Sokolov, onze veiligheidsconsultant.'

'Hallo. Aangenaam.' Ik schenk Peter een voorzichtige glimlach en ga naast Julian zitten. Met zijn sterke kaaklijn en hoge, exotische jukbeenderen is Peter een knappe man, maar op de een of andere manier bezorgt hij me de kriebels. Het zit hem niet in wat hij zegt of doet - hij knikt beleefd naar me met een ogenschijnlijk kalme, ontspannen houding - maar ik zie iets in zijn staalgrijze ogen.

Razernij. Pure, onverdunde razernij. Ik voel het aan hem alsof het uit zijn poriën sijpelt. Het is geen woede of een vlaag van opvliegendheid. Deze emotie gaat veel dieper. Het hoort bij hem, zoals zijn sterke lichaam of het witte litteken dat zijn linker wenkbrauw doorkruist.

De man is een dodelijke vulkaan die op uitbarsten

staat. Zijn uiterlijke koele, beheerste gedrag is slechts een façade.

'We waren net aan het afronden,' zegt Julian. Ik hoor dat hij ergens niet blij mee is. Als ik mijn blik van Peter afwend, zie ik een spiertje trekken in Julians kaak. Ik moet zonder het te merken te lang naar Peter hebben zitten staren en mijn echtgenoot heeft mijn fascinatie voor seksuele interesse aangezien.

O, nee. Een jaloerse Julian is nooit goed. Heel slecht, zelfs.

Ik probeer te bedenken hoe ik de boel kan redden als Peter opstaat. 'We gaan morgen wel verder, als je wilt,' zegt hij kalm tegen Julian. Ik merk dat Peter, in tegenstelling tot de meeste mensen op het landgoed, mijn echtgenoot niet met ultiem respect behandelt. Hij spreekt Julian aan als een gelijke, respectvol maar tegelijkertijd zelfverzekerd. Zijn stem verraadt een licht Oost-Europees accent en ik vraag me af waar hij vandaan komt. Polen? Rusland? Oekraïne?

'Ja,' zegt Julian, die ook opstaat. Zijn uitdrukking is gesloten, maar zijn stem klinkt even rustig als normaal. 'Ik zie je morgen.'

Peter vertrekt en we blijven samen achter. Langzaam sta ik op, met inmiddels zweterige handpalmen. Ik heb niets verkeerd gedaan, maar Julian daarvan overtuigen zal moeilijk worden. Zijn bezitterigheid zou je obsessief kunnen noemen; soms verbaast het me dat hij me niet in zijn slaapkamer opgesloten houdt, waar geen enkele andere man me kan zien.

En ja hoor, zodra Peter de deur heeft dichtgetrokken, stapt Julian op me af. 'Vind je Peter leuk, poesje van me?' vraagt hij zacht. Hij torent over me heen tot ik met mijn achterste tegen de tafel stoot. 'Houd je van Russische mannen?'

'Nee.' Ik schud mijn hoofd zonder Julians blik te ontwijken. Hopelijk ziet hij de waarheid op mijn gezicht. Peter is knap, maar hij is ook angstaanjagend - en de enige angstaanjagende man die ik wil, is degene die me nu woedend aan staat kijken. 'Absoluut niet. Daarom staarde ik hem niet zo aan.'

'Echt niet?' Julians ogen zijn spleetjes als hij mijn kin grijpt. 'Waarom staarde je dan?'

'Hij joeg me angst aan,' geef ik toe. Ik kan maar beter de hele waarheid vertellen. 'Iets aan hem verontrustte me.'

Julian staart me intens aan; dan laat hij mijn kin los en zet een stap achteruit. Ik slaak een opgeluchte zucht. *Die storm is afgewend.*

'Even inzichtelijk als altijd,' mompelt hij geamuseerd. 'Je hebt gelijk, Nora. Er is inderdaad iets verontrustends aan Peter.'

'Wat is er met hem?' Nu Julian niet langer boos op me is, word ik weer nieuwsgierig. Julian neemt geen watjes in dienst, maar wat ik bij Peter voel is iets anders, iets onvoorspelbaarders. 'Wie is hij?'

Julian werpt me een korte, sombere glimlach toe en gaat aan zijn bureau zitten. 'Hij zat bij de Spetsnaz, de Russische commando's. Een van de besten die ze hadden, tot zijn vrouw en zoon werden vermoord. Nu is hij op zoek naar wraak. Hij is naar mij toe gekomen in de hoop dat ik hem kan helpen.'

Even voel ik een vlaag medelijden. Naast woede is Peter dus ook vervuld van verdriet en pijn.

'Hoe kun jij hem helpen?' Ik leun tegen de tafel. Julians veiligheidsadviseur komt niet over als iemand die vaak hulp nodig heeft.

'Via mijn connecties kan ik hem een lijst namen bezorgen. Blijkbaar waren er soldaten van de NAVO bij betrokken. Die doofpot is enorm.'

'O.' Ik kijk Julian ongemakkelijk aan. Waarschijnlijk heb ik wel een vermoeden wat Peter die soldaten aan wil doen. 'Heb je hem de lijst gegeven?'

'Nog niet. Ik ben er nog mee bezig. Veel van die informatie is geheim, dus het is niet makkelijk.'

'Kunnen je contacten bij de CIA je niet helpen?'

'Ik heb het wel gevraagd. Maar Frank treuzelt, want er staan ook een paar Amerikanen op die lijst.' Even kijkt Julian geïrriteerd. 'Uiteindelijk komt hij er wel mee op de proppen. Dat doet hij altijd. Ik moet gewoon iets hebben wat de CIA heel erg graag wil hebben.'

'Natuurlijk,' mompel ik. 'Voor wat hoort wat... Is dat de reden dat Peter voor je werkt? Omdat je hem die lijst hebt beloofd?'

'Ja, dat is onze overeenkomst.' Julians glimlach is scherp. 'Drie jaar loyale dienst in ruil voor die lijst met namen aan het einde van die periode. Ik betaal hem ook, natuurlijk, maar Peter geeft niets om geld.'

'En Lucas?' Ik denk ineens aan Julians rechterhand. 'Heeft hij ook een verhaal?'

'Iedereen heeft een verhaal,' zegt Julian. Maar hij kijkt naar het scherm en zijn aandacht is duidelijk afgeleid. 'Ook jij, poesje van me.'

En voor ik kan doorvragen, duikt hij in zijn e-mails, waarmee onze discussie tot een einde komt.

14

Julian

DE WEKEN DIE VOLGEN ZIJN GEVULD MET MEER HUISELIJK GELUK DAN IK OOIT GEKEND HEB. Op een dagtrip naar Mexico voor onderhandelingen met het Juarez-kartel na, breng ik al mijn tijd met Nora op het landgoed door.

Nu haar studie is begonnen, zijn Nora's dagen gevuld met boeken, essays en toetsen. Ze heeft het zo druk dat ze vaak tot 's avonds laat aan het studeren is. Het bevalt me niet, maar ik zeg er niets van. Ze wil bewijzen dat ze even goed is als de studenten die op eigen kracht in het programma zijn gekomen en ik wil haar niet ontmoedigen. Ik weet dat ze dit deels voor haar ouders doet - die maken zich nog steeds zorgen om haar toekomst met mij - en deels omdat ze van de uitdaging geniet. Ondanks de druk lijkt mijn poesje op te bloeien: haar ogen stralen en haar bewegingen zijn vervuld van doelgerichte energie.

Dat bevalt me wel. Ik vind het fijn haar gelukkig en vol zelfvertrouwen te zien, tevreden met haar leven met mij. Het monster in mij geniet er nog steeds van haar pijn te doen, maar haar groeiende kracht en veerkracht spreken me aan. Ik heb haar nooit willen breken, alleen de mijne willen maken. Het doet me deugd haar mijn gelijke te zien worden, op meerdere manieren.

Hoewel haar studie veel tijd kost, krijgt Nora nog steeds les van Monsieur Bernard. Tekenen en schilderen zijn ontspannend, zegt ze. Daarnaast staat ze erop dat ik haar twee keer per week lessen in schieten en zelfverdediging blijf geven - een verzoek dat ik graag inwillig omdat we dan meer tijd samen kunnen doorbrengen. Gedurende de training blijkt dat ze beter is met vuurwapens dan met messen, al is ze verrassend goed met beide. Ook bepaalde vechtsportmanoeuvres gaan haar goed af. Haar kleine lichaam wordt langzaam maar zeker een dodelijk wapen. Eén keer weet ze me zelfs een bloedneus te bezorgen door met haar scherpe elleboog keihard op mijn neus te rammen voor ik haar bliksemsnelle aanval weet af te weren.

Daar mag ze trots op zijn, maar ze blijft een brave meid en betuigt meteen haar spijt en afschuw.

'O, God, het spijt me zo!' Ze grijpt een handdoek en

loopt op me af om me te helpen. Hoewel mijn neus behoorlijk zeer doet, ziet ze er zo geschrokken uit dat ik in de lach schiet. Dat krijg je als je afgeleid bent tijdens een training. Ik keek namelijk naar haar borsten en overwoog haar sportbeha uit te trekken. Ze raakte me dus in een onbewaakt ogenblik.

'Julian! Waarom lach je nou?' Nora's stem klinkt schril terwijl ze de handdoek tegen mijn gezicht duwt. 'Je moet naar de dokter. Hij kan gebroken zijn...'

'Niets aan de hand, schatje,' stel ik haar tussen het lachen door gerust. Ik pak de handdoek uit haar trillende handen. 'Ik heb wel erger meegemaakt, echt. Als hij gebroken was, zou ik dat wel weten.' Mijn stem klinkt nasaal door de handdoek, maar het kraakbeen dat ik onder mijn vingers voel is recht en onbeschadigd. Het wordt een blauw oog, erger niet. Maar als ik haar niet op het laatste moment had afgeweerd, had haar elleboog mijn neus verbrijzeld en het kraakbeen mijn hersens in geramd, wat me ogenblikkelijk gedood zou hebben.

'Er is wel iets aan de hand!' Nora stapt achteruit en ziet er nog steeds overstuur uit. 'Ik had je ernstig kunnen verwonden.'

'Had ik dat dan niet verdiend?' Het is slechts half-grappend bedoeld. Een deel van haar neemt me het nog steeds kwalijk dat ik haar ontvoerde - en dat zal altijd zo blijven. Als ik haar was, zou ik me tegenover mij niet excuseren. Ik zou me iedere keer als het kon alle hoeken van de kamer laten zien.

Hoewel ze me nog steeds boos aankijkt, zie ik dat

de ergste schok weg begint te trekken. 'Waarschijnlijk wel,' zegt ze wat kalmer. 'Maar ik wil toch niet dat je pijn hebt. Zo dom en irrationeel ben ik nou eenmaal.'

Ik grijns naar haar en laat de handdoek zakken. Het bloeden is zo goed als gestopt; het was slechts een kleine kwetsuur, zoals ik al verwacht had. 'Je bent niet dom,' zeg ik terwijl ik op haar afstap. Mijn neus doet nog wel zeer, maar een ander soort pijn begint zich in een veel lager deel van mijn lichaam te vormen. 'Je bent precies zoals ik je wil hebben.'

'Gehersenspoeld en verliefd op mijn ontvoerder?' vraagt ze droog als ik de bebloede handdoek laat vallen en mijn armen naar haar uitstrek.

'Ja, precies,' prevel ik. Ik trek haar sportbeha uit om haar kleine, perfect gevormde borsten te onthullen. 'En heel erg aantrekkelijk...'

Als ik haar met me mee op de mat trek, is mijn neus wel het laatste waar ik aan denk.

Nora's studiesemester zorgt ervoor dat we een vaste routine ontwikkelen. Meestal word ik eerder wakker dan zij en ga ik trainen met mijn mannen. Als ik terugkom, is zij ook wakker en ontbijten we samen. Daarna ga ik in het kantoor aan het werk, terwijl Nora met Rosa gaat wandelen en de online lessen volgt. Als ik terugkom, lunchen we samen. Daarna ga ik weer aan het werk en Nora gaat ofwel aan de slag met Monsieur Bernard of ze volgt mij naar het kantoor, waar zij studeert terwijl ik werk of vergaderingen heb. Hoewel ze meestal niet op ons lijkt te letten, weet ik dat ze dat wel doet. Vaak stelt ze me bij het avondeten vragen over wat er die dag voorbijgekomen is.

Hoewel ik weet dat ze mijn werk eigenlijk veroordeelt, vind ik het niet erg dat ze nieuwsgierig is. Het idee dat ik wapens lever aan criminelen en vaak op brute wijze de zaken leid, is gruwelijk voor haar. Ze snapt niet dat als ik het niet zou doen, iemand anders het wel deed, en dat de wereld daar niet per se beter of veiliger van zou worden. Drugsbazen en dictators komen toch wel aan hun wapens. De enige vraag is wie ervan profiteert - en ik heb het liefst dat ik dat ben.

Ik weet dat Nora het niet met die redenatie eens is, maar dat maakt niet uit. Ik heb háár nodig, niet haar goedkeuring.

En ik heb haar ook. Ze is zo vaak bij me dat ik me nauwelijks nog kan herinneren hoe het was toen ze niet bij me was. We zijn zelden meer dan paar uur van elkaar gescheiden en als dat zo is, mis ik haar zo erg dat het fysiek pijn doet. Ik heb geen idee hoe ik haar op het eiland dagen achter kon laten, laat staan weken. Nu heb ik liever niet eens dat ze zonder me gaat hardlopen - dus ga ik vaak mee op haar rondes in de namiddag.

Ik ga mee omdat ik naar het gezelschap van mijn vrouw verlang, maar ook voor haar veiligheid. Hoewel mijn vijanden haar hier niet te pakken zullen krijgen, leven er in deze omgeving slangen, spinnen en giftige kikkers. In het nabijgelegen regenwoud huizen jaguars en andere roofdieren. Hoewel de kans klein is dat ze wordt gestoken, gebeten of op een andere manier ernstig gewond raakt door toedoen van een wild dier, wil ik de gok niet nemen. De gedachte dat iets of iemand haar kwaad doet, is ondraaglijk. Toen Nora haar blindedarmontsteking had, had ik het niet meer - en dat was nog voor mijn verslaving aan haar dit nieuwe, bizarre niveau bereikte.

Mijn angst haar te verliezen begint ziekelijk te worden. Daar ben ik me van bewust, maar ik heb geen idee wat ik ertegen moet doen. Deze ziekte lijkt geen medicijn te hebben. Ik maak me constant zorgen om Nora. Het is een obsessie. Ieder moment van iedere dag wil ik weten waar ze is. Ze is zelden niet in de buurt, maar zelfs als ze dat wel is, kan ik me niet concentreren. Mijn geest bedenkt continu dodelijke ongelukken of andere angstaanjagende scenario's die haar zouden kunnen overkomen.

'Ik wil dat je Nora door twee man laat schaduwen,' draag ik Lucas op een ochtend op. 'Ze moeten haar volgen als ze het huis verlaat en ervoor zorgen dat haar niets overkomt.'

'Goed.' Lucas knippert niet eens bij dit ongebruikelijke verzoek. 'Ik zal Peter vragen twee van de beste mannen te selecteren.'

'Mooi. En ik wil ieder uur een rapportage.'

'Wordt geregeld.'

De rapportages die ik elk uur van de bewakers ontvang, houden een paar weken lang mijn angsten op afstand - tot ik een e-mail krijg die mijn wereld op zijn kop zet.

'MAJID LEEFT NOG,' VERTEL IK NORA TIJDENS HET avondeten. Zorgvuldig neem ik haar reactie in me op. 'Ik heb het zojuist van een van Peters contacten in Moskou gehoord. Hij is gezien in Tadzjikistan.'

In haar opengesperde ogen is een mengeling van schok en afkeer te lezen. 'Wat? Hij was toch omgekomen bij die explosie?'

'Helaas dus niet.' Ik probeer mijn woede onder controle te houden. Mijn bloed begint te koken bij de gedachte aan Beths moordenaar, die nog ergens rondloopt. 'Hij en vier anderen waren uit het pakhuis weggegaan, twee uur voor ik aankwam. Je had hem ook niet gezien toen ik je kwam halen, hè?'

'Nee, dat klopt.' Nora fronst. 'Ik nam aan dat hij buiten het gebouw aan het bewaken was of zo...'

'Dat dacht ik ook. Maar dat was dus niet zo. Hij was helemaal niet in de buurt van het pakhuis toen het ontplofte.'

'Hoe weet je dat?'

'De Russen hebben een van de vier mannen gepakt die die avond bij Majid was. Ze kregen hem in Moskou te pakken toen hij een aanslag op de metro beraamde.' Ik doe mijn best, maar de woede sijpelt door in mijn stem. Bij Nora zie ik een gelijke spanning ontstaan. Als iets mijn poesje kwaad kan maken, zijn het Beths moordenaars wel. 'Ze hebben hem ondervraagd en zijn erachter gekomen dat hij zich met Majid en de anderen de laatste maanden in

Oost-Europa en Centraal-Azië verborgen heeft gehouden.'

Voor Nora iets kan zeggen, komt Ana de eetkamer binnen.

'Wilt u een toetje?' vraagt de huishoudster. Nora schudt met een strakke mond haar hoofd.

'Voor mij ook niet, bedankt,' zeg ik kortaf, en Ana gaat weer.

'Wat nu?' vraagt Nora. 'Ga je hem opsporen?'

'Ja.' En daarna ga ik hem uiteenrijten, stukje bij beetje - maar dat zeg ik niet tegen Nora. In plaats daarvan leg ik uit: 'Zijn metgezel zei dat hij Majid voor het laatst in Tadzjikistan had gezien, dus daar beginnen we met zoeken. Blijkbaar heeft hij een redelijke schare volgelingen opgebouwd om nieuw bloed in Al-Quadar te steken.'

Dat laatste baart me zorgen. We hebben de afgelopen maanden flinke schade aangericht binnen de terroristengroepering, maar Al-Quadar is zo wijdverspreid dat er nog steeds meer dan tien functionerende cellen over de hele wereld kunnen zijn. Met die nieuwe rekruten erbij kunnen die cellen wederom gevaarlijk worden - en volgens de informatie die Peter van zijn contacten kreeg, plant Majid iets groots... in Zuid-Amerika.

Hij wil wraak op mij.

Hij komt met geen mogelijkheid langs de veiligheidsmaatregelen rond het landgoed, maar alleen al de gedachte dat die klootzakken Nora tot op een straal van honderd kilometer naderen, maakt me zowel woedend als ongelofelijk bezorgd.

Het is weer die sterke, irrationele angst dat ik haar kan verliezen.

Meer dan tweehonderd zwaarbewapende mannen bewaken dit terrein en talloze militaire drones houden de omgeving in de gaten. Niemand kan haar hier iets doen, maar dat verander niets aan hoe ik me voel. Die wetenschap verdrijft de knagende paniek niet. Het enige wat ik wil, is Nora grijpen en zo ver weg brengen als mogelijk is, naar een plek waar niemand haar ooit zal vinden, waar ze alleen van mij zal zijn.

Maar zo'n plek bestaat niet meer. Mijn vijanden weten van haar bestaan en ze weten dat ze belangrijk voor me is. Dat heb ik wel laten blijken toen ik haar redde. Als ze nog steeds dat explosief willen - en dat weet ik wel zeker - dan zullen ze haar proberen te pakken te krijgen. Het wordt een niet-aflatende strijd tot ze allemaal uitgeroeid zijn.

Na dat nieuws besluit ik Nora's veiligheid nog beter te waarborgen, of dat overdreven is of niet.

Ik wil dat ik continu met haar verbonden ben.

'Waar denk je aan?' Nora kijkt me bezorgd aan en ik realiseer me dat ik haar al een paar minuten zonder een woord te zeggen zit aan te staren.

Ik dwing mezelf daarom te glimlachen. 'Niets bijzonders, poesje van me. Ik wil gewoon zeker weten dat je veilig bent, meer niet.'

'Waarom zou ik niet veilig zijn?' Ze kijkt verward, niet bezorgd.

'Omdat het gerucht gaat dat Majid iets plant in Zuid-Amerika,' leg ik zo kalm mogelijk uit. Ik wil haar niet bang maken, maar ik wil wel dat ze begrijpt waarom ik deze voorzorgsmaatregel neem.

Dat ze begrijpt waarom ik met haar ga doen wat ik ga doen.

'Denk je dat ze hierheen komen?' Hoewel ze bleek weggetrokken is, klinkt haar stem krachtig. 'Denk je dat ze het landgoed gaan aanvallen?'

'Misschien. Ze maken geen schijn van kans, maar ze zullen het waarschijnlijk wel proberen.' Ik sluit mijn hand om de hare om haar gerust te stellen. Haar huid voelt klam aan - ze is duidelijk overstuur. Ik masseer haar handpalm om haar gerust te stellen. 'Daarom wil ik ervoor zorgen dat ik je altijd kan vinden, schatje - dat ik altijd weet waar je bent.'

Ze fronst en haar hand wordt nog kouder, voor ze hem wegtrekt. 'Hoe bedoel je?' Haar stem klinkt kalm, maar ik zie aan haar keel dat haar polsslag versnelt. Zoals ik verwachtte, is ze niet blij met dit idee.

'Ik wil zenders plaatsen bij je,' leg ik uit. 'Op meerdere plekken in je lichaam. Als je dan ooit bij me weggehaald wordt, kan ik je meteen vinden.'

'Zenders? Je bedoelt gps-chips of zoiets? Van die dingen waar je vee mee volgt?'

Ik pers mijn lippen opeen. Het is duidelijk dat ze hier moeilijk over gaat doen. 'Nee, niet op die manier,' zeg ik rustig. 'Dit zijn geclassificeerde zenders, speciaal bedoeld voor menselijke toepassing. Er zitten gps-chips in, maar ze bevatten ook sensoren die je hartslag en lichaamstemperatuur meten. Dan weet ik altijd of je nog leeft.'

'En waar ik ben,' zegt ze zacht. Haar donkere ogen steken scherp af tegen haar witte gezicht.

'Ja. Ik weet dan altijd waar je bent.' Die gedachte vervult me met opluchting en voldoening. Dit had ik weken geleden al moeten doen, zodra ik haar meenam uit Illinois. 'Het is voor je eigen veiligheid, Nora,' benadruk ik. 'Als je deze zenders had gedragen toen Beth en jij werden ontvoerd, had ik jullie meteen gevonden.'

En dan zou Beth nog leven. Dat zeg ik niet, maar dat hoeft ook niet. Nora krimpt ineen alsof ik haar geslagen heb, een gekwetste uitdrukking op haar gezicht.

Maar ze herstelt zich snel. 'Eens zien of ik het goed begrijp...' Ze leunt naar voren en legt haar handen op de tafel. Haar vingers zijn ineengedraaid en de knokkels zijn wit. 'Je wilt zenders in mijn lichaam plaatsen die je continu laten weten waar ik ben - zodat ik veilig ben op een afgelegen landgoed dat beter bewaakt wordt dan het Witte Huis?'

Het sarcasme druipt van haar stem en mijn eigen woede vlamt op. Ik sta veel dingen toe, maar ik neem geen risico's met haar veiligheid. Het zou makkelijker zijn geweest als ze had meegewerkt, maar haar terughoudendheid verhindert mijn voornemen niet.

'Ja, poesje van me, dat klopt,' zeg ik zalvend terwijl ik opsta. 'Dat is precies wat ik wil. Je krijgt die zenders vandaag nog. Nu, om precies te zijn.'

ora

Verbluft staar ik hem aan. Mijn hartslag suist in mijn oren. Een deel van mij kan niet geloven dat hij dit gaat doorzetten terwijl ik het niet wil - me merken als een stom beest, me het laatste beetje privacy en vrijheid ontnemen dat ik dacht te hebben - terwijl de rest van mij brult dat ik een idioot ben, dat ik had moet weten dat een vos nooit zijn streken verliest.

De laatste paar weken waren gewoon zo anders dan eerst. Ik geloofde echt dat Julian zich voor me begon open te stellen, dat hij me echt in zijn leven toeliet. Ondanks zijn overheersende gedrag in bed en de controle die hij over mijn leven uitoefent, begon ik me minder zijn seksspeeltje en meer zijn partner te voelen. Ik was gaan geloven dat we bijna een normaal koppel waren, dat hij echt om me begon te geven... me begon te respecteren.

Ik was dwaas te geloven in de illusie dat ik een gelukkig leven zou kunnen leiden met mijn ontvoerder - een man die ieder spoor van een geweten of moraal ontbeert.

Wat stom en onnozel van me. Ik wil mezelf tegelijkertijd voor mijn kop slaan en heel hard huilen. Ik heb altijd geweten wat voor man Julian is, maar toch liet ik me betoveren door zijn charme, door de manier waarop hij me nodig leek te hebben.

Ik geloofde dat ik meer voor hem zou kunnen zijn dan gewoon een bezit.

Als ik besef dat ik nog steeds op mijn stoel zit na die pijnlijke desillusie, schuif ik die naar achteren en sta op om Julian over de tafel heen strak aan te kijken. Ik voel me nog steeds verpletterd, maar ook woedend. Een pure, intense woede raast door me heen en vaagt de laatste restjes schok en pijn weg.

Die zenders zijn helemaal niet voor mijn veiligheid. Ik weet hoe goed bewaakt het landgoed is en ook dat de kans dat iemand me hier te pakken krijgt, nihil is. Die zogenaamde terroristendreiging is gewoon een voorwendsel, een handig excuus voor Julian zodat hij kan uitvoeren wat hij waarschijnlijk al die tijd al van plan was. Het geeft hem een reden zijn controle over mij te verhogen, me zo nauw aan hem te binden dat ik niet eens meer zal kunnen ademhalen zonder dat hij het weet.

Die zenders maken me voor altijd zijn gevangene...

En hoeveel ik ook van Julian houd, daar kan ik niet mee akkoord gaan.

'Nee,' zeg ik. Het verbaast me hoe kalm en ferm mijn stem klinkt. 'Ik krijg geen zenders geïmplanteerd.'

Julian trekt zijn wenkbrauwen op. 'O?' In zijn ogen schemert zowel woede als een vlaag geamuseerdheid. 'En hoe wil je dat voorkomen, poesje van me?'

Ik hef mijn kin als mijn hartslag nog verder versnelt. Ondanks al die uren training in de sportzaal ben ik in een gevecht niet tegen Julian opgewassen. Hij kan me in dertig seconden vloeren - en dan zwijg ik nog over al die bewakers die hier aan zijn kant staan. Als hij me wil dwingen, houd ik hem niet tegen.

Maar dat betekent niet dat ik het niet zal proberen.

'Krijg de kolere,' zeg ik luid en duidelijk. 'Jij en die zenders van je.' En vol adrenaline schuif ik de borden op tafel naar Julian toe en ren naar de deur.

Met een kletterend geluid vallen de borden op de grond. Ik hoor Julian vloeken als hij achteruitspringt om niet met eten besmeurd te worden. Hij is even afgeleid - meer tijd heb ik niet nodig om de hal in te sprinten. Ik heb geen idee waar ik heen moet; ik heb geen plan. Maar ik kan hier niet blijven en braafjes akkoord gaan met deze nieuwe schending.

Ik weiger opnieuw Julians meegaande gevangene te worden.

Terwijl ik door het huis ren, hoor ik hem achter me aan komen. Ineens herinner ik me mijn eerste dag op het eiland weer. Toen vluchtte ik ook, op zoek naar ontsnapping van de man die mijn wereld zou worden. Ik weet nog hoe bang ik was, hoe duizelig van het slaapmiddel dat hij me gegeven had. Die dag liet Julian me kennismaken met de verwoestende combinatie van pijn en genot die alleen hij me kan geven. Die dag besefte ik dat mijn leven niet langer van mij was.

Waarom verrast dit zendergedoe me dan? Julian heeft nooit spijt betuigd dat hij me mijn keuzes heeft afgenomen, heeft nooit zijn excuses aangeboden voor mijn ontvoering of ons gedwongen huwelijk. Hij behandelt me goed omdat hij dat wil, niet omdat er anders consequenties tegenover staan. Niemand kan verhinderen dat hij met me doet wat hij wil. Er bestaat geen afgesproken woord dat ik kan zeggen om mijn grenzen aan te geven.

Ik mag dan zijn vrouw zijn, ik ben nog steeds op elke manier denkbaar zijn gevangene.

Ik kom bij de voordeur en trek die open. Uit mijn ooghoek zie ik Ana met open mond bij de muur staan; dan vlieg ik de deur uit, Julian achter me aan. Ik loop zo hard dat ik slechts een klein beetje schaamte voel dat ze ons zo ziet. Onze huishoudster heeft vast vermoedens over de BDSM-relatie die we hebben - mijn zomerkleren verhullen niet altijd de blauwe plekken die Julian me bezorgt - en ik hoop maar dat ze dit ook afschrijft als een kinky spelletje.

Terwijl ik de veranda afraas, heb ik geen idee waar ik heen ga, maar dat maakt ook niet uit. Ik wil gewoon even weg bij Julian, even wat tijd winnen. Ik weet niet of dat me iets zal opleveren, maar ik heb dit nodig - ik moet iets doen om tegen hem in te gaan, te laten zien dat ik me niet zomaar bij het onvermijdelijke neerleg.

Halverwege het grasveld merk ik dat Julian me inhaalt. Ik hoor zijn zware ademhaling - blijkbaar loopt hij ook op volle snelheid - en dan sluit zijn hand zich om mijn linker bovenarm en trekt me uit balans, zodat ik tegen zijn harde lichaam knal.

Heel even ben ik verdwaasd door de klap; ik krijg geen adem, maar mijn lichaam reageert automatisch en zet al mijn geleerde zelfverdedigingstechnieken in. In plaats van me los te trekken, laat ik me vallen om Julian uit zijn evenwicht te brengen. Tegelijkertijd breng ik mijn knie omhoog, richting zijn ballen, en haal ik met rechts uit naar zijn kin.

Maar hij doorziet de beweging en draait op het laatste moment weg, zodat ik zijn kin mis en mijn knie tegen zijn dijbeen beukt. Voor ik iets anders kan proberen, laat hij me vallen. Ik sla met mijn rug tegen het gras en hij laat zich bovenop me ploffen, zodat hij me met zijn volle gewicht op mijn plek houdt. Mijn polsen pint hij boven mijn hoofd; mijn benen zitten gevangen onder de zijne.

Ik ben uitgeschakeld en hulpeloos als altijd, wat Julian heel goed weet.

Hij grinnikt als hij mijn woedende blik ziet. 'Gevaarlijk klein ding ben je,' prevelt hij terwijl hij het zich gemakkelijk maakt op me. Tot mijn ergernis begint zijn ademhaling alweer te kalmeren en glinsteren zijn blauwe ogen van plezier en verrukking.

'Als ik niet degene was geweest die je die beweging had geleerd, poesje van me, zou het nog gewerkt kunnen hebben ook.'

Hijgend staar ik hem aan. Ik wil hem zo graag iets aandoen op dit moment. Het feit dat hij dit leuk vindt, maakt me nog bozer. Ik gooi me tegen hem aan in de hoop hem eraf te krijgen. Maar dat heeft uiteraard geen zin; hij is veel groter dan ik en iedere centimeter van zijn lichaam is hard en gespierd. Ik amuseer hem alleen maar meer.

En ik wind hem op - dat blijkt wel uit de groeiende zwelling tegen mijn been.

'Laat me los,' sis ik tussen mijn opeengeklemde tanden door. Ik negeer mijn eigen reactie op zijn opwinding en de manier waarop hij me tegen de grond gedrukt houdt. Tegenwoordig associeer ik dit soort dingen met seks en ik vind het vreselijk dat ik hier ondanks mijn woede en verontwaardiging opgewonden van word. Ook daar heb ik geen controle over; mijn lichaam reageert hoe dan ook op Julians dominantie.

Zijn lippen vormen zich tot een tevreden halve glimlach. De schoft is zich ongetwijfeld bewust van mijn onvrijwillige opwinding. 'Of anders, poesje van me?' fluistert hij. Hij duwt mijn benen uiteen met zijn knieën. 'Wat ga je dan doen?'

Ik negeer de dreiging van zijn erectie, die zich nu tegen mijn opening bevindt. Alleen zijn spijkerbroek en mijn slipje vormen nog een barrière tussen ons en ik weet dat Julian die barrières in een wip heeft verwijderd. Het enige dat hem ervan weerhoudt me nu te nemen - en daar hoop ik maar op - is dat we buiten zijn, in het zicht van alle bewakers en wie er verder ook maar op dit moment langs het huis loopt. Exhibitionisme is niets voor Julian, daar is hij veel te bezitterig voor. Ik ben er vrij zeker van dat hij nu geen seks met me gaat hebben.

Misschien doet hij me iets anders aan, maar een seksuele afstraffing hoef ik op dit moment niet te vrezen.

Daardoor, en door mijn woede, snauw ik hem een roekeloos antwoord toe: 'De vraag is: wat ga jij doen, Julian?' Mijn stem klinkt laag en bitter. 'Ga je me schreeuwend en tegenstribbelend naar binnen slepen om die zenders te plaatsen? Dat zal wel moeten, weet je - ik ga niet als een brave gevangene hieraan meewerken. Die tijd is voorbij.'

Zijn glimlach wordt vervangen door een uitdrukking van meedogenloze vastberadenheid. 'Ik zal doen wat nodig is om je te beschermen, Nora,' zegt hij ruw. Hij staat op en trekt me mee.

Tegenstribbelen werkt niet; in een mum van tijd heeft hij me opgetild. Met één hand houdt hij mijn polsen op hun plek; de ander bevindt zich onder mijn knieën, waardoor ik geen kant op kan. Ik buig mijn rug in de hoop zijn greep te verbreken, maar hij heeft me te stevig vast. Het enige waar ik in slaag, is mezelf vermoeien. Na een paar minuten stop ik dan ook, hijgend van frustratie als Julian me als een hulpeloos kind naar het huis draagt.

'Schreeuw maar wat je wilt,' laat hij me bij de veranda weten. Zijn stem klinkt kalm en emotieloos, even blanco als zijn gezicht is als hij op me neerkijkt. 'Het zal niets aan de situatie veranderen, maar ga je gang.'

Waarschijnlijk is dit een poging tot omgekeerde psychologie, maar ik houd toch mijn mond als hij de deur met zijn rug openduwt en het huis binnengaat. Mijn woede begint te vervagen. Ik voel een vermoeide berusting opkomen. Ik heb altijd al geweten dat het zinloos is om Julian te bevechten en wat er vandaag gebeurd is, bevestigt dat alleen maar. Ik kan me verzetten wat ik wil, maar het gaat niet helpen.

Als Julian me de hal in draagt, zie ik Ana daar nog steeds staan. Ze staart ons met een mengeling van schok en fascinatie aan. Ze moet door het raam alles gezien hebben en ik voel dat ze ons met haar blik volgt als Julian zonder iets te zeggen langs haar loopt.

Nu de adrenaline is weggestorven, voel ik me enorm beschaamd. Het is niet erg als Ana een paar blauwe plekken op mijn dijen ziet, maar ons zo zien is iets heel anders. Ze heeft vast erger meegemaakt - per slot van rekening werkt ze voor een misdadiger - maar ik voel me toch enorm te kijk staan. Ik wil niet dat de mensen op het landgoed de ware aard van mijn relatie met Julian kennen; ik wil geen medelijden in hun ogen zien. Dat heb ik thuis in Oak Lawn al genoeg meegemaakt en dat hoef ik echt niet nogmaals te ervaren.

'Ga je die zenders gewoon in me schuiven?' vraag ik

Julian als hij de slaapkamer inloopt. 'Zonder verdoving of zo?' Hoewel mijn stem sarcastisch klinkt, vraag ik het me wel oprecht af. Ik weet dat mijn echtgenoot het soms opwindend vindt om me pijn te doen, dus dit zou iets seksueels voor hem kunnen zijn.

Julian knarst met zijn tanden voor hij me neerzet. 'Nee,' zegt hij dan kortaf, en hij zet een stap achteruit. Meteen vliegen mijn ogen naar de deur, maar Julian gaat tussen mij en de uitgang in staan als hij naar een kleine kast loopt en erin begint te rommelen. 'Ik zal ervoor zorgen dat je er niets van voelt.' Hij haalt een kleine, heel bekend uitziende injectiespuit tevoorschijn.

Ik word koud vanbinnen. Die injectienaald herken ik - die had hij ook bij zich toen hij me kwam halen. Die zou hij gebruikt hebben als ik niet uit vrije wil met hem was meegegaan.

'Heb je me zo ook gedrogeerd toen je me uit het park ontvoerde?' Mijn stem klinkt kalm en verraadt weinig van het zinkende gevoel dat ik vanbinnen heb. 'Wat voor drug is het?'

Julian zucht en lijkt vreemd genoeg heel vermoeid als hij op me afloopt. 'Hij heeft een lange, ingewikkelde naam die ik me niet zo herinner - en ja, hiermee heb ik je naar het eiland gebracht. Het is een van de beste drugs in zijn soort, met slechts weinig bijwerkingen.'

'Weinig bijwerkingen? Wat fijn.' Ik stap achteruit en kijk wanhopig de kamer rond, op zoek naar iets waarmee ik mezelf kan verdedigen. Maar ik zie niets.

Op een potje handcrème en een doos tissues op het nachtkastje na, is de kamer keurig netjes en vrij van rondslingerende spullen. Ik loop achteruit tot ik het bed voel - en dan weet ik dat ik nergens meer heen kan.

Ik zit in de val.

'Nora...' Julian staat vlak bij me, de injectiespuit in zijn hand. 'Maak dit nou niet moeilijker dan nodig is.'

Moeilijker dan nodig is? Meent hij dat verdomme nou? Een nieuwe vlaag van woede geeft me nieuwe kracht. Ik gooi mezelf op het bed en rol er dan snel af aan de andere kant, in de hoop naar de deur te kunnen sprinten. Maar voor ik bij de rand ben, ligt Julian op me. Zijn gespierde lichaam duwt me in de matras. Ik kan nauwelijks ademen omdat mijn gezicht in het dikke zachte beddengoed wordt gedrukt, maar voor ik in paniek kan raken, schuift Julian deels van me af en kan ik mijn hoofd opzij draaien. Ik haal diep adem en voel hem dan bewegen - hij haalt de dop van de naald - en ik besef dat ik nog maar een paar seconden heb voor hij me opnieuw drogeert.

'Doe dit niet, Julian.' Het is een wanhopige, gebroken smeekbede. Ik weet dat smeken zinloos is bij hem, maar ik kan niets anders. Mijn hart bonst hevig als ik mijn laatste troef uitspeel. 'Alsjeblieft, als je ook maar iets om me geeft - als je van me houdt - doe dit dan alsjeblieft niet...'

Heel even stokt zijn adem en dat geeft me een sprankje hoop - maar dat dooft onmiddellijk als hij teder mijn haar uit mijn hals strijkt. 'Het is niet zo erg, schatje,' fluistert hij. Dan voel ik een gemeen prikje in mijn hals.

Onmiddellijk worden mijn ledematen zwaar en vervaagt mijn zicht. 'Ik haat je,' mompel ik nog net voor de duisternis het overneemt.

Julian

IK HAAT JE... ALS JE VAN ME HOUDT, DOE DIT DAN NIET...

Nora's woorden blijven als een kapotte langspeelplaat in mijn hoofd afspelen terwijl ik haar bewusteloze lichaam van het bed til. Ze zouden me niet zo moeten kwetsen, maar dat doen ze wel. Met een paar zinnen wist ze me bloot te leggen, door de muur te breken die mijn hart sinds Maria's dood omringt - de muur waardoor ik alles en iedereen op afstand kon houden, behalve haar.

Ze haat me niet echt. Dat weet ik wel. Ze wil me. Ze houdt van me, of dat denkt ze in ieder geval. Zodra dit allemaal voorbij is, gaan we terug naar ons leven van de afgelopen maanden - alleen zal ik me beter voelen, veiliger.

Minder bang haar te verliezen.

Als je van me houdt, doe dit dan niet...

Verdomme. Waarom raakt het me dat ze dat zei? Ik houd echt niet van haar. Daar ben ik niet toe in staat. Liefde is voor degenen die nobel en onbaatzuchtig zijn, voor mensen die nog iets van een hart hebben.

Zo iemand ben ik niet. Zo iemand ben ik nooit geweest. Wat ik voor Nora voel, lijkt in niets op de zachte, dromerige emotie die je in boeken en films ziet. Het gaat veel dieper en is veel lichamelijker dan dat. Ik wil haar met een vurigheid die me vanbinnen samenknijpt en een verlangen dat me zowel vernietigt als verlicht. Ik heb haar even hard nodig als zuurstof en ik zal doen wat nodig is om haar bij me te houden.

Ik zou voor haar sterven - maar ik zal haar nooit laten gaan.

Met haar slappe kleine lichaam in mijn armen loop ik naar de woonkamer. David Goldberg, onze arts hier op het landgoed, zit al op me te wachten. Zijn dokterstas en wat spullen liggen naast hem op de bank. Ik heb hem eerder vandaag gevraagd na het eten langs te komen om de procedure zo snel mogelijk af te ronden. Ik ben blij dat hij op tijd is. Ik heb Nora slechts een kwart gegeven van wat er in de injectiespuit zat en ik wil dat hij klaar is voor ze wakker wordt.

'Slaapt ze al?' vraagt Goldberg als hij opstaat om ons te begroeten. Hij is klein en kalend, in de veertig en een van de beste chirurgen die ik ooit heb ontmoet. Ik betaal hem tonnen om lichte kwetsuren te behandelen, maar dat is hij voor mij ook waard. In mijn vakgebied weet je nooit wanneer een goede arts van pas komt.

'Ja.' Ik leg Nora voorzichtig op de bank. Haar linkerarm valt slap naar benden en ik schik haar in een makkelijkere positie, ervoor zorgend dat haar jurk keurig naar beneden blijft. Het zal Goldberg niet uitmaken - hij zal eerder voor mij gaan dan voor mijn vrouw - maar ik wil haar toch niet zomaar blootstellen, zelfs niet aan iemand die overtuigd homoseksueel is.

'Ik had haar ook plaatselijk kunnen verdoven,' zegt hij terwijl hij de spullen pakt. Zijn bewegingen zijn geoefend en efficiënt; hij is enorm goed in zijn vak. 'Het is een simpele ingreep - daar hoeft ze niet bewusteloos voor te zijn.'

'Zo is het beter.' Ik ga er verder niet op in en omdat Goldberg verder niets zegt, denk ik dat hij het wel snapt. In plaats daarvan trekt hij zijn handschoenen aan, pakt een lange spuit met een dikke naald en loopt naar Nora.

Ik ga wat achteruit om hem de ruimte te geven.

'Hoeveel zenders wil je? Eén of meer?' vraagt hij met een blik in mijn richting.

'Drie.' Ik heb erover nagedacht en dat lijkt me het meest logisch. Als ze me ooit wordt afgenomen, gaan mijn vijanden wellicht op zoek naar één zender, maar hoogstwaarschijnlijk niet naar drie.

'Goed. Ik plaats er eentje in haar bovenarm, eentje

in haar heup en eentje aan de binnenkant van haar dijbeen.'

'Dat zou goed moeten werken.' De zenders hebben het formaat van een rijstkorrel, dus na de eerste dagen zal Nora ze niet eens meer voelen. Ik wil haar als afleidingsmanoeuvre ook een speciale armband laten dragen met een vierde zender erin. As haar ontvoerders die ontdekken, zoeken ze misschien niet verder.

'Dan zal ik dat doen,' zegt Goldberg. Hij dept haar arm met een desinfecterend middel en zet de naald in haar huid. Een klein drupje bloed welt op als de naald erin gaat en de zender wordt geplaatst; daarna desinfecteert hij het gebied nogmaals en plakt er een klein verband overheen.

De zender in haar heup volgt en daarna die in haar dijbeen. Binnen zes minuten is het voorbij. Nora slaapt er vredig doorheen.

'Klaar,' zegt Goldberg. Hij trekt zijn handschoenen uit en pakt zijn tas. 'Over een uur, als het bloeden helemaal gestopt is, mag het verband eraf en kan er een gewone pleister op. Het kan een paar dagen gevoelig zijn, maar er zal geen sprake zijn van littekenvorming, zeker wanneer je in de tussentijd de wondjes schoonhoudt. Als er iets is, mag je me bellen, maar ik voorzie geen problemen.'

'Uitstekend, bedankt.'

'Het genoegen is aan mijn kant.' Dan pakt de arts zijn tas en gaat de kamer uit.

TEGEN DRIE UUR 'S OCHTENDS KOMT NORA WEER BIJ.

Ik slaap licht, dus zodra ze beweegt, ben ik wakker. Ik weet dat ze hoofdpijn zal hebben van de drug en wat misselijk kan zijn, dus heb ik een flesje water bij haar neergezet. Omdat ze maar een kleine dosis heeft gehad, vermoed ik dat ze niet veel last zal hebben van de bijwerkingen. In het park heb ik haar veel meer toegediend omdat ze toen de hele 24 uur durende reis naar het eiland onder zeil moest blijven. Vandaag zal ze dus veel sneller hersteld zijn.

Ik haat je.

Niet weer, verdomme. Ik duw de herinnering aan haar gebroken, beschuldigende fluistering weg en richt me op het heden. Ze beweegt en als de matras langs de gevoelige plek in haar bovenarm komt, kreunt ze even. Dat geluid raakt me. Het doet me iets. Ik wil niet dat Nora pijn lijdt - niet hiervan, in elk geval, en dus trek ik haar tegen me aan, zodat ze met haar rug tegen mijn borst ligt.

Zodra ik haar aanraak, verstijft ze. Ik besef dat ze wakker is en zich herinnert wat er gebeurd is.

'Hoe voel je je?' Ik houd mijn stem laag en geruststellend terwijl ik met mijn hand over de gladde ronding van haar dijbeen ga. 'Wil je wat water?'

Ze zegt niets, maar haar hoofd beweegt en ik vat het op als een bevestiging.

'Goed.' Ik pak het flesje achter me, rondtastend in het donker. Dan kom ik op een elleboog overeind en doe de bedlamp aan, zodat ik kan zien wat ik doe. Vervolgens geef ik Nora het flesje.

Ze knippert in het licht en pakt met haar slanke vingers het water van me aan. Als ze gaat zitten, glijden de dekens naar beneden, waardoor haar bovenlichaam zichtbaar wordt. Ik heb haar uitgekleed voor ik haar in bed legde, dus ze is naakt. Alleen haar haren verbergen haar mooie borsten voor me. Ik voel een bekend verlangen in me opkomen maar ik duw het weg. Eerst wil ik zeker weten of ze in orde is.

Ik wacht tot ze een paar slokken water heeft genomen voor ik vraag: 'Hoe voel je je?'

Zee haalt haar schouders op en kijkt me niet aan. 'Prima, denk ik.' Ze raakt voorzichtig de pleister op haar bovenarm aan en huivert lichtjes, alsof ze het koud heeft. 'Ik moet naar de wc,' zegt ze ineens en zonder op antwoord te wachten, klimt ze uit bed. Ik ving heel even een glimp op van haar ronde achterste voor ze achter de badkamerdeur verdwijnt. Mijn penis springt op, het gebod van mijn brein zich eindelijk een keer stil te houden negerend.

Met een zucht ga ik weer liggen. Wie houd ik hier nou eigenlijk voor de gek? Mijn poesje heeft altijd dat effect op me. Ik kan de aanblik van haar naakte lichaam ongeveer evengoed negeren als dat ik kan stoppen met ademhalen. Haast automatisch laat ik mijn hand onder het laken glijden. Mijn vingers sluiten zich om mijn erectie als ik mijn ogen sluit en denk aan haar warme, zijdeachtige binnenkant om mijn penis, haar kutje nat en heerlijk strak...

Ik haat je.

Verdomme. Mijn ogen vliegen open en mijn opwinding neemt af. Ik ben nog steeds hard, maar in mijn borst voel ik een onbekend, zwaar gevoel. Waar komt dat vandaan? Nu de zenders geplaatst zijn, zou ik me beter moeten voelen, maar dat is niet zo. Ik heb het idee dat ik iets kwijtgeraakt ben... Iets waarvan ik niet eens wist dat ik het had.

Geërgerd sluit ik mijn ogen weer en richt me bewust op de groeiende druk in mijn ballen als ik mijn vuist over mijn penis laat glijden en mijn opwinding weer toeneemt. Wat maakt het uit als ze een hekel aan me heeft? Gezien alles wat ik haar aangedaan heb, zou ze me ook moeten haten. Zulke overwegingen hebben me nog nooit ervan weerhouden te doen wat ik wilde, en ik ben niet van plan daar nu verandering in te brengen. Nora zal aan de zenders wennen, net zoals ze eraan gewend is dat ze van mij is. En mocht iemand ooit door de beveiliging op het landgoed heen breken, dan zal ze me op haar knieën danken dat ik eraan heb gedacht.

Als ik de badkamerdeur hoor opengaan, doe ik mijn ogen weer open. Ze kijkt me nog steeds niet aan. Met haar blik op de grond gericht schuifelt ze naar het bed en klimt erin, om vervolgens de dekens tot haar kin op te trekken. Dan staart ze blanco naar het plafond, net of ik niet besta.

Haar onverschilligheid komt aan als een klap in mijn gezicht.

Mijn opwinding neemt een duister tintje aan. Ik

toleer dit soort gedrag niet en dat weet ze. De neiging haar ervoor te straffen is sterk, haast onweerstaanbaar, en alleen de wetenschap dat ze al pijn heeft, voorkomt dat ik haar vastbind en toegeef aan mijn sadistische neigingen.

Maar ze komt hier niet mee weg. Nooit, dus vanavond ook niet. Ik gooi de deken van me af, ga zitten en blaf: 'Kom hier.'

Heel even doet ze niets; dan kijkt ze me aan. Haar blik bevat geen angst; er is helemaal niets in haar ogen te lezen. Haar grote, donkere ogen lijken levenloos, zoals die van een prachtige pop.

Ik voel de zwaarte in mijn borst toenemen. 'Kom hier,' herhaal ik. De scherpe toon verbergt de groeiende onrust in mijn binnenste. 'Nu.'

Haar conditionering treedt eindelijk in werking en ze gehoorzaamt. Ze duwt het laken opzij en kruipt op handen en knieën naar me toe, haar rug iets gebogen en haar achterste in de hoogte. Zo wil ik precies dat ze in de slaapkamer beweegt en mijn ademhaling versnelt als mijn penis bijna pijnlijk stijf wordt. Ik heb haar goed getraind; zelfs als ze overstuur is, weet mijn poesje nog hoe ze me moet plezieren.

'Brave meid,' prevel ik. Ik reik naar haar zodra ze zich op armlengte bevindt. Mijn linkerhand verdwijnt in haar haren; de rechter haak ik om haar middel en ik trek haar op mijn schoot, tegen me aan. Dan pers ik mijn lippen op de hare met een honger die uit de kern van mijn wezen lijkt te komen.

Ze smaakt naar tandpasta en haarzelf. Haar lippen

zijn zacht en ontvankelijk als ik de zijdeachtige holte van haar mond verken. Na een tijdje sluit ze haar ogen en legt haar handen voorzichtig in mijn zij. Ik voel dat haar tepels harde knopjes worden tegen mijn borst en de realisatie dat ze op dezelfde manier reageert als altijd stuurt een golf van opluchting door me heen, waardoor veel van mijn ongebruikelijke onrust verdwijnt.

In wat voor vreemde stemming ze ook mag zijn, ze is nog altijd de mijne.

Ik blijf haar kussen en leun voorover tot we op het bed liggen, ik bovenop haar. Maar ik zorg ervoor dat ik geen druk zet op haar pleisters en doe zo voorzichtig mogelijk. Het monster in mij mag misschien naar haar pijn en haar tranen snakken, maar dat verlangen valt in het niet bij mijn overweldigende behoefte voor haar te zorgen, die levenloze blik weg te nemen.

Ik temper mijn eigen lust en laat haar zien dat ik om haar geef op de enige manier die ik ken. Ik kus haar overal, haar warme, zachte huid proevend als ik me een weg baan van haar oor naar haar kleine teentje. Daarna masseer ik haar handen, armen, voeten, benen en rug, genietend van haar zachte kreuntjes van genoegen als ik de stijfheid uit haar spieren verjaag. Vervolgens laat ik haar met mijn mond en vingers klaarkomen, mijn eigen bevrediging uitstellend tot mijn ballen bijna op knappen staan.

Als ik eindelijk in haar kom, voelt het als thuiskomen. Haar warme, zachte opening verwelkomt me en omvat me zo stevig dat ik bijna meteen klaarkom. Als ik in haar begin te bewegen, slaat ze haar armen om me heen. Ze omhelst me, trekt me tegen zich aan - en uiteindelijk komen we samen klaar, onze lichamen tegen elkaar aan schokkend in een hevig, overweldigend genot.

Nora

Ik word later wakker dan gewoonlijk en mijn mond en hoofd voelen aan of ze vol watten zitten. Heel even kan ik me niet goed herinneren wat er gebeurd is - heb ik te veel gedronken op de een of andere manier? - maar dan komen de herinneringen aan gisteravond weer boven. Mijn maag verkrampt in een verwarde wanhoop.

Julian heeft me vannacht bemind. Hij heeft de liefde met me bedreven nadat hij me geschonden had door me te drogeren en tegen mijn wil die zenders bij me te plaatsen - en ik heb het toegestaan. Nee, ik heb het niet alleen toegestaan; ik genoot van zijn aanrakingen en liet de brandende hitte van zijn liefkozingen de bevroren pijn in mij ontdooien. Het was maar even, maar ik vergat de gapende wond die hij mijn hart heeft toegebracht.

Ik heb geen idee waarom ik na alles wat Julian me al heeft aangedaan dit nu juist zo erg vind. In het grotere geheel bezien valt zenders onder mijn huid plaatsen - om me zogenaamd te beschermen - in het niet vergeleken bij me ontvoeren, Jake mishandelen of me tot een huwelijk chanteren. Deze zenders hoeven niet eens voor altijd te zijn. Theoretisch gezien kan ik, als ik ooit van het landgoed weg zou gaan, naar een arts gaan en ze laten verwijderen, dus ik hoef niet eens de rest van mijn leven met ze opgescheept te zitten. Mijn angst van gisteren was deels overtrokken; ik liet me leiden door instinct en dacht er niet helder over na.

Maar toch voelt het alsof een deel van mij gisteravond is gestorven - alsof de prik van die naald iets in me heeft vermoord. Misschien komt dat doordat ik het gevoel had dat Julian en ik dichterbij elkaar kwamen, dat we meer een gewoon paar werden. Of misschien komt het doordat mijn Stockholmsyndroom - of wat voor psychisch probleem ik ook heb - me de boel rooskleuriger liet bekijken dan het was. Hoe dan ook voelden Julians acties als ultiem verraad. Toen ik vannacht bijkwam, voelde ik me zo verpletterd dat ik gewoon wilde verdwijnen.

Maar dat stond Julian niet toe. Hij bedreef de liefde met me. Hij beminde me toen ik dacht dat hij me zou pijnigen - ik verwachtte dat hij me zou straffen omdat ik niet zijn gehoorzame poesje was. Hij gaf tederheid waar ik wreedheid verwachtte; in plaats van me uiteen te scheuren, heelde hij me, al was het maar een paar uur lang.

En nu... Nu mis ik hem. Zonder hem aan mijn zijde keert de koude terug. De pijn bevriest me vanbinnen. Dat Julian dit heeft gedaan ondanks mijn protesten - ondanks dat ik hem smeekte het niet te doen - is bijna meer dan ik kan verdragen. Het toont aan dat hij niet van me houdt en nooit van me zal houden.

De man met wie ik getrouwd ben, zal nooit meer zijn dan mijn cipier.

JULIAN IS NERGENS TE BEKENNEN TIJDENS HET ONTBIJT, wat me alleen maar depressiever maakt. Ik ben zo gewend de meeste maaltijden samen met hem te eten dat zijn afwezigheid als een afwijzing voelt, al is het me een raadsel hoe ik nog steeds naar zijn gezelschap kan verlangen na alles wat er gebeurd is.

'Señor Esguerra heeft eerder snel iets gegeten,' legt Ana uit als ze eieren met gebakken bonen en avocado opdient. 'Hij heeft nieuws gekregen waar hij meteen iets mee moest, dus hij ontbijt vanochtend niet met u mee. Dat speet hem zeer, en ik moest u zeggen dat u naar het kantoor mocht komen als u klaar was.' Haar stem klinkt ongebruikelijk warm en vriendelijk. Op haar gezicht zie ik een meelevende blik. Ik weet niet of ze de precieze details kent van wat er gisteravond gebeurd is, maar ik vermoed dat ze de grote lijnen wel weet.

Beschaamd staar ik naar mijn bord. 'Oké, bedankt, Ana,' mompel ik met een blik op mijn eten. Het ziet er zalig uit, maar ik heb geen trek. Ik ben niet ziek, maar zo voel ik me wel: mijn maag is onrustig en mijn borst doet pijn. De implantaten in mijn dijbeen, heup en arm bonzen. Ik wil onder de dekens kruipen en de hele dag slapen, maar helaas gaat dat niet. Ik moet een paper schrijven voor Engelse Literatuur en ik loop twee lessen achter bij Calculus. Wel zeg ik mijn ochtendwandeling met Rosa af; ik heb geen zin om met mijn vriendin af te spreken nu ik me zo voel.

'Wilt u warme chocolademelk? Koffie of thee, iets anders?' Ana is bij de tafel blijven staan. Normaal gesproken, wanneer Julian en ik samen eten, verdwijnt ze weer snel, maar vanochtend lijkt ze me liever niet alleen te laten.

Ik kijk op en dwing mezelf te glimlachen. 'Nee, het is prima zo, Ana. Bedankt.' Ik prik wat eieren aan mijn vork en breng ze naar mijn mond, vastbesloten iets te eten om de bezorgdheid op het ronde gezicht van de huishoudster te verminderen.

Ik zie dat Ana even aarzelt, alsof ze nog iets wil zeggen, maar dan gaat ze naar de keuken en blijf ik alleen achter met mijn ontbijt. In de minuten die volgen, doe ik echt mijn best om iets te eten, maar niets smaakt me en uiteindelijk geef ik het op.

Ik sta op en loop naar de veranda, ernaar verlangend de zon op mijn huid te voelen. De kou in me lijkt alleen maar erger te worden; mijn sombere stemming overweldigt me steeds sterker.

Leunend op de balustrade adem ik de warme, vochtige lucht in. Terwijl ik naar het grote groene grasveld en de bewakers in de verte kijk, vervaagt mijn zicht en niet lang daarna rollen hete tranen over mijn wangen.

Ik weet niet eens waarom ik huil. Er is niemand dood en er is niets echt vreselijks gebeurd. Ik heb zoveel erger meegemaakt de afgelopen twee jaar en daar kon ik ook mee omgaan - ik heb me aangepast en het overleefd. Dit is iets relatief kleins dat me niet het gevoel zou moeten geven of mijn hart uit mijn borstkas gerukt is.

Mijn groeiende overtuiging dat Julian niet in staat is om lief te hebben, zou niet zo verpletterend moeten zijn.

Ik schrik op uit mijn ellende als iemand zacht een hand op mijn schouder legt. Snel veeg ik mijn tranen weg en ik kijk om. Tot mijn verbazing staat Ana achter me. Ze kijkt me onzeker aan.

'Señora Esguerra... ik bedoel, Nora...' Ze hapert bij het uitspreken van mijn naam en haar accent klinkt sterker door dan normaal. 'Het spijt me dat ik u stoor, maar kan ik u even spreken?'

Ik knik, verrast door dit ongewone verzoek. 'Natuurlijk, wat is er?' Ana en ik zijn niet heel hecht; ze gedraagt zich gereserveerd tegenover me, beleefd maar niet overdreven vriendelijk. Rosa zei dat Ana zo is omdat Julians vader dat van zijn staf verwachtte en ze die gewoonte niet zomaar kan doorbreken.

Mijn reactie lijkt haar op te luchten, want Ana

glimlacht en komt naast me tegen de balustrade hangen, met haar armen op het witgeschilderde hout. Ik kijk haar vragend aan, maar ze staart een tijdje in de verte, haar blik op de jungle gericht.

Als ze me uiteindelijk aankijkt en begint te spreken, komen haar woorden als een grote verrassing. 'Ik weet niet of je dit weet, Nora, maar je echtgenoot heeft iedereen verloren om wie hij ooit heeft gegeven,' zegt ze zacht, zonder een spoor van haar gebruikelijke gereserveerdheid. 'Maria, zijn ouders... Om nog maar te zwijgen van anderen die hij kende, zowel hier op het landgoed als in de steden.'

'Ja, dat heeft hij me verteld,' zeg ik langzaam en voorzichtig. Ik weet niet waarom ze het ineens met me over Julian wil hebben, maar ik hoor het graag. Als ik mijn echtgenoot beter begrijp, is het misschien makkelijker om emotioneel afstand van hem te bewaren.

Als hij niet zo'n raadsel voor me is, voel ik me misschien niet zo sterk tot hem aangetrokken.

'Mooi,' zegt Ana zacht. 'Dan hoop ik dat je begrijpt dat Julian je gisteravond niet wilde kwetsen... dat wat hij ook deed, was omdat hij om je geeft.'

'Om me geeft?' De lach die in me opwelt, is scherp en bitter. Ik heb geen idee waarom ik dit met Ana bespreek, maar nu de poorten geopend zijn, kan ik de woorden die in me opwellen, niet tegenhouden. 'Julian geeft alleen om zichzelf.'

'Nee.' Ze schudt haar hoofd. 'Je hebt het mis, Nora. Dat doet hij niet. Hij geeft heel veel om je. Ik kan het aan hem zien. Hij gedraagt zich tegenover jou anders dan tegenover de anderen. Heel anders.'

Verbluft staar ik haar aan. 'Hoe bedoel je?'

Ze zucht en draait zich dan naar me toe. 'Je echtgenoot was altijd een duister kind,' zegt ze. Haar ogen staan intens verdrietig. 'Een knap jongetje dat qua uiterlijk op zijn moeder leek, maar zo hard vanbinnen... De schuld van zijn vader, denk ik. De oude Señor behandelde hem nooit als een kind. Vanaf het moment dat Julian kon lopen, jutte zijn vader hem op, liet hem dingen doen die geen kind zou mogen doen...'

Ik durf nauwelijks nog adem te halen, zo ingespannen luister ik naar haar.

'Toen Julian nog klein was, was hij bang voor spinnen. Hier in de jungle heb je hele grote, hele enge. Sommige zijn giftig. Toen Juan Esguerra daarachter kwam, nam hij zijn vijfjarige zoon mee de jungle in om hem een dozijn grote spinnen met zijn blote handen te laten vangen. Daarna liet hij de jongen ze met zijn handen langzaam doodknijpen, zodat Julian zou leren hoe het was om zijn angsten te overwinnen en zijn vijanden te laten lijden.' Ze zwijgt even. Haar mond staat strak van woede. 'Julian kon daarna twee nachten lang niet slapen. Toen zijn moeder erachter kwam, huilde ze tranen met tuiten, maar ze kon er niets tegen doen. Het woord van de Señor was wet en iedereen moest gehoorzamen.'

Ik slik de gal in mijn keel weg en kijk de andere kant op. Dit verhoogt mijn wanhoop alleen maar. Hoe kan ik na zo'n jeugd liefde van Julian verwachten? Het feit dat mijn echtgenoot een keiharde moordenaar met sadistische neigingen is, is geen verrassing; het is een wonder dat hij niets ergers is.

Het is hopeloos. Volkomen hopeloos.

Ana lijkt mijn wanhoop aan te voelen, want ze legt een warme, geruststellende hand op mijn arm, die moederlijk aanvoelt.

'Lange tijd dacht ik dat Julian net als zijn vader zou worden,' zegt ze als ik haar weer aankijk. 'Wreed en gevoelloos, niet in staat tot zachtere emoties. Maar toen hij twaalf was, zag ik hem op een dag met een kitten. Het was een klein diertje, een en al witte vacht en grote ogen, nauwelijks oud genoeg om zelf te eten. Er was iets met haar moeder gebeurd. Julian had het kitten buiten gevonden en nam het mee hierheen. Hij was in de keuken bezig haar melk te laten drinken toen ik binnenkwam, en de uitdrukking op zijn gezicht...' Ze knippert met verdacht vochtige ogen. 'Die was... zo teder. Hij was zo geduldig met het kitten, zo lief. En toen realiseerde ik me dat zijn vader Julian niet volledig gebroken had, dat de jongen nog wel gevoelens had.'

'Wat is er gebeurd met dat kitten?' Ik zet me schrap voor het antwoord; het wordt vast weer een horrorverhaal. Maar Ana haalt haar schouders op.

'Ze is hier in huis opgegroeid,' zegt ze. Zacht knijpt ze in mijn arm, voor ze haar hand weghaalt. 'Julian hield haar als zijn huisdier en noemde haar Lola. Zijn vader en hij hadden er ruzie over. De oude Señor had een hekel aan dieren, maar tegen die tijd was Julian oud en sterk genoeg om tegen zijn vaders wensen in te gaan. Niemand kwam aan dat beestje zolang het onder Julians bescherming viel. Toen hij naar Amerika ging, nam hij de poes met zich mee. Voor zover ik weet, heeft ze een lang, fijn leven gehad en is ze uiteindelijk van ouderdom gestorven.'

'O.' Mijn spanning neemt wat af. 'Mooi zo. Niet dat Julian zijn huisdier verloor, natuurlijk, maar dat ze lang heeft geleefd.'

'Ja. Dat is inderdaad mooi. En weet je, Nora, de manier waarop hij naar dat kitten keek...' Ze kijkt me met een vreemde glimlach aan.

'Wat?' vraag ik voorzichtig.

'Zo kijkt hij soms ook naar jou. Diezelfde tederheid in zijn blik. Hij laat het niet altijd zien, maar hij koestert je, Nora. Op zijn manier houdt hij van je. Dat geloof ik echt.'

Ik pers mijn lippen opeen zodat ik niet weer ga huilen. 'Waarom vertel je me dit, Ana?' vraag ik als ik zeker weet dat ik kan spreken zonder in te storten. 'Waarom kwam je naar me toe?'

'Omdat Julian bijna als een zoon voor me is,' zegt ze zacht. 'En ik wil dat hij gelukkig is. Ik wil dat jullie beiden gelukkig zijn. Ik weet niet of het iets uitmaakt voor je, maar ik had het gevoel dat je iets meer moest weten over je echtgenoot.' Ze knijpt in mijn hand en gaat dan weer naar binnen. Ik blijf bij de balustrade staan, nog verwarder en verdrietiger dan eerst.

DIE MIDDAG GA IK NIET NAAR JULIANS KANTOOR. Ik sluit mezelf op in de bibliotheek en ga aan de slag met mijn paper om maar niet aan mijn echtgenoot of hoe graag ik naar hem toe wil gaan te denken. Ik weet dat ik me beter voel als ik bij hem in de buurt ben, dat zijn aanwezigheid mijn pijn en woede zou verzachten, maar ondanks dat het een kwelling is, blijf ik uit zijn buurt. Ik weet niet wat ik mezelf wil bewijzen, maar ik wil een paar uur bij hem uit de buurt blijven.

Bij het avondeten kan ik hem echter niet langer ontlopen.

'Je kwam vandaag niet naar het kantoor,' merkt hij op terwijl Ana champignonsoep opdient. 'Waarom niet?'

Ik haal mijn schouders op en negeer de blik die Ana die me toewerpt voor ze naar de keuken gaat. 'Ik voelde me niet goed.'

Julian fronst. 'Ben je ziek?'

'Nee, ik heb gewoon een slechte dag. En ik moest een paper afmaken en twee lessen inhalen.'

'Is dat zo?' Hij staart me geërgerd aan. Dan leunt hij naar voren en zegt zacht: 'Ben je aan het mokken, poesje van me?'

'Nee, Julian,' zeg ik zo lief als ik kan terwijl ik mijn lepel in de soep steek. 'Mokken zou betekenen dat ik boos ben om iets wat je hebt gedaan. Maar ik mag niet boos zijn, hè? Je kunt doen wat je wilt met me en ik heb het maar te accepteren, toch?' Ik neem een hapje van de soep en stuur hem een suikerzoete glimlach, genietend van de manier waarop hij zijn ogen samenknijpt. Het is of ik een tijger aan zijn staart trek, maar vanavond heb ik geen zin in een lieve, milde Julian. Dat is te verwarrend voor mijn gemoedsrust.

Maar tot mijn ergernis hapt hij niet. Wat ik ook heb gewekt, een moment later is het verdwenen. Met een lome, sexy glimlach leunt hij achterover in zijn stoel. 'Probeer je mij me schuldig te laten voelen, schatje? Je weet inmiddels toch wel dat ik verstoken ben van die emotie?'

'Natuurlijk.' Het zou bitter moeten klinken, maar het komt er ademloos uit. Zelfs nu weet hij met slechts een glimlach mijn zinnen op hun kop te zetten.

Hij grijnst omdat hij weet welk effect hij op me heeft en neemt een hapje soep. 'Ga eten, Nora. Je mag me in de slaapkamer laten zien hoe boos je bent, dat beloof ik je.' En met dat zinnenprikkelende dreigement begint hij te eten, waardoor ik geen andere keus heb dan zijn voorbeeld te volgen.

Tijdens het eten bestookt Julian me met vragen over mijn lessen en mijn voortgang binnen het online programma. Hij lijkt oprecht geïnteresseerd en na een tijdje bespreek ik mijn moeilijkheden met Calculus met hem - kan het saaier? - en de voor- en nadelen van een vak uit Geesteswetenschappen voor volgend semester. Hij vindt mijn zorgen vast vermakelijk - het is tenslotte maar gewoon een studie - maar als dat al zo is, laat hij het niet blijken. Hij geeft me het gevoel dat ik met een vriend of een vertrouwde adviseur praat.

En dat is een van die dingen die Julian zo onweerstaanbaar maken: zijn gave te luisteren en iemand zich belangrijk te laten voelen. Ik weet niet of hij het expres doet, maar er zijn weinig dingen verleidelijker dan iemands onverdeelde aandacht hebben - en die heb ik bij Julian altijd. Al vanaf de eerste dag. Kwaadaardige ontvoerder of niet, hij heeft mij me altijd gewild en begeerd laten voelen, alsof ik het middelpunt van zijn wereld ben.

Alsof ik er echt toe doe.

Intussen blijf ik maar aan Ana's verhaal denken. Ik ben ongelofelijk blij dat Juan Esguerra dood is. Hoe kan een vader zijn zoon dat aandoen? Wat voor monster vormt zijn kind bewust tot een moordenaar? Ik zie een twaalfjarige Julian voor me, die opkomt voor een hulpeloos kitten, en voel een vlaag van trots omdat mijn echtgenoot zo dapper is. Ik denk niet dat het makkelijk voor hem was die poes tegen zijn vader te beschermen.

Ik ben er nog helemaal niet klaar voor Julian te vergeven, maar tijdens het hoofdgerecht overweeg ik de mogelijkheid dat niet Julians stalkerneiging, maar iets anders de reden was voor die implantaten. Kan het zijn dat hij in plaats van niet om me te geven, te veel om me geeft? Kan zijn liefde zo duister en obsessief zijn? Zo verwrongen? Ik wist natuurlijk van de dood van Maria en zijn ouders, maar ik heb die twee dingen nooit met elkaar in verband gebracht. Ik heb nooit bedacht dat Julian iedereen van wie hij hield, is kwijtgeraakt. Als Ana gelijk heeft en ik daadwerkelijk zo belangrijk voor Julian ben, is het niet zo verrassend dat hij zover gaat om me te beschermen, zeker omdat hij me al een keer bijna is kwijtgeraakt.

Het is gestoord en beangstigend, maar niet heel verrassend.

'Wat was er vanochtend zo belangrijk?' Ik ben klaar met mijn tweede portie van de gebakken zalmschotel. Mijn eetlust is weer terug: alle sporen van mijn eerdere malaise zijn verdwenen. Het is verbluffend wat een beetje van Julians aanwezigheid voor me doet; zijn nabijheid werkt beter dan welk antidepressivum ook. 'Toen je niet met me kon ontbijten, bedoel ik.'

'Ja, dat wilde ik je nog vertellen,' zegt Julian met een glimp duistere opwinding in zijn blik. 'Peters contacten in Moskou hebben ons toestemming gegeven een missie uit te voeren om Majid en de rest van de Al-Quadarstrijders uit Tadzjikistan weg te halen. Zodra we er klaar voor zijn - hopelijk met een week of zo - slaan we toe.'

'O, wauw.' Verbluft staar ik hem aan, zowel opgewonden als bezorgd door dat nieuws. 'Met 'we' bedoel je je mannen, toch?'

'Ja.' Julian lijkt mijn vraag niet te begrijpen. 'Ik neem een groep van vijftig van onze beste soldaten mee. De rest blijft hier om het landgoed te beschermen.'

'Doe je zelf mee aan die missie?' Mijn hart slaat over terwijl ik angstvallig op antwoord wacht.

'Natuurlijk.' Hij lijkt verrast dat ik iets anders had gedacht. 'Ik ga als het mogelijk is altijd zelf mee op zulke missies. Daarbij moet ik nog wat zaken in

Oekraïne afhandelen en dat kan ik het best persoonlijk doen, dus dat doe ik op de terugweg.'

'Julian...' Ik voel me prompt misselijk. 'Dat klinkt heel erg gevaarlijk. Waarom moet jij zelf gaan?'

'Gevaarlijk?' Hij lacht zacht. 'Maak je je zorgen om me, poesje van me? Ik kan je ervan verzekeren dat dat niet nodig is. Wij zijn met meer en hebben meer wapens. Ze maken geen schijn van kans, geloof me.'

'Dat weet je niet zeker! Stel dat ze een bom laten afgaan of zo?' Mijn stem wordt luider als ik me de horror van de explosie in het pakhuis herinner. 'Stel dat ze je erin luizen? Je weet dat ze je dood willen...'

'Technisch gezien willen ze me dwingen hen het explosief te geven,' corrigeert hij me met een duistere glimlach, 'en daarna willen ze me doden. Maar je hoeft je echt nergens zorgen om te maken, schatje. We zullen hun verblijfplaats scannen op explosieven voor we aanvallen. Daarnaast dragen we volledige bescherming die alles tot een directe raketaanval kan weerstaan.'

Ik schuif mijn bord weg, niet in het minst gerustgesteld. 'Eens zien of ik dit goed begrijp... Ik moet hier zenders dragen, waar niemand me iets kan doen, maar jij plant een reisje naar Tadzjikistan waar je een potje 'vang de terrorist' mag spelen?'

Julians glimlach verdwijnt achter een hard masker. 'Dit is geen spelletje, Nora. Al-Quadar is een serieuze dreiging en ik wil ze zo snel mogelijk uitschakelen. We moeten toeslaan voor ze achter ons aan komen en dit is de perfecte gelegenheid daarvoor.'

De hele oneerlijkheid van dit alles laat mijn

bloeddruk stijgen en de blik die ik hem toewerp, is dan ook furieus. 'Maar waarom moet jij zelf gaan? Je hebt talloze soldaten en huurlingen, die hebben je daar vast niet nodig...'

'Nora...' Zijn stem klinkt vriendelijk, maar zijn ogen staan kil als ijspegels. 'Dit staat niet ter discussie. De dag dat ik bang word voor mijn eigen schaduw is de dag dat ik dit vakgebied voorgoed de rug toe moet keren, want dan ben ik er te mild voor geworden. Mild en lui, net als de man wiens fabriek ik overnam toen ik begon...' Hij glimlacht als hij mijn geschokte blik ziet. 'Hoe dacht je anders dat ik van drugs overgestapt was op wapens, poesje van me? Ik heb iemands bestaande bedrijf overgenomen en het uitgebreid. Mijn voorganger had ook soldaten en huurlingen in dienst, maar hij was weinig meer dan een opgedirkte pennenlikker en dat wist iedereen. Hij hield zijn organisatie niet onder de duim, waardoor het een eitje was om wat mensen om te kopen en hem omver te werpen. Toen was zijn rakettenfabriek van mij.' Julian wacht even zodat ik dat kan verwerken en gaat dan verder: 'Ik word niet zoals hij, Nora. Deze missie is belangrijk voor me en ik ben vast van plan zelf de leiding te nemen. Majid zal het ditmaal niet overleven. Daar zorg ik wel voor.'

18

Julian

Na het eten leid ik Nora naar de slaapkamer. Mijn hand rust tegen haar onderrug als we de trap oplopen. Sinds ik haar over de aanstaande missie heb verteld, is ze stil. Ik weet dat ze boos op me is, zowel vanwege de zenders als vanwege de reis.

Haar bezorgdheid is fijn, lief zelfs, maar ik laat deze gelegenheid om Majid in handen te krijgen niet schieten. Mijn poesje begrijpt niets van de duistere opwinding van midden in de actie staan, van de adrenaline die je voelt als je kogels hoort suizen. Ze begrijpt niet dat voor iemand als ik de aanblik van bloed en het geschreeuw van mijn vijanden opwindend zijn, dat ik daar net zo naar kan verlangen als naar seks. Door dit trekje, en vanwege mijn gebrek aan spijt, vroeg een van mijn psychologen zich af of ik misschien een sociopaat was. Ik heb nooit echt met dat etiketje gezeten - niet sinds ik van het idee af ben dat ik ooit een 'normaal' leven zou kunnen lijden.

Eenmaal in de slaapkamer wordt de honger die ik al sinds gisteren in toom houd sterker en steekt het monster in mij gretig de kop op. Nora's emotionele afstand wakkert dat gevoel alleen maar aan. Ik voel dat ze een muur tussen ons opbouwt, me uit haar gedachten wil bannen, en dat maakt me woedend. Daarmee wekt ze mijn sadistische kant.

Vanavond ga ik die muur weer afbreken. Ik breek hem af tot ze geen verdediging meer over heeft - tot ik haar geest weer volledig beheers.

Ze zegt even snel te willen douchen en ik laat haar gaan. Op het bed ga ik op haar zitten wachten. Mijn penis roert zich in afwachting van wat ik met haar ga doen en mijn broek begint ongemakkelijk strak te zitten. Als ik water hoor stromen, kleed ik me uit en haal een set voorwerpen uit het nachtkastje die ik vanavond bij haar ga gebruiken.

Nora doet wat ze zei en doucht inderdaad maar kort. Met vijf minuten is ze terug, een zachte witte handdoek om haar lichaam gewikkeld. Haar haren zijn in een slordige knot op haar hoofd samengebonden en haar gouden huid is vochtig. Druppels water zijn nog zichtbaar op haar hals en schouders. Ze moet de pleisters hebben afgedaan voor het douchen, want ik zie een klein korstje en een blauwe plek op haar arm waar de zender is geplaatst. Bij die aanblik voel ik een vreemde mengeling aan emoties: opluchting dat ik haar nu altijd in de gaten kan houden en iets dat vreemd genoeg op spijt lijkt.

Ze kijkt naar het bed en blijft doodstil staan. Haar ogen worden groot als ze de objecten ziet die ik heb klaargelegd.

Ik geniet van die geschokte uitdrukking op haar gezicht. We hebben al een tijdje niet meer met speeltjes gespeeld - in elk geval niet zo uitgebreid. 'Laat de handdoek vallen en klim op het bed,' beveel ik haar. Dan pak ik de blinddoek.

Ze kijkt me aan. Haar lippen wijken uiteen en er ligt een blos op haar huid. Ik weet dat ze opgewonden is, dat haar behoefte de mijne spiegelt. Met slechts een kleine aarzeling laat ze de handdoek vallen, zodat ze volledig naakt is.

Ik laat mijn ogen over haar slanke, goedgevormde lichaam gaan. Mijn hart bonst; mijn ballen trekken samen. Ik weet dat er vrouwen op de wereld zijn die objectief gezien mooier zijn dan Nora, maar ik kan me niet voorstellen wie dat dan zijn. Van haar hoofd tot haar kleine tenen is ze precies wat ik wil. Mijn lichaam snakt naar haar met een intensiteit die elke dag lijkt toe te nemen, een wanhoop die me bijna verteert.

Ze klimt op het bed en gaat op haar knieën zitten, haar voeten onder haar strakke, ronde achterste. Haar bewegingen zijn vloeiend en gracieus, zoals die van een slanke poes.

Ik ga op mijn knieën achter haar zitten, veeg haar haren van haar schouder en druk een kus in haar nek. Haar versnelde ademhaling, haar reactie, verrukt me. Ze ruikt naar warme vrouw en douchegel met bloemengeur, een mengeling die me naar het hoofd stijgt en mijn penis laat bonzen van verlangen. Sommige nachten is dit alles wat ik van haar wil - haar zoete reactie, het gevoel van haar in mijn armen hebben. Sommige nachten wil ik haar behandelen als het kwetsbare, breekbare wezentje dat ze is.

Maar vanavond wil ik iets anders.

Ik bind haar de blinddoek voor en zorg ervoor dat ze echt niets ziet. Ik wil dat ze zich richt op wat ze voelt, dat alles zo goed mogelijk doordringt. Dan pak ik een paar gewatteerde handboeien en bind haar handen op haar rug.

'Eh, Julian...' Ze gaat met haar tong over haar onderlip. 'Wat ga je met me doen?'

Het spoortje angst in haar stem windt me nog meer op. 'Wat denk je dat ik met je ga doen, poesje van me?'

'Me afranselen?' stelt ze met een lage, hese stem voor. Haar tepels worden hard en ik weet dat ze dat idee niet bepaald afstotelijk vindt.

'Nee, schatje,' prevel ik terwijl ik naar een van de andere objecten reik: een stel tepelklemmen met een dunne metalen ketting ertussen. 'Daarvoor ben je nog niet genoeg hersteld. Ik heb andere plannen met je vandaag.' Ik pak de klemmen en laat van achteren mijn handen om haar heen glijden om in haar linkertepel te knijpen. Dan klem ik de tepelklem erom en draai hem aan tot ze sist van pijn.

'Hoe voelt dat?' Ik kus de top van haar oor als ik mijn aandacht naar haar rechterborst verplaats. Haar vastgebonden handen zijn tot vuisten gebald en duwen in mijn buik, wat me aan haar hulpeloosheid herinnert. 'Ik wil dat je het voor me beschrijft...'

Ze haalt beverig adem. 'Het doet pijn...' zegt ze. Dan schreeuwt ze het uit als ik de tweede klem om haar rechtertepel klem en aandraai.

'Mooi.' Ik bijt zacht in haar oorlelletje. Mijn erectie duwt tegen haar onderrug en die aanraking laat me sidderen van genoegen. 'En nu?'

'Het doet nog meer pijn.' De woorden klinken hees en beverig. Haar rug is gespannen en ik weet dat ze de waarheid vertelt, dat haar gevoelige tepels moeten branden door de gemene beet van het speeltje. Ik heb wel eerder tepelklemmen gebruikt, maar dat waren milde, die slechts lichte druk uitoefenden. Deze zijn veel ruwer en ik glimlach duister als ik me voorstel hoeveel pijn ze doen als ik ze eraf haal.

Ik grijp de onderkant van haar borsten en knijp er zacht in voor ik ze begin te masseren. 'Ja, het doet pijn, hè?' Ze verstijft even van de pijn als de beweging van mijn handen de ketting tussen haar borsten straktrekt. 'Mijn arme schatje, zo lief en zo mishandeld...'

Ik laat haar borsten los en laat mijn hand over haar

gladde, strakke buik glijden tot hij tussen haar benen verdwijnt. Zoals ik al verwachtte, is ze ondanks de pijn - of waarschijnlijk dankzij de pijn - drijfnat daar beneden. Mijn penis schokt. Haar aanblik, vastgebonden en met haar delicate tepels vastgeklemd en gepijnigd, doet me iets op een manier die mijn psycholoog vast verontrustend zou vinden. Ik probeer mijn honger onder controle te houden en raak haar kleine klit met mijn duim aan. Ze kreunt en leunt tegen mijn borst, haar heupen heffend in een stille smeekbede om meer.

'Zeg me hoe je je nu voelt.' Ik blijf haar klit heel zachtjes aanraken. 'Vertel het me, Nora.'

'Ik... ik weet het niet.'

'Zeg me eens hoe je tepels zich voelen. Ik wil dat je het voor me beschrijft.' Dat bevel gaat gepaard met een stevige kneep in haar klit, waardoor ze het uitschreeuwt en schokt van de pijn.

'Ze doen nog steeds pijn,' kreunt ze daarna, 'maar anders. Minder scherp, meer kloppend...'

'Brave meid.' Als beloning strijk ik zacht over haar klit. 'En hoe voelt het als ik je zo aanraak?'

Opnieuw glijdt haar kleine roze tong over haar onderlip. 'Dat voelt goed,' fluistert ze, 'heel goed... Alsjeblieft, Julian...'

'Alsjeblieft wat?' Ik wil dat ze me smeekt. Ze heeft een perfecte stem voor smeekbeden: lief en op een onschuldige manier sexy. Haar smeekbeden hebben een omgekeerd effect op me; ik wil haar daardoor juist nog langer martelen.

'Raak me alsjeblieft aan...' Ze heft opnieuw haar heupen in de hoop de druk op haar klit te verhogen.

'Waar aanraken?' Ik haal mijn hand weg. 'Vertel me precies waar je wilt dat ik je aanraak, poesje van me.'

'Mijn... mijn klit.' De woorden zijn een ademloze kreun. Ik zie het zweet op haar voorhoofd. Mijn marteling heeft effect: ze ervaart alles zo intens als ik voor ogen had.

'Goed, schatje.' Opnieuw laat ik mijn vingers tussen haar vochtige lippen glijden om het kleine knopje gelijkmatig te stimuleren. 'Zo?'

'Ja.' Haar ademhaling versnelt als haar orgasme nadert. 'Ja, zo...' Haar stem sterft weg en haar lichaam spant zich; dan schreeuwt ze het uit, in mijn armen schokkend als ze klaarkomt. Ik houd haar vast en blijf haar klit strelen tot haar schokkende bewegingen afnemen. Dan pak ik een ander speeltje dat ik heb klaargelegd.

Een dildo, ongeveer zo groot als mijn eigen penis. Hij is gemaakt van een speciale mengeling van siliconen en plastic waardoor hij aanvoelt als een echte penis, tot de huidachtige textuur aan de buitenkant aan toe. Dichter bij de penis van een andere man zal Nora nooit komen.

Ik houd haar tegen me aan en duw de dildo tegen haar natte, trillende opening. 'Zeg me hoe je je nu voelt,' beveel ik als ik het object in haar begin te duwen.

Ze snakt naar adem en begint weer te hijgen. Ik voel haar wurmen als het grote speeltje langzaam haar vagina binnendringt. Haar vingers bewegen tegen mijn buik en haar nagels krassen over mijn huid. 'Ik... ik weet het niet...'

'Wat weet je niet?' Mijn toon wordt scherper als haar stem wegsterft. 'Vertel me hoe dat voelt.'

'Hij voelt groot... en hard.' De trilling in haar stem maakt me nog stijver.

'En?' Ik duw de dildo dieper naar binnen. Hij lijkt bijna te groot voor haar kleine lichaam. De aanblik van haar strakke kutje eromheen is haast pijnlijk erotisch.

'En...' Ze ademt scherp uit en laat haar hoofd tegen mijn schouder vallen, '...het voelt of hij me oprekt en vult...'

'Ja, schatje, dat klopt.' De dildo zit nu helemaal in haar; alleen het uiteinde is nog zichtbaar. Ik beloon haar voor haar eerlijkheid door met mijn vingers over haar klit te strelen en die met het vocht uit haar vagina te besmeren. Ze begint te hijgen en duwt met haar heupen tegen mijn hand, maar ik stop voor ze klaar kan komen en ga iets achteruit. Dan duw ik haar naar voren, haar gezicht tegen de matras, en trek haar benen naar achteren zodat ze plat op haar buik komt te liggen.

Hoe graag ik nog met haar wil spelen, ik kan niet langer wachten. Ik moet haar neuken.

Ze kreunt nu mijn aanraking weg is en haar omklemde tepels pijnlijk tegen de lakens duwen. Ze probeert op haar zij te rollen, maar dat sta ik niet toe; ik houd haar met één hand op haar plek en duw met de ander een kussen onder haar heupen. Dan pak ik het glijmiddel en knijp vocht op de opening tussen haar billen, precies boven de plek waar de dildo uit haar uitgerekte, glinsterende kutje steekt.

Ze verstijft als ze beseft wat ik ga doen en ik geef een ferme tik op haar billen om haar protesten in de kiem te smoren. 'Kalm aan. Je gaat me vertellen hoe het voelt, goed, poesje van me?'

Ze kreunt als ik haar heupen pak en mijn penis tegen haar anus duw, maar ik voel dat ze zich probeert te ontspannen, zoals ik haar geleerd heb. Anale seks is nog steeds niet haar ding en haar tegenzin doet mij op een perverse manier genoegen. Het toont aan hoever ik ben gekomen met mijn training, en ook wat een lange weg we nog te gaan hebben.

'Begrepen?' herhaal ik op barsere toon als ze geen antwoord geeft. Ze hijgt en haar vastgebonden handen liggen in strakke vuisten op haar rug. Ik wil dolgraag mijn penis in één keer in haar rammen, maar ik plaag haar er alleen maar mee en smeer het glijmiddel over haar hele achterste. Ik wil net zo goed haar geest als haar lichaam binnendringen. Minder voldoet niet.

'Ja...' Haar woorden worden gesmoord door de deken als ik mezelf in haar achterste begin te duwen, haar pogingen om weg te kruipen negerend. 'Het voelt... O, God... ik kan niet... Julian, alsjeblieft, het is te veel...'

'Vertel,' beveel ik terwijl ik me naar binnen duw en door de barrière van haar kringspier dring. Omdat de dildo haar vagina opvult, is haar kont zo ongelofelijk strak dat ik begin te beven van de moeite die het kost om mezelf te beheersen. Mijn stem klinkt hees van opwinding als ik hijg: 'Ik wil alles horen.'

'Het... het brandt...' Ze hijgt en druppeltjes zweet lopen tussen haar schouderbladen, waardoor haar lange haren aan haar huid plakken. 'O, verdomme... ik ben te vol... het is te intens...'

'Ja, goed, zo... Blijf praten...' Ik ben bijna helemaal in haar en mijn penis duwt vanbinnen tegen de dildo. Ze beeft, haar lichaam overweldigd door alle sensaties. Geruststellend streel ik haar rug terwijl ik me de laatste centimeters naar binnen duw.

Ze maakt een vreemd geluidje en begint nog harder te beven. Haar spieren spannen zich rond mijn penis in een zinloze poging me eruit te duwen. Maar daardoor beweegt de dildo en ze schreeuwt het uit, bevend en trillend. 'Ik kan het niet.... Julian, alsjeblieft, ik kan het niet...'

Ik kreun van genot als haar achterste samentrekt rond mijn penis – en mijn zelfbeheersing gaat eraan. Ik trek me half terug en stoot dan in haar, genietend van de weerstand van haar lichaam en de bijna pijnlijke strakheid van haar hete, gladde binnenste.

Ze schreeuwt het uit als ik met kracht in haar begin te stoten. Als ik het tempo versnel, begint ze afwisselend te snikken en te kreunen. Ik leun naar voren, over haar heen, mezelf met een hand op mijn plek houdend en met de andere haar klit zoekend. Nu duwt haar klit bij iedere stoot tegen mijn vingers. Haar kreten nemen een andere toon aan, die van ongewild genot, extase vermengd met pijn. Ik voel de dildo bewegen als ik haar neuk en mijn orgasme slaat als een onverwachte vloedgolf over me heen. Net als ik klaarkom, knijpt haar kont rond me samen en ik besef dat zij ook klaarkomt, schokkend en schreeuwend onder me terwijl haar spieren om me heen verkrampen. Een golf van genot overweldigt me als mijn zaad in haar binnenste spuit, me verdoofd en ademloos achterlatend.

Wanneer mijn hart niet langer aanvoelt alsof het elk moment kan ontploffen, trek ik me voorzichtig terug uit haar achterste en haal de dildo uit haar vagina. Ze blijft slap en gedwee liggen. Korte snikken laten haar lichaam schokken als ik de handboeien losmaak en haar smalle polsen masseer. Dan maak ik de blinddoek los en trek hem onder haar vandaan. Het stukje stof is doorweekt van Nora's tranen en als ik haar zachtjes omdraai, zie ik natte sporen op de gekreukte lakens. Ze knippert tegen het felle licht en ik maak een voor een haar tepelklemmen los. Heel even blijft ze zo liggen; dan trekt haar lichaam samen als het bloed weer in de beschadigde knopjes stroomt. Ze kreunt en nieuwe tranen wellen op in haar ogen als ze haar borsten met haar handen omklemt in een zinloze poging ze tegen de pijn te beschermen.

'Stil maar,' sus ik als ik naar voren leun om haar te kussen. Haar lippen smaken zilt van haar tranen en opnieuw ontwaakt het verlangen in me. Mijn inmiddels slappe penis schokt. Ondanks dat ik echt verzadigd ben, winden haar pijn en tranen me op. Maar ik ben nog niet toe aan de tweede ronde, dus in plaats van de kus te verdiepen, til ik mijn hoofd op en kijk haar aan.

Ze kijkt me wazig aan en ik weet dat ze nog aan het bijkomen is van de intense ervaring die ik haar heb laten doormaken. Ze is nu volkomen weerloos. Haar lichaam en geest staan voor me open en dat gebruik ik in mijn voordeel. 'Vertel me eens hoe je je nu voelt,' prevel ik terwijl ik een hand teder langs haar kaak laat glijden. 'Vertel het me, schatje.'

Ze sluit haar ogen en een traan rolt over haar wang naar beneden. 'Ik voel me... leeg en vol tegelijk, vernield en tegelijk vervuld,' fluistert ze op nauwelijks hoorbare toon. 'Ik voel me alsof je me aan stukken hebt gescheurd en die stukken anders in elkaar hebt gezet tot iets wat niet langer van mij is, maar van jou...'

'Ja.' Ik neem haar woorden hongerig in me op. 'En verder?'

Ze opent haar ogen en kijkt me aan. Een vreemde hopeloosheid lijkt in haar gezicht gegraveerd. 'En ik hou van je,' zegt ze zacht. 'Ik hou van je hoewel ik zie wie je bent en ik weet wat je met me doet. Ik hou van je omdat ik niet langer in staat ben niet van je te houden... omdat je nu een deel van me bent, in goede en slechte tijden.'

De donkere, lege hoeken van mijn ziel zuigen haar woorden op zoals een woestijnplant water opzuigt. Ze mag haar liefde misschien niet vrijwillig hebben gegeven, maar hij is van mij. Haar liefde zal altijd aan mij toebehoren. 'En jij bent deel van mij, Nora,' geef ik toe. Mijn stem klinkt laag en onverwacht hees. Ik kan niet beter uitdrukken hoeveel ze voor me betekent, hoe diep mijn verlangen naar haar gaat. 'Ik hoop dat je dat weet, poesje van me.'

Voor ze iets kan zeggen, kus ik haar nogmaals. Dan laat ik mijn armen onder haar lichaam glijden, til haar op en draag haar naar de badkamer om haar te wassen.

19

Nora

DE WEEK VOOR JULIANS VERTREK IS BITTERZOET. IK HEB hem nog steeds de zenders niet helemaal vergeven - noch de armband die hij me een paar dagen later gaf om te dragen. Maar sinds Julians woorden die avond voel ik me wel een heel stuk beter.

Het was misschien geen verklaring van eeuwige liefde, maar in het geval van een man als Julian is het bijna vergelijkbaar. Ana heeft gelijk: Julian is iedereen kwijtgeraakt die ooit iets voor hem betekende. Iedereen, behalve mij. Zijn brute bezitterigheid is soms overweldigend, maar laat tegelijkertijd zijn gevoelens blijken.

Zijn liefde voor mij is verkeerd en pervers op vele manieren, maar daardoor niet minder echt.

Maar goed, nu ik dat weet, maak ik me nog meer zorgen om Julians komende missie. Naarmate zijn vertrek nadert, neemt de angst steeds meer de plek van mijn vreugde over zijn bekentenis in.

Ik wil niet dat Julian weggaat. Steeds als ik aan de missie denk, vliegt een verstikkend gevoel van doodsangst me aan. Ik weet dat mijn angst deels irrationeel is, maar dat vermindert hem niet. Naast de gevaren die Julian moet trotseren, ben ik gewoon bang om alleen te zijn. We zijn de laatste maanden zoveel bij elkaar geweest dat de gedachte zelfs maar een paar dagen zonder hem te zijn me al stress bezorgt.

Dat ik heel veel toetsen en papers heb, helpt niet, noch het aandringen van mijn ouders dat ik op bezoek moet komen - iets dat Julian pas toestaat als de dreiging van Al-Quadar is afgewend.

'Je mag niet van het landgoed af, maar ze kunnen ons hier opzoeken als je dat zou willen,' vertelt hij me op een middag tijdens de schietles. 'Maar ik raad het je nu niet aan. Op dit moment worden je ouders niet echt in de gaten gehouden, maar hoe meer contact ik met ze lijk te hebben, hoe gevaarlijker het voor ze is. Maar het is aan jou. Je hoeft het maar te zeggen en ik stuur een vliegtuig voor ze.'

'Nee, dat hoeft niet,' zeg ik snel. 'Ik wil geen aandacht op ze vestigen.' Dan til ik mijn pistool op en schiet op de bierblikjes aan de overkant van het veld. De inmiddels bekende klap van het wapen haalt wat van mijn frustratie weg.

Een paar dagen nadat we op het landgoed

arriveerden, besefte ik al dat mijn ouders in gevaar zijn. Julian vertelde me tot mijn opluchting dat hij ze discreet laat bewaken door goedgetrainde bodyguards, die mijn familie beschermen terwijl ze hen gewoon hun gang laten gaan. Hij legde ook uit dat het alternatief is ze bij ons op het landgoed te laten wonen - maar dat wezen mijn ouders van de hand zodra ik het voorstelde.

'Wat? We gaan niet in Colombia bij een illegale wapenhandelaar wonen!' riep mijn vader uit toen ik hem over de mogelijke gevaren vertelde. 'Wie denkt die schoft wel dat hij is? Ik heb net een nieuwe baan. En daarbij, we kunnen onze vrienden en familie niet achterlaten!'

Dat was het einde van dat plan. Ik neem het mijn ouders echt niet kwalijk dat ze niet aan de andere kant van de wereld bij mij en mijn ontvoerder op een zwaarbewaakt landgoed willen gaan wonen. Ze zijn nog jong, begin veertig, en hebben altijd al drukke, actieve levens geleid. Mijn vader speelt vrijwel elk weekend lacrosse en mijn moeder heeft een groep vriendinnen met wie ze regelmatig bijkletst onder het genot van een wijntje. Ook zijn ze nog altijd erg dol op elkaar. Mijn vader verrast mijn moeder vaak met kleine cadeautjes zoals bloemen, chocolade of een etentje. Ik had toen ik klein was geen enkele twijfel of ze van me hielden, maar ik wist ook dat ik niet het absolute middelpunt van hun levens was.

Als wat Julian zegt waar is - en ik ben geneigd hem te geloven - is het het beste als mijn ouders niet te nauwe banden met de Esguerra-organisatie lijken te hebben.

Hun kans op een normaal leven hangt ervan af.

De avond voor Julians vertrek vraag ik Ana een speciaal diner te bereiden. Ik ben er recent achter gekomen dat Julian verzot is op tiramisu, dus dat wordt ons toetje. Voor het hoofdgerecht maakt Ana lasagne naar een recept van Julians moeder. De huishoudster vertelde me dat dat als kind zijnde zijn lievelingseten was.

Ik weet niet eens waarom ik dit allemaal doe. Het is niet alsof een goede maaltijd Julian ervan zal overtuigen het wrede plezier Majid in zijn handen te krijgen te laten schieten. Ik ken mijn echtgenoot goed genoeg om te weten dat niets hem daarvan zal weerhouden. Julian is gewend aan gevaar. Volgens mij heeft hij het in zekere zin zelfs nodig. Ik ben niet zo dom dat ik denk hem met één dinertje te temmen.

Maar toch wil ik dat dit een speciale avond wordt. Dat heb ik nodig. Ik wil even niet denken aan terroristen en martelingen, ontvoeringen en psychologische spelletjes. Eén avond lang wil ik net doen alsof we een normaal stel zijn en ik gewoon een vrouw ben die iets leuks wil doen voor haar echtgenoot.

Voor het eten ga ik douchen. Dan föhn ik mijn lange, bruine haar tot het glad en glanzend is. Ik breng zelfs wat oogschaduw en lipgloss aan. Normaliter doe ik niet zoveel moeite om er leuk uit te zien, zeker niet omdat Julian toch al onverzadigbaar is, maar vanavond wil ik er extra mooi uitzien voor hem. Mijn jurk voor vanavond is een kort, strapless jurkje, wit met een zwarte band in de taille. Mijn schoenen zijn sexy zwarte peeptoes. Onder mijn jurk draag ik een zwarte strapless push-up beha met bijpassende string, het ondeugendste setje dat ik in mijn kast heb liggen.

Vanavond ga ik Julian verleiden, gewoon omdat ik daar zin in heb.

Een paar details die op het laatste moment afgerond moeten worden, houden hem op, waardoor ik een paar minuten aan de met kaarsen versierde eettafel op hem zit te wachten terwijl in me angst en opwinding om voorrang strijden. Angst omdat ik me beroerd voel als ik aan morgen denk, opwinding omdat ik dolgraag tijd met hem wil doorbrengen.

Als hij eindelijk binnenkomt, sta ik op om hem te begroeten. Zijn blik neemt me met adembenemende intensiteit op. Hij blijft op een afstandje staan en laat zijn ogen over mijn lichaam glijden. Als hij me aankijkt, stuurt het vuur in die blauwe diepten een elektrische schok door me heen. Met een lome, sensuele glimlach zegt hij zacht: 'Je ziet er schitterend uit, poesje van me... Absoluut schitterend.'

Ik voel een blos van genoegen over mijn huid trekken. 'Bedankt,' fluister ik. De bewondering is wederzijds; ik kan mijn ogen niet van hem afhouden. Hij heeft zich omgekleed voor het eten en draagt een lichtblauwe polo en een grijze kakibroek. De kleding past hem als gegoten. Nu zijn weelderige donkere haar weer zijn oude lengte heeft bereikt, kan Julian zo doorgaan voor een model of filmster, op vakantie in een golfresort. Mijn stem klinkt dan ook ademloos als ik zeg: 'Je ziet er zelf ook goed uit.'

Hij glimlacht breder als hij bij me komt staan. 'Bedankt, schatje,' fluistert hij. Zijn sterke vingers sluiten zich om mijn blote schouders als hij zijn hoofd buigt en mijn mond bedekt met een diepe, maar ongelofelijk tedere kus. Ik smelt ter plekke weg, mijn hoofd opheffend om de hongerige kus tegemoet te komen. Pas als Ana achter ons gedecideerd haar keel schraapt, realiseer ik me weer dat we niet in onze slaapkamer zijn. Beschaamd duw ik hem weg. Julian laat me gaan en stapt met een glimlach achteruit.

'Eerst het eten, gok ik,' zegt hij droog. Hij loopt naar de andere kant van de tafel en gaat tegenover me zitten.

Ana dient licht blozend de lasagne op, schenkt ons beiden een glas wijn in en verdwijnt dan in de keuken voor ik meer kan doen dan haar vluchtig bedanken.

'Lasagne...' Julian snuift genietend de geur van het eten op. 'Ik kan me niet heugen wanneer ik dit voor het laatst heb gegeten.'

'Ana zei dat je moeder dit voor je maakte toen je nog klein was,' zeg ik zacht als hij een eerste hap neemt. 'Ik hoop dat je het nog steeds lekker vindt.'

Hij kijkt op van zijn bord en zijn blik brandt in de mijne terwijl hij op zijn eten kauwt. Nadat hij het heeft doorgeslikt, vraagt hij: 'Heb jij dit geregeld?' Er klinkt een vreemde toon in zijn stem door. Hij gebaart naar de wijn en de kaarsen op de tafel. 'Het was niet Ana die dit bedacht heeft?'

'Zij heeft het werk geleverd,' geef ik toe. 'Ik heb haar gewoon wat dingen gevraagd te doen. Ik hoop dat je het niet erg vindt.'

'Erg? Natuurlijk niet.' Hij klinkt nog steeds een beetje vreemd, maar hij stelt geen vragen meer. In plaats daarvan stort hij zich op zijn eten en al snel gaat het gesprek over mijn aankomende toetsperiode.

Na de lasagne brengt Ana ons het dessert. De tiramisu ziet er even rijk en verrukkelijk uit als ik me van Italiaanse restaurants herinner, en ik houd Julians reactie in de gaten als Ana het toetje voor hem neerzet.

Als hij al verrast is, laat hij dat niet blijken. Maar hij schenkt Ana een warme glimlach en bedankt haar voor de moeite. Pas als ze de kamer uit is, kijkt hij mij aan. 'Tiramisu?' vraagt hij zacht. Het dansende licht van de kaarsen wordt weerspiegeld in zijn ogen. 'Waarom, Nora?'

Ik haal mijn schouders op. 'Waarom niet?'

Hij neemt me even in zich op. Zijn blik is ongewoon bedachtzaam en ik wacht tot hij doorvraagt. Maar dat doet hij niet. In plaats daarvan pakt hij zijn vork. 'Waarom ook niet,' mompelt hij voor hij aan het verrukkelijke dessert begint.

Ik volg zijn voorbeeld en al snel zijn onze borden zo schoon dat ze bijna de kast weer in kunnen.

Eenmaal boven trekt Julian me mee naar het bed. Maar in plaats van me meteen uit te kleden, neemt hij mijn gezicht tussen zijn handen. 'Bedankt voor deze geweldige avond, schatje,' fluistert hij. In zijn ogen zie ik een onleesbare emotie.

Ik glimlach en leg mijn handen om zijn middel. 'Natuurlijk...' Mijn hart voelt aan of het kan barsten van geluk. 'Het genoegen is aan mijn kant.'

Hij lijkt nog iets te willen zeggen, maar dan perst hij zijn mond op de mijne en kust me met een hevige, haast wanhopige passie. Mijn ogen vallen dicht als genot door me heen suist. Zijn lippen zijn ongelofelijk zacht en zijn vaardige tong liefkoost de mijne. Zijn volle, donkere smaak laat mijn hoofd tollen. Zijn handen glijden naar mijn rug en drukken me tegen hem aan. Als ik zijn harde erectie tegen mijn buik voel duwen, schiet een straal hitte recht naar mijn kern. Ik klamp me aan hem vast als mijn knieën het dreigen te begeven onder de liefkozingen van zijn mond, die een spoor trekt van mijn mond naar mijn oorlelletje en mijn hals.

'Je bent zo sexy,' prevelt hij. Zijn adem lijkt bijna te branden op mijn gevoelige huid en ik kreun. Mijn hoofd zakt naar achteren als hij aan het gevoelige plekje boven mijn sleutelbeen knabbelt. Mijn tepels worden hard en mijn vagina begint te bonzen met een bekende spanning als Julian aan mijn huid likt en er dan overheen blaast. Erotische rillingen trekken door mijn hele lichaam.

Voor ik ervan kan bijkomen, trekt hij me overeind en draait me om, zodat ik met mijn rug tegen hem aan sta. Zijn handen trekken de ritssluiting van mijn jurk naar beneden. De jurk valt op de grond en ik sta in mijn zwarte hakken, push-upbeha en string.

Julian snakt even naar adem en ik draai me met een lome, verleidelijke glimlach om. 'Vind je het wat?' Ik zet een paar stappen achteruit zodat hij beter zicht heeft. De uitdrukking op zijn gezicht versnelt mijn polsslag. Hij kijkt naar me zoals een hongerige naar een diner kijkt, met een pijnlijk verlangen en pure lust op zijn gezicht. Zijn ogen vertellen me dat hij me wil verslinden en tegelijkertijd van me wil genieten... Dat ik de meest sexy vrouw ben die hij ooit heeft gezien.

Hij zegt niets, maar stapt op me af en maakt mijn beha los. Dan legt hij zijn warme handen om mijn borsten. Zijn duimen strijken over mijn harde tepels. 'Je bent verdomme prachtig,' fluistert hij ruw terwijl hij op me neerkijkt. Ik haal beverig adem. Zijn woorden en handen sturen een huivering door mijn binnenste. 'Jij bent het enige waar ik aan kan denken, Nora... het enige waar ik me op kan concentreren...'

Die bekentenis maakt me volkomen week. De wetenschap dat ik dat effect op hem heb, dat deze machtige, gevaarlijke man evenzeer in beslag genomen wordt door mij als ik door hem, laat mijn hart wild en onbeheerst slaan. Hoe het ook begon, Julian is nu de mijne. Ik verlang even hevig naar hem als hij naar mij.

Dapper sla ik mijn armen om zijn nek en trek zijn hoofd naar me toe. Als onze lippen elkaar raken, leg ik alles wat ik heb in die kus. Ik wil hem laten voelen hoezeer ik hem nodig heb, hoeveel ik van hem houd. Mijn handen glijden om zijn nek; zijn armen gaan om mijn middel. Hij drukt me tegen zich aan en mijn stijve tepels glijden langs het ruwe katoen van zijn polo, wat me eraan herinnert dat ik bijna naakt ben en hij nog volledig gekleed. Zijn harde erectie duwt tegen mijn buik en ik sta in vuur en vlam als onze monden samensmelten in een symfonie van lust en explosief verlangen.

Ik weet niet hoe we op het bed belanden, maar daar zijn we dan en ik ruk wanhopig aan Julians kleren terwijl hij kussen op mijn borst en buik drukt. Met een enkele beweging rukt hij de string uit en dan duwt hij zijn vingers in me, zo ruw dat ik naar adem snak en me tegen hem aan werp. 'Je bent zo verdomd nat,' gromt hij. Hij steekt zijn vingers nog dieper in me voor hij ze eruit haalt en voor mijn gezicht houdt. 'Proef hoe graag je me wilt.'

In de greep van een ongeremde opwinding sluit ik mijn lippen om zijn vingers, er hard op zuigend. De smaak van mijn eigen vocht bevalt me wel; ik word er nog opgewondener van, nog natter. Julian kreunt als ik op zijn vingers zuig en mijn tong eromheen laat glijden, net als ik bij zijn penis zou doen. Dan trekt hij zijn hand weg. Soepel trekt hij zijn polo uit, de strakke spieren eronder onthullend. Zijn broek volgt en ik vang nog net een glimp op van zijn erectie voor hij op me klimt en met zijn sterke handen mijn polsen naast mijn schouders tegen het bed pint. Zijn blik ontmoet de mijne als hij mijn dijen uiteen duwt en zijn eikel tegen mijn opening laat rusten.

Ik blijf hem aankijken, mijn hart bonzend van verwachting. Zijn gezicht staat strak en zijn kaken zijn opeengeklemd als hij langzaam in me komt. Ik verwachtte een ruwe behandeling, maar hij is voorzichtig met me, opzettelijk langzaam in me komend zodat het zowel frustrerend als opwindend is. Er is geen pijn, alleen een fijn, vol gevoel - maar het gestoorde deel van mij wil de ruwheid, het geweld.

'Julian...' Ik laat mijn tong over mijn lippen glijden. 'Ik wil dat je me neukt. Echt neukt.' Om mijn verzoek kracht bij te zetten sla ik mijn benen om zijn heupen en trek hem helemaal in me. We kreunen allebei en ik zie dat zijn pupillen zich verwijden tot slechts een klein randje blauw nog zichtbaar is.

'Je wilt dat ik je neuk?' Zijn stem klinkt zo vol lust dat ik de woorden nauwelijks kan verstaan. Zijn handen verstrakken om mijn polsen tot het punt dat de bloedtoevoer zowat wordt afgeknepen. 'Je echt neuk?'

Ik knik. Het voelt verkeerd dit toe te geven, te erkennen dat ik iets wil dat ik vroeger vreesde.

Te weten dat ik mijn ontvoerder vraag me te misbruiken.

Julian haalt diep adem... en dan voel ik dat zijn zelfbeheersing versplintert. Zijn mond stort zich op de mijne, wild en bijna woest. De kus verteert me, ontneemt me mijn adem en mijn ziel. Zijn penis trekt hij bijna helemaal terug om hem dan weer met een brute, harde stoot in me te rammen. Het voelt of ik in tweeën word gespleten - en het zet me in vuur en vlam.

Ik schreeuw het uit tegen zijn mond en omklem hem nog harder met mijn benen als hij me zonder enige terughoudendheid hard begint af te neuken. Het is even gewelddadig als een verkrachting, maar ik geniet ervan. Mijn lichaam verwelkomt de meedogenloze aanval. Dit is wat ik wil, wat ik nodig heb. Morgen heb ik misschien blauwe plekken, maar op dit moment voel ik alleen de spanning die zich in me opbouwt, de druk die toeneemt in mijn kern. Iedere roekeloze stoot brengt me verder, tot ik het gevoel heb dat ik ontplof... en dat doe ik, een explosie van genot scheurt door me heen als ik in Julians armen klaarkom, compleet verteerd door dit duistere genot.

Hij werpt zijn hoofd in zijn nek en ramt zijn penis nog dieper in me als hij met een hese schreeuw ook zijn orgasme bereikt. Het schuren van zijn lichaam tegen mijn klit laat me langer komen, tot alle kracht uit me gezogen lijkt te zijn.

Daarna rolt hij van me af en trekt me met mijn rug tegen zijn borst. Onze ademhaling vertraagt en we vallen allebei in een diepe, droomloze slaap.

Julian

DE VOLGENDE OCHTEND WORD IK VOOR NORA WAKKER, zoals gewoonlijk. Ze ligt te slapen in haar favoriete houding: op mijn borst, met een been op de mijne. Voorzichtig maak ik me van haar los en ga douchen. Ik probeer niet te denken aan de verleiding van haar kleine, sexy lichaam dat daar zacht en warm ligt te slapen. Helaas heb ik vanochtend geen tijd om mezelf aan haar te verlustigen; het vliegtuig staat al klaar op de landingsbaan.

Gisteravond heeft ze me echt verrast. De hele week voelde ik een lichte, haast onwaarneembare afstand in haar. Ik heb misschien die avond haar muren neergehaald, maar ze heeft ze deels weer opgebouwd.

Ze was niet aan het mokken en negeerde me niet, maar ik voelde gewoon dat ze me nog niet volledig had vergeven.

Tot gisteravond.

Ik dacht dat ik haar vergiffenis niet nodig had, maar het lichte, haast euforische gevoel in mijn borst vertelt me iets anders.

In minder dan vijf minuten ben ik klaar met douchen. Zodra ik aangekleed ben en klaar om te gaan, loop ik nog even naar het bed om Nora een afscheidskus te geven. Ik laat mijn lippen over haar wang glijden en ze opent haar ogen.

Haar lippen krullen zich tot een slaperige glimlach. 'Hoi...'

'Hallo daar,' zeg ik hees terwijl ik een verwarde pluk uit haar gezicht veeg. Verdomme, wat doet ze toch met me? Dit zou geen enkel klein meisje me moeten kunnen aandoen. Ik sta op het punt wraak te nemen op de man die Beth heeft vermoord en Nora bij me wegnam, en het enige waar ik aan kan denken, is bij haar in bed kruipen.

Ze knippert een paar keer en haar glimlach verdwijnt als ze zich herinnert dat dit geen gewone ochtend is. Meteen gaat ze zitten en kijkt me aan, alle sporen van slaperigheid verdwenen. Het laken glijdt naar beneden en onthult haar naakte bovenlichaam, maar dat negeert ze.

'Ga je nu al weg?'

'Ja, schatje.' Ik probeer niet naar haar mooie, ronde borsten te kijken en ga naast haar zitten, waarna ik haar hand tussen de mijne neem en er zacht over wrijf. 'Het vliegtuig is volgetankt en wacht op me.'

Ze slikt. 'Wanneer kom je terug?'

'Als alles goed gaat, ben ik met een week terug. Ik heb eerst een ontmoeting met een paar hoge omes in Rusland, dus ik ga niet meteen naar Tadzjikistan.'

'Rusland? Waarom?' Ze fronst even. 'Ik dacht dat je op de terugweg wat zaken moest afronden in Oekraïne?'

'Dat klopt, maar de plannen zijn gewijzigd. Gistermiddag kreeg ik een telefoontje van een van Peters contacten in Moskou. Ze willen me eerst ontmoeten, anders krijgen we geen toestemming naar Tadzjikistan te gaan.'

'O.' Nora kijkt nu nog bezorgder. 'Weet je ook waarom?'

Ik heb zo mijn vermoedens, maar die wil ik momenteel niet met haar delen. Ze maakt zich al veel te veel zorgen. De Russen zijn altijd al onvoorspelbaar geweest en de toenemende spanning in die regio maakt het er niet beter op.

'Ik heb wat zaken met hen gedaan in het verleden,' zeg ik nonchalant. Voor ze nog meer kan vragen, sta ik op. 'Ik moet gaan, schatje, maar ik zie je over een paar dagen weer. Veel succes met je toetsen, goed?'

Ze knikt. Haar ogen glanzen verdacht als ze me aankijkt en ik kan de neiging niet weerstaan haar nog een laatste kus te geven voor ik de kamer uitloop.

~

Maart in Moskou is afschuwelijk koud. De kou dringt door mijn dikke lagen kleding heen en nestelt zich in mijn botten, waardoor ik het gevoel krijg het nooit meer warm te zullen krijgen. Ik ben nooit erg dol geweest op Rusland en dit maakt mijn mening over deze plek er niet beter op.

Het is er ijskoud, smerig en corrupt.

Die laatste twee kan ik aan, maar de combinatie van de drie is echt te veel. Geen wonder dat Peter graag achterbleef om het landgoed te beschermen. Die schoft wist precies hoe het hier zou zijn. Ik zag het glimlachje op zijn gezicht toen het vliegtuig vertrok. Na de tropische hitte van de jungle zijn de extreem lage temperaturen in Moskou aan het einde van de winter gewoon pijnlijk - net als mijn onderhandelingen met de Russische overheid.

Het duurt bijna een uur, tien hapjes en een halve fles wodka voor Buschekov ter zake komt. De enige reden dat ik dit tolereer, is dat mijn voeten even lang nodig hebben om te ontdooien na de vrieskou buiten. Het verkeer stond namelijk zo vast dat Lucas en ik uiteindelijk uitgestapt zijn en acht blokken in de ijzige kou hebben gelopen om maar op tijd te komen.

Nu kan ik eindelijk mijn tenen weer bewegen en is Buschekov klaar om zaken te doen. Hij is een van de onofficiële ambtenaren hier: iemand die aanzienlijke invloed heeft binnen het Kremlin, maar wiens naam nooit in het nieuws komt.

'Ik heb een delicate kwestie die ik met u wil

bespreken,' zegt Buschekov nadat de ober de tafel deels heeft afgeruimd. Of, beter gezegd, onze tolk zegt dat nadat Buschekov iets in het Russisch heeft gezegd. Lucas en ik spreken beiden niet meer dan een paar woorden Russisch en daarom heeft Buschekov een jonge vrouw ingehuurd om voor ons te tolken. Ze is mooi en blond, met blauwe ogen. Yulia Tzakova is maar een paar jaar ouder dan mijn Nora, maar de Russische ambtenaar heeft me ervan verzekerd dat ze discreet is.

'Vertel,' zeg ik in reactie op Buschekovs mededeling. Lucas zit naast me en verorbert in stilte zijn tweede bord blini's met kaviaar. Ik heb alleen hem meegenomen naar deze afspraak. De rest van mijn mannen bevindt zich in de buurt voor het geval zich problemen voordoen. Ik denk niet dat de Russen nu iets zullen proberen, maar je kunt nooit te voorzichtig zijn.

Buschekov schenkt me een dun glimlachje en zegt iets in het Russisch.

'U bent vast bekend met de problemen in onze regio,' vertaalt Yulia. 'We willen graag dat u ons helpt dit op te lossen.'

'Hoe kan ik helpen?' Ik heb zo'n vermoeden wat de Russen willen, maar ik wil het hem graag helemaal horen uitspellen.

'Er zijn delen in Oekraïne die onze hulp nodig hebben,' zegt Yulia in het Engels nadat Buschekov antwoord heeft gegeven. 'Maar gezien de huidige opinies in de wereldpolitiek zou het een probleem zijn als we binnenvielen en die hulp daadwerkelijk verleenden.'

'Dus jullie willen dat ik dat doe.'

Hij knikt. Zijn kleurloze ogen zijn op mijn gezicht gevestigd terwijl Yulia mijn mededeling vertaalt. 'Ja,' zegt hij, 'we willen dat een aanzienlijke zending wapens en andere materialen bij de vrijheidsstrijders in Donetsk terechtkomt. Die mogen niet naar ons herleid worden. In ruil daarvoor betalen we u uw gebruikelijke honorarium en krijgt u een veilige doorgang naar Tadzjikistan.'

Ik glimlach neutraal naar hem. 'Is dat alles?'

'We zouden het ook fijn vinden als u momenteel geen zaken wilt doen met Oekraïne,' zegt hij zonder zelfs maar te knipperen. 'Twee stoelen en één achterste en zo.'

Ik neem aan dat die laatste mededeling een verbastering is van een gezegde in het Russisch, maar goed, ik begrijp wat hij bedoelt. Buschekov is niet de eerste klant die dit van me vraagt en hij zal ook de laatste niet zijn. 'Ik ben bang dat ik daarvoor een hoger honorarium moet rekenen,' zeg ik kalm. 'U weet vast dat ik normaliter geen kant kies in dergelijke conflicten.'

'Ja, dat hebben we begrepen.' Buschekov prikt een stukje gezouten vis aan zijn vork, brengt het naar zijn mond en kauwt er langzaam op. Al die tijd staart hij me aan. 'Misschien kunt u in dit geval die positie heroverwegen. De Sovjet-Unie bestaat niet meer, maar zijn invloed in deze regio is nog niet verdwenen.'

'Daar ben ik me van bewust. Waarom denkt u anders dat ik hier ben?' De glimlach die ik hem stuur, bevat nu een scherper randje. 'Maar neutraliteit is een duur goed. Dat begrijpt u vast wel.'

Nu verschijnt er iets ijzigs in Buschekovs blik. 'Dat klopt. Ik mag u twintig procent meer bieden dan uw gebruikelijke honorarium.'

'Twintig procent? Als u mijn potentiële winst halveert?' Ik lach even. 'Dat dacht ik niet.'

Hij schenkt zichzelf nog wat wodka in en laat het in zijn glas ronddraaien, terwijl hij me bedachtzaam opneemt. 'Twintig procent meer en de gevangen Al-Quadarterrorist is ook voor u,' zegt hij dan. 'Dat is ons laatste aanbod.'

Ik neem hem op terwijl ook ik wat wodka inschenk. Eerlijk gezegd is dit meer dan ik had durven hopen, en ik weet wel beter dan te ver te gaan bij de Russen. 'Afgesproken,' zeg ik dan ook. In een ironisch gebaar hef ik mijn glas en sla vervolgens het drankje in één keer achterover.

～

Mijn auto staat buiten op ons te wachten als we het restaurant uitlopen. De chauffeur heeft zich eindelijk door het verkeer weten te worstelen, waardoor we gelukkig niet zullen bevriezen op de weg terug naar het hotel.

'Zou u mij een lift kunnen geven naar het dichtstbijzijnde metrostation?' vraagt Yulia als Lucas en ik naar de auto lopen. Ik zie dat ze rilt. 'Het is ongeveer tien blokken verderop.'

Ik neem haar even op en wenk dan Lucas. 'Fouilleer haar.'

Lucas loopt naar haar toe en laat zijn handen over haar heen glijden. 'Niets.'

'Goed dan,' zeg ik, en ik houd het portier voor haar open. 'Stap in.'

Ze stapt in en komt achterin naast me te zitten, terwijl Lucas voorin naast de chauffeur gaat zitten. 'Bedankt,' zegt ze. Ze heeft een leuke glimlach. 'Ik waardeer dit echt. Dit is een van de slechtste winters in jaren.'

'Geen probleem.' Ik heb geen zin om te kletsen, dus haal ik mijn telefoon tevoorschijn en begin ik e-mails te beantwoorden. Er is er ook een van Nora, wat me blij maakt. Ze wil weten of ik veilig ben geland. *Ja,* schrijf ik terug. *Nu nog proberen niet te bevriezen hier in Moskou.*

'Blijft u hier lang?' Yulia's zachte stem onderbreekt me als ik een rapportage opvraag van Nora's bewegingen op het landgoed. Als ik haar aankijk, glimlacht de Russische en ze kruist haar lange benen. 'Ik kan u de stad laten zien, als u dat wilt.'

Haar uitnodiging is even subtiel als wanneer ze haar hand op mijn kruis had gelegd. Ik bespeur een hongerige blik in haar ogen als ze naar me kijkt en besef dat ook zij een vrouw is die opgewonden raakt van macht en gevaar. Ze wil me vanwege wat ik vertegenwoordig, omdat het haar opwindt met vuur te spelen. Ze zou me met haar laten doen wat ik wil, hoe sadistisch of gestoord ook, en dan zou ze nog om meer smeken.

Dit is precies het soort vrouw dat ik graag genomen zou hebben voor ik Nora had. Maar helaas voor Yulia doet haar bleke schoonheid me niets meer. De enige vrouw die ik in mijn bed wil, is donkerharig en bevindt zich duizenden kilometers hiervandaan.

'Bedankt voor de uitnodiging,' zeg ik met een koele glimlach. 'Maar we vertrekken snel weer en ik ben te moe om je stad vanavond eer aan te doen.'

'Natuurlijk.' Yulia glimlacht terug, niet op zijn minst uit het veld geslagen door mijn afwijzing. Ze heeft duidelijk genoeg zelfvertrouwen om niet beledigd te zijn. 'Als u van gedachten verandert, weet u me te vinden.' Als de auto bij de metrohalte stopt, stapt ze gracieus uit. Een vleugje duur parfum blijft achter.

Als de auto begint te keren, draait Lucas zich naar me om. 'Als jij haar niet wilt, breng ik graag een avondje met haar door,' biedt hij nonchalant aan. 'Als je het goed vindt, natuurlijk.'

Ik grijns. Lucas heeft altijd al een zwak gehad voor knappe blondines. 'Natuurlijk,' zeg ik. 'Ze is de jouwe, als je haar wilt.' We vertrekken morgenochtend pas en ik heb genoeg beveiliging mee. Als Lucas graag een nachtje met onze tolk in bed doorbrengt, zal ik hem dat pleziertje niet ontzeggen.

Ik ben van plan onder de douche mijn vuist te gebruiken en aan Nora te denken, en dan lekker te gaan slapen.

Het wordt een veelbewogen dag morgen.

DE VLUCHT VAN MOSKOU NAAR TADZJIKISTAN ZOU MET mijn Boeing C-17 zo'n zes uur moeten duren. Het is een van mijn drie militaire vliegtuigen en groot genoeg om alle mannen en de apparatuur voor deze missie te bevatten.

Iedereen, ook ik, is gekleed in de modernste wapenuitrusting. Onze pakken zijn kogelvrij en brandvertragend. Daarnaast zijn we gewapend met geweren, granaten en explosieven. Het is misschien wat overdreven, maar ik wil de levens van mijn mannen niet riskeren. Ik houd van gevaar, maar ik wil niet dood. Alle risico's die ik neem, zijn zorgvuldig doordacht en berekend. Nora's redding in Thailand was waarschijnlijk de gevaarlijkste missie die ik in de laatste jaren heb uitgevoerd. Voor een ander had ik het niet gedaan.

Alleen voor haar.

Het grootste deel van de tijd ben ik bezig met de plannen voor een nieuwe fabriek in Maleisië. Als het goed gaat, verplaats ik mijn rakettenproductie misschien vanuit Indonesië daarheen. De autoriteiten in Indonesië beginnen veel te inhalig te worden. Ze vragen elke maand hogere smeergelden en ik ben niet van plan daar nog veel langer aan toe te geven. Daarnaast beantwoord ik wat vragen van mijn portfoliomanager uit Chicago. Hij is bezig met een dakfonds via een van mijn dochterondernemingen en hij wil wat investeringsvoorwaarden van me weten.

Als we over Oezbekistan vliegen, een paar honderd kilometer van onze bestemming, besluit ik bij Lucas te gaan kijken, die het toestel vliegt.

Zodra ik binnenstap, wendt hij zich tot me. 'Volgens het schema zijn we er over anderhalf uur,' zegt hij zonder dat ik het hoef te vragen. 'Er ligt wat ijs op de landingsbaan en dat zijn ze nu voor ons aan het verwijderen. De helikopters staan klaar.'

'Uitstekend.' We landen een paar tientallen kilometers van de vermoedelijke verblijfplaats van de terroristen in het Pamir-gebergte en vliegen de rest van de weg met een helikopter. 'Is er sprake van ongebruikelijke activiteit in de omgeving?'

Hij schudt zijn hoofd. 'Nee, alles is stil.'

'Mooi.' Ik ga naast Lucas op de plek van de copiloot zitten en maak mijn riemen vast. 'Hoe was het Russische meisje?'

Zijn gebruikelijk onbewogen gezicht wordt even verlicht door een glimlach. 'Behoorlijk bevredigend. Je hebt wat gemist.'

'Ja, vast,' zeg ik. In werkelijkheid voel ik geen spoortje spijt. Op geen enkele manier kan een onenightstand mijn intense connectie met Nora evenaren - en voor minder ga ik niet.

Lucas grijnst, iets dat zelfs nog zeldzamer is. 'Ik moet zeggen dat ik nooit verwacht had jou gelukkig getrouwd te zien.'

Ik trek mijn wenkbrauwen op. 'Is dat zo?' Dat is

volgens mij het persoonlijkste wat hij ooit tegen me heeft gezegd. In al die tijd dat hij nu voor me werkt, heeft Lucas nooit de grens van loyale medewerker naar vriend overschreden - en ik heb hem ook niet aangemoedigd. Ik schenk mijn vertrouwen van nature zelden en ik heb slechts een handjevol mensen gekend die ik 'vrienden' zou noemen.

Hij haalt zijn schouders op en zijn gezicht neemt weer zijn gebruikelijke, onbewogen uitdrukking aan, hoewel een vleugje geamuseerdheid in zijn ogen te zien blijft. 'Zeker. Mensen zoals wij worden in het algemeen niet beschouwd als goede echtgenoten.'

Onvrijwillig grinnik ik. 'Ik weet niet of Nora mij een goede echtgenoot zou noemen.' Een monster dat haar ontvoerd heeft en in haar hoofd heeft zitten wroeten, ja. Maar een goede echtgenoot? Dat betwijfel ik.

'Als ze dat niet vindt, zou ze dat wel moeten vinden,' zegt Lucas voor hij zich weer tot het instrumentenpaneel wendt. 'Je gaat niet vreemd, je zorgt goed voor haar en je hebt je leven op het spel gezet om haar te redden. Als dat je geen goede echtgenoot maakt, weet ik het ook niet meer.' Tijdens het praten kijkt hij even naar het radarscherm. Er verschijnt een kleine frons op zijn gezicht.

'Wat is er?' Ineens sta ik op scherp.

'Ik weet het niet zeker,' zegt Lucas. Dan schokt het vliegtuig zo hevig dat ik bijna uit mijn stoel vlieg. Het is dat ik uit gewoonte de riem heb vastgemaakt, anders zat ik tegen het plafond, want het vliegtuig duikt abrupt met de neus naar beneden.

Lucas grijpt de instrumenten en onder een niet-aflatende stroom van vloeken probeert hij het toestel onder controle te krijgen. 'O, shit, verdomme, o, nee, klote, nee...'

'Wat heeft ons geraakt?' Mijn stem klinkt rustig en mijn hoofd is vreemd helder als ik de situatie beoordeel. Er klinkt een ratelend, sputterend geluid op uit de motoren. Ik ruik rook en hoor geschreeuw achterin, dus ergens is brand. Het moet een explosie zijn geweest. Iemand heeft ofwel vanuit een ander vliegtuig op ons geschoten, of ze hebben vanaf de grond een explosief in de lucht naast ons laten ontploffen, waardoor een of meerdere motoren beschadigd zijn. Het kan geen directe raketaanval zijn geweest. De Boeing is uitgerust met een antiraketverdediging die alles behalve de allergeavanceerdste wapens afweert - en we leven nog in plaats van aan stukjes te zijn geblazen.

'Ik weet het niet zeker,' weet Lucas uit te brengen, nog steeds vechtend met het toestel. Heel even trekt het vliegtuig recht, maar dan duikt de neus weer. 'Maakt het verdomme uit?'

Dat weet ik eerlijk gezegd ook niet zeker. Het analytische deel van mij wil weten wat - of wie - verantwoordelijk is voor mijn dood. Ik denk niet dat het Al-Quadar is; volgens mijn bronnen zijn hun wapens niet zo geavanceerd. Dan blijven een foutje van een schietgrage Oezbeek en een internationale aanval door iemand anders over. Misschien de Russen, al heb ik geen idee waarom ze dat zouden doen.

Maar Lucas heeft gelijk. Het doet er niet echt toe. De waarheid achterhalen zal de uitkomst niet veranderen. Ik zie de besneeuwde toppen van het Pamir-gebergte in de verte en weet dat we de landingsbaan niet gaan halen.

Lucas blijft vloeken terwijl hij met de instrumenten worstelt. Mijn handen omklemmen de zitting van mijn stoel en mijn blik is gevestigd op de grond, die angstaanjagend snel op ons afraast. Ik hoor een gebulder in mijn oren en besef dat het mijn eigen hartslag is - ik hoor mijn bloed pompen als een golf adrenaline door me heen slaat en al mijn zintuigen verscherpt.

Het vliegtuig weet steeds heel even recht te komen, wat onze val met een paar seconden vertraagt, maar niets lijkt onze dodelijke daling te kunnen verhinderen.

Slechts van één ding heb ik spijt, denk ik als ik ons onze dood tegemoet zie vallen: dat ik Nora nooit meer zal kunnen vasthouden.

III

DE GEVANGENE

Nora

TWEE DAGEN ZONDER JULIAN.

Ik kan niet geloven dat er al twee dagen zonder Julian verstreken zijn. Weliswaar volg ik mijn gebruikelijke routine, maar alles voelt anders nu hij er niet is.

Leger. Donkerder.

Het is alsof de zon achter een wolk verdwenen is en mijn wereld in schaduwen gehuld is.

Het is gestoord. Volkomen waanzinnig. Ik heb eerder tijd zonder Julian doorgebracht. Toen ik nog op het eiland was, ging hij heel vaak op zakenreis zonder mij. Om precies te zijn, was hij er vaker niet dan wel en toch functioneerde ik nog prima. Maar dit keer moet ik constant vechten tegen de onrust en de angst, die elk uur erger lijken te worden.

'Ik weet niet wat er mis met me is,' zeg ik tijdens een van onze wandelingen tegen Rosa. 'Ik heb achttien jaar zonder hem doorgebracht en nu red ik het ineens geen twee dagen meer?'

Ze grijnst naar me. 'Natuurlijk. Jullie zijn zowat onafscheidelijk, dus dat verbaast me helemaal niet. Ik heb nog nooit een stel gezien dat zo verliefd is op elkaar.'

Ik zucht en schud spijtig mijn hoofd. Ondanks haar ogenschijnlijk nuchtere inslag is Rosa een enorme romantica. Een paar weken geleden vertelde ik haar eindelijk hoe Julian en ik elkaar hebben leren kennen en over mijn tijd op het eiland. Ze was geschokt, maar niet zo geschokt als ik in haar plaats zou zijn geweest. Ze leek het allemaal behoorlijk poëtisch te vinden.

'Hij heeft je gekaapt omdat hij niet zonder je kon leven,' zei ze dromerig toen ik haar probeerde uit te leggen waarom ik nog steeds mijn twijfels heb over Julian. 'Dat is iets uit een boek of een film...' Toen ik haar aanstaarde, nauwelijks gelovend wat ik hoorde, ging ze verder: 'Ik wou dat iemand míj genoeg wilde om me te kapen.'

Rosa is dus niet de aangewezen persoon om tegen me te zeggen dat ik normaal moet doen. Zij denkt dat het feit dat ik verkommer zonder Julian het natuurlijke resultaat is van onze grootse romance, in plaats van een aandoening waar ik waarschijnlijk psychische hulp voor nodig heb.

En aan Ana heb ik ook al niet veel.

'Het is normaal dat je je echtgenoot mist,' zegt ze als ik uitleg waarom ik geen eetlust heb. 'Ik weet zeker dat Julian jou net zo erg mist.'

'Dat weet ik niet, Ana,' zeg ik terwijl het eten over mijn bord rondschuif. 'Ik heb de hele dag al niets van hem gehoord. Gisteren beantwoordde hij mijn e-mail, maar ik heb hem er vandaag twee gestuurd en niets gehoord.' Volgens mij is het dat vooral wat me dwarszit. Ofwel Julian geeft niets om het feit dat ik me zorgen maak, of hij is niet in staat om me te antwoorden omdat hij tot over zijn oren in een gevecht met de terroristen gewikkeld is.

Beide mogelijkheden maken me misselijk.

'Hij kan onderweg zijn in het vliegtuig,' zegt Ana redelijk. Ze haalt mijn bord weg. 'Of geen bereik hebben. Echt, daar zou ik me geen zorgen om maken. Ik ken Julian. Hij is prima in staat voor zichzelf te zorgen.'

'Jawel, maar hij is ook maar een mens.' Hij kan nog altijd gedood worden door een verdwaalde kogel of een slecht getimede bom.

'Dat weet ik, Nora,' zegt Ana geruststellend terwijl ze me op mijn arm klopt, maar in haar ogen zie ik dezelfde zorgen. 'Ik begrijp het, maar je moet die negatieve gedachten niet toestaan. Binnen een paar uur hoor je vast van hem. Morgenochtend op z'n laatst.'

～

Ik slaap slecht. Elke paar uur word ik wakker en kijk ik op mijn telefoon. 's Ochtends heb ik nog steeds niets van Julian gehoord. Als ik vermoeid uit mijn bed kom, heb ik maar één doel voor ogen.

Als Julian niets van zich laat horen, neem ik het heft in eigen handen.

Ik ga op zoek naar Peter Sokolov. Ik vind hem aan de andere kant van het landgoed, pratend met een paar bewakers. Als ik vraag of ik hem even kan spreken, lijkt dat hem te verrassen. Maar hij willigt mijn verzoek meteen in.

Zodra we buiten bereik van de anderen zijn, vraag ik: 'Heb je iets van Julian gehoord?' Ik vind de Rus nog altijd behoorlijk intimiderend, maar hij is de enige die ik kan bedenken die misschien wat antwoorden heeft.

'Nee,' antwoordt hij met zijn lichte accent. 'Niets sinds het vliegtuig gisteren uit Moskou vertrokken is.' Ik zie wat spanning rond zijn ogen en dat maakt mijn eigen zorgen alleen maar groter.

'Ze hadden zich al moeten melden, nietwaar?' Ik kijk hem recht in zijn exotisch knappe gezicht aan. Tegelijkertijd lijk ik niet genoeg lucht te kunnen krijgen. 'Er is iets mis, hè?'

'Daar kunnen we nog niet vanuit gaan.' Zijn toon is zorgvuldig kalm. 'Wellicht reageren ze niet op onze berichten vanwege de veiligheid, omdat ze niet willen dat iemand de berichten onderschept.'

'Dat geloof je niet echt.'

'Het is onwaarschijnlijk.' Peters grijze ogen kijken

me koel aan. 'Normaliter is dat niet hoe we te werk gaan.'

'Natuurlijk.' Ik probeer de misselijkmakende angst die door me heen raast uit te bannen en vraag kalm: 'Wat is plan B? Ga je een reddingsploeg sturen? Heb je mannen achter de hand als back-up?'

Peter schudt zijn hoofd. 'Ik kan niets doen tot we meer weten,' legt hij uit. 'Ik heb al wat inlichtingen opgevraagd in Rusland en Tadzjikistan, dus we komen vast snel meer te weten. Tot dusver weten we alleen dat het vliegtuig gisteren zonder problemen uit Moskou vertrokken is.'

'Wanneer denk je iets te horen?' Ik probeer mijn paniek onder controle te houden, maar ik hoor zelf ook de angstige toon in mijn stem. 'Vandaag? Morgen?'

'Dat weet ik niet, mevrouw Esguerra,' zegt hij met een glimp van medeleven in zijn meedogenloze grijze ogen. 'Het kan ieder moment zijn. Ik laat het u weten als ik iets hoor.'

'Bedankt, Peter,' zeg ik. Dan loop ik terug naar het huis. Ik weet niet wat ik anders moet doen.

DE VOLGENDE ZES UUR KRUIPEN VOORBIJ. IK IJSBEER door het huis, dwaal van kamer naar kamer en kan me nergens op concentreren. Steeds als ik wil studeren of schilderen, zie ik allerlei verschillende scenario's, de een nog vreselijker dan de ander, voor me. Ik wil geloven dat alles goed komt en dat er een onschuldige reden is dat Julians vliegtuig verdwenen is, maar ik weet wel beter.

Er zijn geen sprookjes in de wereld waar Julian en ik in leven, alleen een brute realiteit.

Ik heb de hele dag niets kunnen eten, hoewel Ana van alles heeft geprobeerd, van biefstuk tot desserts. Om haar gerust te stellen eet ik wat papaja rond de lunch, om daarna weer verder te dwalen.

Tegen de middag ben ik letterlijk misselijk van angst. Mijn hoofd bonst en mijn maag blijft maar draaien. Het maagzuur lijkt een gat in me te branden.

'Laten we gaan zwemmen,' stelt Rosa voor als ze me in de bibliotheek aantreft. Ik zie dat ze bezorgd om me is en ik weet dat Ana haar heeft gestuurd om me af te leiden. Meestal is ze te druk met haar taken om midden op de dag iets anders te gaan doen, maar vandaag maakt ze duidelijk een uitzondering voor me.

Ik heb helemaal geen zin om te gaan zwemmen, maar ik stem wel in. Ik kan beter iets met Rosa doen dan mezelf gek maken van de zorgen.

Als we de bibliotheek uitlopen, zie ik Peter met een ernstige uitdrukking op zijn gezicht naar ons toelopen.

Mijn hart staat even stil; dan begint het hevig te bonzen. 'Wat is er?' Ik krijg de woorden nauwelijks uit mijn mond. 'Heb je iets gehoord?'

'Het vliegtuig is neergestort in Oezbekistan, een paar honderd kilometer van de Tadzjiekse grens,' zegt hij zacht als hij voor me komt staan. 'Door een geval van miscommunicatie heeft het Oezbeekse leger ze neergeschoten.'

Zwarte randen dansen om mijn blikveld. 'Neergeschoten?' Mijn stem klinkt heel ver weg, alsof de woorden aan iemand anders toebehoren. Ik ben me vaag bewust van Rosa's steunende arm om mijn middel, maar haar aanraking doet niets om de ijzige kou te verbannen die door me heen raast.

'We zijn op zoek naar het wrak,' gaat Peter bijna voorzichtig verder. 'Het spijt me, mevrouw Esguerra, maar ik denk niet dat ze het overleefd hebben.'

IK WEET NIET HOE IK IN DE SLAAPKAMER TERECHTKOM, maar ik eindig als een opgekruld hoopje ellende op het bed dat ik met Julian deelde.

Ik voel zachte handen door mijn haren gaan en stemmen die iets mompelen in het Spaans, wat betekent dat Rosa en Ana bij me zijn. De huishoudster huilt. Ik wil ook huilen, maar dat kan ik niet. Die pijn is te rauw, te diep om door tranen verzacht te worden.

Ik dacht dat ik wist hoe het voelde om je hart gebroken te hebben. Toen ik eerder dacht dat Julian dood was, was ik er kapot van. Die maanden zonder hem waren de vreselijkste maanden van mijn leven. Ik dacht dat ik wist wat het was om te verliezen, om te weten dat ik nooit meer zijn glimlach zou zien of de warmte van zijn omhelzing zou voelen.

Maar nu realiseer ik me dat er verschillende niveaus van pijn zijn, van verwoestend tot allesvernietigend. Toen ik Julian eerder verloor, was hij het middelpunt van mijn wereld. Maar nu ís hij mijn hele wereld en ik weet gewoon niet hoe ik zonder hem moet bestaan.

'O, Nora...' Ana's stem klinkt vol tranen als ze door mijn haren strijkt. 'Het spijt me zo, kindje... Ik vind het zo erg.'

Ik wil haar vertellen dat het mij ook spijt, dat ik weet dat Julian ook voor haar belangrijk was, maar ik kan het niet. Ik kan niet meer praten. Zelfs ademhalen lijkt bovenmatig veel inspanning te kosten. Het voelt alsof mijn longen vergeten zijn hoe ze moeten functioneren. Een ademteugje in, eentje uit - meer lijk ik op dit moment niet te kunnen doen.

Alleen ademhalen. Gewoon niet doodgaan.

Na een tijdje houden het gemompel en de aanrakingen op en besef ik dat ik alleen ben. Ze hebben een deken over me heen gelegd, want ik voel een zachte druk op me. Hij zou me moeten verwarmen, maar dat doet hij niet.

Ik voel alleen een ijskoude leegte op de plaats waar mijn hart zat.

'Nora, kindje... Kom, drink iets...'

Ana en Rosa zijn weer terug en hijsen me in een zittende houding. Ik krijg een kop warme chocolademelk aan geboden en ik pak hem automatisch aan. De warmte trekt in mijn koude handen.

'Neem een slokje,' dringt Ana aan. 'Je hebt al de hele dag niets gegeten. Julian zou dit niet willen, dat weet je.'

De pijn die ik voel bij het horen van zijn naam is zo acuut dat ik de mok bijna laat vallen. Rosa grijpt hem vast en helpt me, maar duwt tegelijkertijd de beker naar mijn mond. 'Kom op, Nora,' fluistert ze. Haar blik is vol medeleven. 'Drink wat.'

Ik dwing mezelf een paar slokjes te nemen. De romige, warme drank glijdt door mijn keel en de combinatie van suiker en cafeïne verjaagt wat van mijn doffe uitputting. Ik voel me iets levendiger en kijk naar het raam. Tot mijn schrik zie ik dat het donker is. Ik moet uren op het bed hebben gelegen zonder me dat te realiseren.

'Hebben jullie iets gehoord van Peter?' Ik kijk naar Ana en Rosa. 'Hebben ze het wrak al gevonden?'

Rosa lijkt opgelucht dat ik weer praat. 'We hebben hem sinds de middag niet meer gezien,' zegt ze. Ana knikt met roodomrande ogen.

'Oké.' Ik neem nog wat slokjes van de warme chocolademelk en geef de mok dan aan Ana terug. 'Dank jullie wel.'

'Kan ik iets te eten voor je halen?' vraagt Ana hoopvol. 'Een broodje of wat fruit?'

Mijn maag draait zich om bij de gedachte aan eten, maar ik weet dat ik toch iets binnen moet krijgen. Ik kan niet doodgaan, hoe aantrekkelijk die optie me ook lijkt. 'Ja, graag.' Mijn stem klinkt hees. 'Gewoon een boterham met kaas, alsjeblieft.'

Rosa springt van het bed en schenkt me een grote, waarderende glimlach. 'Kijk eens aan. Zie je, Ana, ik zei toch dat ze een vechter was.' Voor ik van gedachten kan veranderen over het eten, holt ze de kamer uit om het te halen.

'Ik ga douchen,' zeg ik tegen Ana terwijl ik opsta. Ineens wil ik niets liever dan alleen zijn, weg bij de smorende bezorgdheid die ik op Ana's gezicht zie. Mijn lichaam voelt koud en breekbaar aan, als een ijspegel die elk moment kan breken, en mijn ogen branden van de onvergoten tranen.

Concentreer je op je ademhaling. Adem in, adem uit.

'Natuurlijk, kindje.' Ana schenkt me een vriendelijke, vermoeide glimlach. 'Ga je gang. Het eten staat op je te wachten als je klaar bent.'

Als ik naar de badkamer vlucht, zie ik haar stilletjes de kamer uitgaan.

~

'Nora! O, God, Nora!'

Rosa's geschreeuw en gebeuk op de badkamerdeur schudden me uit mijn suffe, haast catatonische staat. Ik heb geen idee hoelang ik al onder de hete stralen sta, maar ik stap meteen uit de douche. Snel sla ik een handdoek om mezelf heen en ik hol naar de deur, bijna uitglijdend op de koude tegels.

Met bonzend hart gooi ik hem open. 'Wat is er?'

'Hij leeft nog!' Rosa schreeuwt zo hard en zo hoog dat ik bijna doof word. 'Nora, Julian leeft nog!'

'Leeft?' Heel even ben ik niet in staat haar woorden te verwerken. Mijn brein is traag door de honger en het verdriet. 'Julian leeft nog?'

'Ja,' piept ze. Ze grijpt mijn handen en springt op en neer. 'Peter heeft zojuist gehoord dat ze hem en een aantal van zijn mannen levend hebben gevonden. Ze worden nu naar een ziekenhuis gebracht!'

Ik sta te wankelen als mijn knieën het dreigen te begeven. 'Naar een ziekenhuis?' Mijn stem is nauwelijks luider dan een fluistering. 'Leeft hij echt nog?'

'Ja!' Rosa knijpt me bijna fijn in haar omhelzing en laat me dan los, me met een grote grijns opnemend. 'Is het niet geweldig?'

'Ja, zeker...' Mijn hoofd tolt van vreugde en ongeloof en mijn hart bonkt uit mijn borst. 'Zei je nou dat hij naar een ziekenhuis wordt gebracht?'

'Ja, dat zei Peter.' Rosa kalmeert een beetje. 'Hij praat beneden met Ana. Ik ben niet blijven luisteren, ik wilde je het meteen vertellen.'

'Natuurlijk, dank je wel.' Ineens ben ik vol energie. Alle sporen van mijn sufheid en wanhoop zijn verdwenen. *Julian leeft nog en wordt naar een ziekenhuis gebracht!*

Ik ren naar de kast, trek de eerste jurk aan die ik te

pakken krijg en laat de handdoek achteloos vallen. Dan storm ik de deur uit, op weg naar beneden, met Rosa achter me aan.

Peter zit in de keuken, naast Ana. De huishoudster spert haar ogen open als ze me op blote voeten en met drijfnatte haren ziet aankomen. Ik zie er waarschijnlijk uit alsof ik knettergek geworden ben, maar dat interesseert me niet. Ik wil meer horen over Julian; de rest kan me gestolen worden.

'Hoe is het met hem?' Ik blijf vlak bij ze staan. 'Hoe is zijn toestand?'

Tot mijn verrassing glimlacht Peter bijna als hij me aankijkt. 'Ze zullen hem in het ziekenhuis grondig onderzoeken, maar tot dusver lijkt het erop dat uw echtgenoot een vliegtuigongeluk heeft overleefd met niets ergers dan een gebroken arm, een paar gebroken ribben en een nare snee op zijn voorhoofd. Hij is buiten bewustzijn, maar dat komt door het bloedverlies uit de hoofdwond.'

Ik staar Peter met open mond aan en hij legt uit: 'Het vliegtuig is in een zwaar bebost gebied terechtgekomen, dus de bomen hebben het grootste deel van de klap opgevangen. De cockpit - waar Esguerra en Kent in zaten - is door de kracht van de klap afgescheurd en dat lijkt hen gered te hebben.' Zijn glimlach verdwijnt en zijn metaalgrijze ogen worden somber. 'De meesten zijn echter omgekomen. De benzinetank ontplofte en vernielde de achterzijde van het vliegtuig. Slechts drie soldaten uit de cabine hebben het overleefd en zij hebben zware brandwonden. Als ze geen brandvertragende uitrusting hadden gedragen, hadden zij het ook niet overleefd.'

'O, mijn God.' Een golf van afschuw slaat door me heen. Julian leeft nog, maar bijna vijftig van zijn mannen zijn dood. De meeste beveiligers ken ik nauwelijks, maar velen van hen heb ik hier wel gezien. Ik ken ze toch echt van gezicht. Het waren stuk voor stuk sterke, haast onverwoestbare mannen. En nu zijn ze dood. Dood. Net als Julian zou zijn geweest als hij niet voorin had gezeten.

'En Lucas?' Nu pas begin ik te beven. Het dringt nu pas tot me door dat Julian een vliegtuigongeluk heeft gehad en het overleefd heeft. Dat hij als een kat met negens levens opnieuw de dood heeft ontlopen.

'Kent heeft een gebroken been en een zware hersenschudding. Ook hij was buiten bewustzijn toen ze gevonden werden.'

Een golf van opluchting slaat door me heen en mijn ogen, eerst zo droog, vullen zich met tranen. Tranen van dankbaarheid en een vreugde die bijna niet te bevatten is. Ik wil tegelijkertijd lachen en huilen.

Julian leeft nog en de man die zijn leven heeft gered ook.

'Nora, kindje...' Ana slaat haar mollige armen om me heen als ik in tranen uitbarst. 'Het komt allemaal goed... Alles komt goed...'

Ik probeer mijn snikken te onderdrukken en accepteer eventjes haar moederlijke omhelzing. Dan stap ik naar achteren en lach door mijn tranen heen.

Voor het eerst in tijden geloof ik dat het inderdaad allemaal goedkomt. Het ergste is voorbij.

'Hoe snel kunnen we opstijgen?' vraag ik Peter, de tranen van mijn wangen vegend. 'Kan het vliegtuig over een uur klaarstaan?'

'Opstijgen?' Hij kijkt me vreemd aan. 'We vliegen er niet heen, mevrouw Esguerra. Ik heb strikte bevelen gekregen op het landgoed te blijven en te zorgen dat u hier veilig bent.'

'Wat?' Ongelovig staar ik hem aan. 'Maar Julian is gewond! Hij ligt in het ziekenhuis en ik ben zijn vrouw...'

'Ja, dat begrijp ik.' Peters uitdrukking verandert niet; zijn blik is even koel en gesloten als altijd als hij me aankijkt. 'Maar ik ben bang dat Esguerra me letterlijk wurgt als ik u gevaar laat lopen.'

'Bedoel je nou dat ik niet naar mijn echtgenoot mag, die net een vliegtuigongeluk heeft overleefd?' Als een vlaag van woede door me heen slaat, verhef ik mijn stem. 'Moet ik hier maar gewoon blijven zitten en niets doen terwijl Julian een halve wereld verderop gewond in een ziekenhuis ligt?'

Peter lijkt niet onder de indruk van mijn uitbarsting. 'Ik zal mijn best doen een beveiligde telefoonlijn en misschien een videoverbinding voor u op te zetten,' zegt hij kalm. 'Ik zal u ook op de hoogte houden van alle ontwikkelingen rondom zijn gezondheid. Maar meer kan ik op dit moment helaas niet doen. Ik ben momenteel bezig de beveiliging te verhogen rondom het ziekenhuis waar Esguerra en de anderen heen worden gebracht. Hopelijk komt hij gezond en wel terug en ziet u hem snel weer.'

Ik wil gillen, schreeuwen en ruziemaken, maar ik weet dat het me niets gaat opleveren. Ik heb evenveel invloed op Peter als op Julian - geen, dus. 'Prima,' zeg ik, daarna diep ademhalend om mezelf te kalmeren. 'Doe dat en laat het me weten zodra hij bijgekomen is.'

Peter knikt even. 'Natuurlijk, mevrouw Esguerra. Ik zal u meteen op de hoogte stellen.'

23

Julian

Ik word me eerst bewust van de geluiden. Zacht vrouwelijk gemurmel wordt afgewisseld met een ritmisch gepiep. Op de achtergrond klinkt een elektrisch gezoem. Dit alles wordt gecombineerd met een bonzende pijn in mijn voorhoofd en een sterk antiseptische geur.

Een ziekenhuis. Ik lig in een of ander ziekenhuis.

Mijn lichaam doet overal pijn. Mijn eerste instinct is mijn ogen te openen om antwoorden te vinden, maar ik dwing mezelf zo te blijven liggen en de herinneringen terug te laten komen.

Nora. De missie. De vlucht naar Tadzjikistan. Ik zie het allemaal voor me, levendig en echt. Mijn gesprek met Lucas in de cabine, het vliegtuig dat ineens dook. Ik hoor weer de motoren sputterend suizen en ervaar opnieuw die misselijkmakende val uit de lucht. Weer voel ik die verlammende angst in die laatste seconden toen Lucas het vliegtuig net boven de bomen wist recht te trekken en... de keiharde klap van de crash.

Daarna is er alleen nog duisternis.

Het zou een permanente duisternis moeten zijn, maar ik leef nog. Dat laat de pijn in mijn lichaam me wel weten.

Ik blijf stilliggen en neem mijn nieuwe situatie in me op. De stemmen om me heen spreken een buitenlandse taal. Het klinkt als een mengeling van Russisch en Turks. Waarschijnlijk is het Oezbeeks, aangezien we boven Oezbekistan vlogen toen we neerstortten.

Ik hoor twee vrouwen op een ontspannen, roddelende toon kletsen. Logica vertelt me dat ze waarschijnlijk verpleegsters zijn in dit ziekenhuis. Ik hoor ze bewegen, terwijl ze blijven praten. Voorzichtig open ik één oog om mijn omgeving in me op te nemen.

Ik bevind me in een sombere kamer met vaalgroene muren en een klein raam in de muur tegenover me. De tl-verlichting boven me zoemt. Dat is wat ik eerder hoorde. Naast me staat een monitor en ik heb een infuus in mijn pols. De verpleegsters bevinden zich aan de andere kant van de kamer. Ze verwisselen de lakens op een bed. Een dun gordijn scheidt de twee bedden, maar het staat open, waardoor ik de hele kamer kan zien.

Op de twee verpleegsters na ben ik alleen. Mijn mannen zie ik nergens. Die realisatie laat mijn polsslag versnellen. Ik dwing mezelf rustig adem te halen, voor ze het merken. Ik wil dat ze nog even denken dat ik buiten bewustzijn ben. Er lijkt geen sprake te zijn van een openlijke dreiging, maar tot ik weet wat er met het vliegtuig gebeurd is en hoe ik hier terechtgekomen ben, laat ik mijn aandacht niet verslappen.

Voorzichtig beweeg ik mijn vingers en tenen. Dan doe ik mijn ogen weer dicht en ga ik in gedachten mijn verwondingen na. Ik voel me zwak, alsof ik veel bloed verloren heb. Mijn hoofd bonst en ik voel dat er een stevig verband om mijn voorhoofd zit. Mijn linkerarm doet venijnig pijn en is onbeweeglijk, alsof hij in het gips zit. Mijn rechterarm lijkt in orde. Ademen doet pijn, dus mijn ribben zijn verwond. Verder voel ik al mijn ledematen en de pijn in de rest van mijn lichaam voelt meer als kneuzingen en blauwe plekken in plaats van gebroken botten.

Na een paar minuten gaat een van de verpleegsters weg. De ander loopt naar mijn bed. Ik blijf stilliggen, alsof ik nog steeds buiten westen ben. Ze schikt de lakens en controleert het verband om mijn hoofd, waarna ze zich neuriënd omdraait om weg te gaan. Op dat moment komen zwaardere voetstappen de kamer binnen.

Een zware, autoritaire mannenstem stelt in het Oezbeeks een vraag.

Ik open mijn ogen een stukje om naar de deur te kijken. De nieuweling is een slanke man van middelbare leeftijd in een militaire uitrusting. Aan de insignes op zijn borst te zien, heeft hij een hoge rang.

De verpleegster geeft antwoord, zacht en onzeker, en de man loopt naar mijn bed. Ik span mijn verzwakte spieren, klaar om mezelf te verdedigen. Maar de man pakt geen wapen en maakt ook geen bedreigende bewegingen. Hij neemt me nieuwsgierig op.

Ik volg mijn instinct en open mijn ogen om hem recht aan te kijken. Maar ik ontspan me niet, voor het geval er alsnog een aanval komt. 'Wie ben jij?' vraag ik bot. In dit geval lijkt een directe benadering me het beste. 'Waar ben ik?'

Hij kijkt geschrokken, maar herstelt zich vrijwel meteen. 'Ik ben kolonel Sharipov en u bent in Tasjkent, Oezbekistan,' zegt hij terwijl hij een klein stapje achteruit doet. 'Uw vliegtuig is neergestort en u bent hierheen gebracht.' Zijn Engels is verrassend goed, zij het met een zwaar accent. 'De Russische ambassade heeft contact opgenomen met ons over u. Uw mensen sturen een vliegtuig om u op te halen.'

Dan weet hij dus wie ik ben. 'Waar zijn mijn mannen? Wat is er met het vliegtuig gebeurd?'

'We zijn de oorzaak van het ongeluk nog aan het onderzoeken,' zegt Sharipov terwijl hij even wegkijkt. 'Op dit moment is niet duidelijk...'

'Onzin.' Mijn stem is dodelijk en zacht. Ik weet het als iemand liegt en deze vent probeert me er duidelijk bij te lappen. 'U weet wat er gebeurd is.'

Hij aarzelt even. 'Ik heb geen toestemming het onderzoek te bespreken...'

'Heeft jullie leger een raket op ons afgeschoten?' Met mijn rechterarm duw ik mezelf in een zittende positie. Mijn ribben protesteren, maar ik negeer de pijn. Ik mag me misschien zo zwak voelen als een baby, maar dat kan ik tegenover een vijand nooit laten blijken. 'Vertel het nu maar, want ik kom er toch wel achter.'

Zijn gezicht wordt kil bij dat verkapte dreigement. 'Nee, wij waren het niet. Momenteel lijkt het erop dat een van onze raketwerpers is gebruikt, maar niemand heeft het bevel gegeven uw vliegtuig neer te halen. We hadden van de Russen gehoord dat u ons luchtruim zou doorkruisen en we hadden de opdracht u door te laten.'

'Maar jullie hebben een vermoeden wie erachter zit,' zeg ik koel. Nu ik zit, voel ik me minder kwetsbaar - al zou ik me nog beter voelen als ik een wapen had. 'Jullie weten wie de werper gebruikt heeft.'

Sharipov aarzelt nogmaals en zegt dan met duidelijke tegenzin: 'Het is mogelijk dat een van onze officieren omgekocht is door de Oekraïense overheid. Dat zijn we nu aan het onderzoeken.'

'Ik begrijp het.' Eindelijk vallen de puzzelstukjes op hun plek. Op de een of andere manier heeft men in Oekraïne van mijn overeenkomst met de Russen gehoord en besloten ze me te elimineren voor ik een dreiging werd. *Verdomde klootzakken.* Daarom kies ik geen kant in dit soort onbenullige conflicten - het kost me te veel, op meerdere manieren.

'We hebben een aantal soldaten geplaatst op deze

verdieping,' verandert Sharipov van onderwerp. 'U bent hier veilig tot de Russische gezant komt om u naar Moskou te brengen.'

'Waar zijn mijn mannen?' Ik herhaal mijn eerdere vraag. Als ik Sharipov opnieuw zie wegkijken, knijp ik mijn ogen samen. 'Zijn ze hier?'

'Vier van hen,' zegt hij zacht als hij me weer aankijkt. 'Ik ben bang dat de rest het niet gered heeft.'

Ik houd mijn uitdrukking neutraal, maar het voelt alsof iemand me opensnijdt. Inmiddels zou ik eraan gewend moeten zijn dat de mensen om me heen sterven, maar het doet nog steeds pijn. 'Wie hebben het overleefd?' Ik houd mijn toon kalm. 'Heb je hun namen?'

Hij knikt en ratelt wat namen op. Tot mijn opluchting is Lucas Kent een van hen. 'Hij was even bij bewustzijn,' legt Sharipov uit, 'en heeft de anderen geïdentificeerd. Naast u was hij de enige die niet verbrand is bij de explosie.'

'Ik begrijp het.' Mijn opluchting wordt langzaam vervangen door woede. Bijna vijftig van mijn beste mannen zijn dood. Mannen met wie ik getraind heb. Mannen die ik had leren kennen. Terwijl ik dat aan het verwerken ben, besef ik dat er maar één manier is waarop de Oekraïense overheid gehoord kan hebben over mijn onderhandelingen met de Russen.

De knappe Russische tolk. Zij was de enige buitenstaander die bij dat gesprek was.

'Ik moet even bellen,' zeg ik Sharipov, waarna ik mijn benen uit het bed zwaai en opsta. Mijn knieën trillen een beetje, maar ze houden mijn gewicht. Dat is mooi. Dat betekent dat ik op eigen kracht weg kan lopen hier.

'Nu meteen,' voeg ik eraan toe als hij me aanstaart omdat ik het infuus met mijn tanden uit mijn arm trek en de plakkers van de monitor van mijn borst pel. Ik zie er ongetwijfeld belachelijk uit in mijn ziekenhuishemd en op blote voeten, maar dat interesseert me niet. Ik moet een verrader pakken.

'Natuurlijk,' zegt hij als hij zich hersteld heeft. Hij pakt zijn telefoon uit zijn zak en steekt hem me toe. 'Peter Sokolov wilde u spreken zodra u bijgekomen was.'

'Mooi. Bedankt.' Ik houd de telefoon in mijn linkerhand, die uit het gips steekt, en toets met de rechter cijfers in. Het is een beveiligde verbinding die zo vaak omgeleid wordt dat je een hacker van wereldklasse nodig hebt om hem te traceren. Ik hoor de bekende klikjes en piepjes en pak de telefoon over in mijn rechterhand. Intussen zeg ik tegen Sharipov: 'Wil je een van de verpleegsters vragen of ze gewone kleding voor me heeft? Ik ben dit gewaad wel zat.'

De kolonel knikt en loopt de kamer uit. Net als hij weg is, hoor ik Peters stem: 'Esguerra?'

'Ja, met mij.' Mijn greep op de telefoon verstevigt. 'Ik neem aan dat je het nieuws gehoord hebt.'

'Ja, dat klopt.' Het is even stil. 'Ik heb Yulia Tzakova in Moskou vast laten zetten. Het lijkt erop dat ze wat connecties heeft die onze vrienden in het Kremlin over het hoofd hebben gezien.'

Peter zit er dus al bovenop. 'Daar lijkt het wel op.' Mijn stem is kalm, hoewel ik vanbinnen woedend ben. 'Uiteraard schrappen we de missie. Wanneer worden we opgehaald?'

'Het vliegtuig is onderweg. Het is er over een paar uur. Ik heb Goldberg meegestuurd voor het geval u een dokter nodig heeft.'

'Goed idee. We wachten erop. Hoe is het met Nora?'

Het is weer even stil. 'Beter nu ze weet dat u nog leeft. Ze wilde zodra ze het hoorde naar u toe vliegen.'

'Maar dat heb je niet toegestaan.' Het is een vaststelling, geen vraag. Peter weet beter dan zijn opdracht zo te verknoeien.

'Natuurlijk niet. Wilt u haar zien? Ik kan een videoverbinding met het ziekenhuis tot stand brengen.'

'Graag. Breng de verbinding tot stand.' Ik wil haar het liefst echt zien en vasthouden, maar ik zal het voorlopig moeten doen met een videoverbinding. 'Intussen ga ik bij Lucas en de anderen kijken.'

HET GIPS OM MIJN ARM MAAKT HET AANKLEDEN MOEILIJK. Mijn broek aantrekken is eenvoudig, maar ik moet de linkermouw van het overhemd afscheuren om het gips door het armsgat te krijgen. Mijn ribben doen afschuwelijk zeer en iedere beweging kost enorme moeite, aangezien mijn lichaam niets liever wil dan gaan liggen en uitrusten. Maar ik houd vol en na een paar pogingen heb ik mezelf aangekleed.

Lopen is goddank makkelijker. Ik ben in staat een normale pas aan te houden. Op de gang zie ik de soldaten waar Sharipov het eerder over had. Het zijn er vijf, allemaal in militaire uitrusting en gewapend met uzi's. Als ze me de gang op zien lopen, komen ze achter me aan. Hun uitdrukkingsloze gezichten laten mij me afvragen of ze hier zijn om me te beschermen of om anderen tegen mij te beschermen. Ik kan me niet voorstellen dat de Oezbeekse overheid blij is een illegale wapenhandelaar in een civiel hospitaal te hebben.

Ik ga naar de intensive care. Lucas is daar niet, dus ga ik eerst bij de anderen kijken. Zoals Sharipov al zei, hebben ze allemaal ernstige brandwonden. Het grootste deel van hun lichaam is verbonden. Ze worden ook kunstmatig in slaap gehouden. Ik maak een mentale aantekening een grote bonus naar hun rekeningen over te maken ter compensatie en de beste plastisch chirurgen in te huren voor ze. Deze mannen kenden het risico toen ze voor me kwamen werken, maar ik wil toch goed voor ze zorgen.

'Waar is de vierde man?' Een van de soldaten wijst naar een andere kamer.

Als we aankomen, zie ik dat Lucas slaapt. Tot mijn opluchting ziet hij er niet zo slecht uit als de anderen. Hij kan mee terug naar Colombia zodra het vliegtuig er is. De verbrande mannen zullen hier nog een tijdje moeten blijven.

Als ik terugkom in mijn kamer, staat Sharipov op me te wachten. Hij heeft een laptop op het bed gezet.

'Ik moest u dit geven,' zegt hij, gebarend naar de computer.

'Uitstekend, bedankt.' Ik pak de laptop en ga op het bed zitten. Of, beter gezegd, ik laat me op bed ploffen. Mijn benen trillen van de inspanning. Gelukkig ziet Sharipov het niet, aangezien hij al op weg is naar de gang.

Zodra hij weg is, ga ik het internet op en download een programma dat mijn online activiteiten moet verbergen. Dan ga ik naar een speciale website, waar ik mijn code invoer. Een venster voor videochat opent en ik voer nog een code in, die een verbinding met een computer op het landgoed tot stand brengt.

Eerst zie ik Peter. 'Daar bent u eindelijk,' zegt hij. Op de achtergrond zie ik mijn woonkamer. 'Nora komt eraan.'

Een moment later zie ik Nora's kleine gezicht op het scherm. 'Julian! O, God, ik dacht dat ik je nooit meer zou zien!' Haar stem trilt van de ingehouden tranen en ik zie natte sporen op haar wangen. Maar haar glimlach straalt pure vreugde uit.

Ik grijns naar haar. Een golf van vreugde duwt al mijn woede en fysieke ongemak weg. 'Hallo schatje, hoe is het met je?'

Ze staart me aan. 'Hoe het met mij is? Wat is dat voor vraag? Jij hebt net een vliegtuigongeluk overleefd! Hoe voel jij je? Is dat gips om je arm?'

'Daar lijkt het wel op.' Ik haal kort mijn rechterschouder op. 'Het is mijn linkerarm en ik ben rechtshandig, dus zo erg is het niet.'

'En je hoofd?'

'O, dit?' Ik raak even het dikke verband om mijn voorhoofd aan. 'Dat weet ik niet zeker, maar ik loop en praat, dus het zal wel niets ergs zijn.'

Ze schudt haar hoofd en kijkt me ongelovig aan. Ik grijns nog breder. Nora denkt waarschijnlijk dat ik stoer probeer te doen tegenover haar. Mijn poesje realiseert zich niet dat al deze verwondingen daadwerkelijk niets bijzonders voor me zijn; mijn vaders vuisten hebben me als kind wel zwaarder toegetakeld.

'Wanneer kom je naar huis?' vraagt ze met haar gezicht vlakbij de camera. Zo lijken haar ogen enorm. Haar lange wimpers kleven aan elkaar door restjes vocht. 'Je komt nu toch naar huis, hè?'

'Ja, natuurlijk. Zo kan ik niet achter Al-Quadar aan.' Ik gebaar met mijn rechterhand naar het gips. 'Er is een vliegtuig onderweg om Lucas en mij op te halen, dus ik zie je snel weer.'

'Ik kan niet wachten,' zegt ze zacht. Mijn borst voelt strak als ik de rauwe emotie op haar gezicht zie. Een gevoel dat sterk op tederheid lijkt, spoelt door me heen, wat mijn verlangen naar haar versterkt tot het bijna pijn doet.

'Nora...' zeg ik, maar dan word ik onderbroken door een scherp geluid buiten. Er volgen er meer. Snelle, ratelende geluiden die ik meteen herken.

Geweerschoten. Ze hebben dempers, maar niets kan het keiharde geluid van een afgevuurd machinegeweer echt dempen.

Ogenblikkelijk volgt geschreeuw en meer schoten. Deze zijn niet gedempt. De soldaten op deze verdieping moeten reageren op wat er daarbuiten ook voor dreiging is.

In minder dan een seconde sta ik naast het bed. De laptop valt op de grond. Een golf van adrenaline zorgt ervoor dat alles tegelijk sneller en langzamer lijkt te gaan. Het voelt alsof alles in slow motion gebeurt, maar dat is een illusie - een poging van mijn brein om om te gaan met een levensgevaarlijke situatie.

Ik draai op instinct, aangescherpt door een leven lang trainen. In één blik neem ik de kamer in me op. Ik kan me nergens verbergen. Ik pas niet door het raam in de andere muur, zelfs als ik het had willen riskeren vanaf de tweede verdieping naar beneden te springen. Ik kan alleen de deur door en de gang in - waar de schoten vandaan komen.

Het heeft geen zin uit te vogelen wie er aanvalt. Dat doet er nu niet toe. Het draait alleen om overleven.

Meer geweerschoten, gevolgd door een schreeuw bij de deur. Ik hoor de zware dreun van een lichaam dat neergaat en besluit op dat moment in actie te komen.

Ik duw de deur open en duik in de richting van het vallende lichaam, het momentum van de duik gebruikend om over de linoleumvloer te glijden. Mijn gipsarm raakt de muur als ik tegen de dode soldaat bots, maar ik registreer de pijn niet eens. Ik trek hem over me heen om zijn lichaam als schild te gebruiken tegen de kogels die langs me vliegen. Als ik zijn wapen zie liggen, grijp ik dat met mijn rechterhand vast en begin richting de andere kant van de gang te vuren, waar ik gemaskerde mannen achter een omgetrokken brancard zie zitten.

Het zijn er te veel. Dat zie ik meteen. Het zijn er verdomme te veel en mijn wapen heeft niet genoeg kogels. De gang is bezaaid met lichamen, die van de vijf Oezbeekse soldaten en een aantal van de gemaskerde aanvallers. Het is zinloos. Mij krijgen ze ook te pakken. Feitelijk is het verbazend dat ik niet al vol kogelgaten zit, menselijk schild of niet.

Ze willen me niet doden.

Dat valt me in als mijn geweer voor de laatste keer knalt. De vloer en muren zitten vol gaten, maar ik ben ongedeerd. Aangezien ik niet in wonderen geloof, betekent dat dat de aanvallers niet op mij mikken.

Ze richten om me heen om me op mijn plek te houden.

Ik rol de dode man van me af en sta langzaam op, mijn blik nog altijd op de gemaskerde figuren aan de andere kant van de gang gericht. Het geweervuur stopt als ik opsta. De stilte is oorverdovend na al dat lawaai.

'Wat willen jullie?' Ik verhef mijn stem net genoeg om aan de andere kant van de gang gehoord te kunnen worden. 'Waarvoor zijn jullie hier?'

Een man staat op en loopt op me af, zijn wapen op me gericht. Net als de anderen is hij gemaskerd, maar iets aan hem komt me bekend voor. Als hij op een paar meter afstand blijft staan, zie ik zijn donkere ogen glanzen en herken ik hem ineens.

Majid.

Al-Quadar moet gehoord hebben dat ik hier was, binnen handbereik.

Ik ga zonder erbij na te denken tot actie over. Het lege machinegeweer heb ik nog steeds vast en ik spring op hem af, het geweer zwaaiend als een honkbalknuppel, bedrieglijk hoog mikkend voor ik er laag mee uithaal. Zelfs nu ik gewond ben, zijn mijn reflexen nog uitstekend, want het wapen ramt Majids ribben. Maar dan sla ik tegen de muur, mijn linkerschouder een zee van pijn. Mijn oren suizen van het schot als ik tegen de muur naar beneden zak. Ik ben verdomme neergeschoten. Hij heeft het wapen kunnen afvuren voor ik hem echt iets kon doen.

Ik hoor geschreeuw in het Arabisch. Dan grijpen sterke handen me vast en slepen me over de vloer. Ik worstel met alle kracht die ik nog in me heb, maar ik voel dat mijn lichaam het op begint te geven. Mijn hart doet zijn best het resterende bloed nog rond te pompen. Iets duwt hard op mijn schouders, wat de vurige pijn verergert en ik begin sterretjes te zien.

Mijn laatste gedachte voor ik het bewustzijn verlies, is dat de dood verkiesbaar is boven wat me te wachten staat als ik dit overleef.

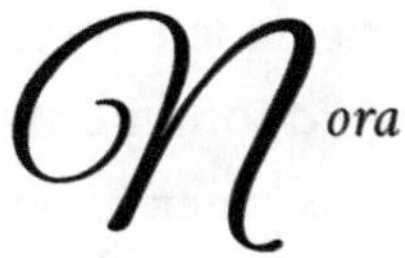

24

Nora

IK BESEF PAS DAT IK STA TE GILLEN ALS EEN HAND ZICH over mijn mond sluit en mijn hysterische geschreeuw dempt.

'Nora. Nora, houd op.' Peters kalme stem haalt me uit de draaikolk van afschuw waar ik in rondtolde en brengt me terug naar de werkelijkheid. 'Kalmeer en vertel me precies wat je gezien hebt. Ben je kalm genoeg om te praten?'

Ik knik. Hij laat me los en stapt achteruit. Vanuit mijn ooghoek zie ik Ana en Rosa een paar meter verderop staan. Ana heeft haar handen voor haar mond geslagen en tranen stromen over haar wangen. Ook Rosa ziet er bang en overstuur uit.

'Ik kon niet...' Ik krijg de woorden nauwelijks uit

mijn opgezette keel. 'Ik kon niets zien. Ik hoorde het alleen. We waren aan het praten en toen waren er ineens geweerschoten en... geschreeuw en nog meer schoten. Julian...' Mijn stem breekt. 'Julian moet de computer hebben laten vallen, want alles was ineens scheef en toen zag ik alleen de muur, maar ik hoorde schoten en geschreeuw en meer schoten...' Ik merk pas dat ik onbeheerst sta te huilen als Peter zijn handen op mijn schouders legt en me zachtjes naar de bank duwt.

Als ik begin te beven, dwingt hij me te gaan zitten. De horror van wat ik zojuist gezien heb, vermengt zich met mijn herinneringen aan een half jaar geleden, toen ik door Al-Quadar in de Filipijnen werd ontvoerd. Heel even vloeit het in elkaar over en ben ik weer in de kliniek, hoor ik weer die schoten en voel ik een angst die zo alomvattend is dat ik hem niet kan beschrijven. Maar nu zijn het niet Beth en ik die in gevaar zijn.

Het is Julian.

Ze kwamen voor hem - en ik weet wie 'ze' zijn.

'Het is Al-Quadar.' Mijn stem is hees maar ik sta op, de rillingen die door mijn lichaam gaan negerend. 'Peter, het is Al-Quadar.'

Hij knikt en ik zie dat hij al aan het bellen is. *'Da. Da, eto, ya,'* zegt hij. Ik besef dat hij Russisch spreekt. *'V gospitale problema. Da, seychas-zhe.'* Hij laat de telefoon zakken en vertelt: 'Ik heb de Oezbeekse politie op de hoogte gesteld van de gebeurtenissen in het ziekenhuis. Ze zijn onderweg erheen, met meer soldaten. Ze zijn er over een paar minuten.'

'Ze komen te laat.' Ik weet niet waarom dat ik dat

zo zeker weet, maar ik voel het gewoon. 'Ze hebben hem, Peter. Als hij nog niet dood is, zal hij dat heel binnenkort wel zijn.'

Hij kijkt me aan en ik zie dat hij dat ook weet - dat hij weet hoe uitzichtloos het is. We hebben te maken met een van de gevaarlijkste terreurorganisaties ter wereld, die de man in handen heeft die hen opjaagt en uitmoordt.

'We zullen ze vinden, Nora,' zegt Peter zacht. 'Als ze hem nog niet gedood hebben, kunnen we hem misschien nog redden.'

'Dat geloof je niet echt.' Ik kan het aan hem zien. Hij zegt dat alleen om me gerust te stellen. Majids mensen zijn al maanden spoorloos. Alleen de toevallige aanhouding van de terrorist in Moskou leidde tot de ontdekking van hun verblijfplaats. Ze zullen weer verdwijnen en gaan ongetwijfeld ergens anders heen nu hun locatie in Tadzjikistan bekend is.

En als zij verdwijnen, verdwijnt Julian ook.

Peter werpt me een blik toe die ik niet begrijp. 'Het maakt niet uit wat ik geloof. Ze willen iets van uw echtgenoot: het explosief. Dat wilden ze eerst ook en ik denk dat ze dat nog steeds willen. Het zou heel dom van ze zijn hem meteen te doden.'

'Denk je dat ze hem eerst gaan martelen?' Ik proef gal als ik terugdenk aan Beths geschreeuw en het bloed dat alle kanten uit spoot toen Majid systematisch stukken uit haar lichaam sneed. 'O, God, je denkt dat ze hem gaan martelen tot hij breekt en ze het explosief geeft.'

'Ja,' zegt Peter. Zijn grijze ogen blijven op mijn gezicht gericht terwijl Ana stilletjes op Rosa's schouder begint te huilen. 'Dat klopt. En dat geeft ons tijd ze te vinden.'

'Niet genoeg tijd.' Misselijk van angst en afschuw staar ik hem aan. 'Bij lange na niet genoeg. Peter, ze gaan hem martelen en doden terwijl wij naar ze op zoek zijn.'

'Dat weten we niet zeker,' zegt hij, en hij haalt zijn telefoon weer tevoorschijn. 'Ik zet al onze bronnen in. Als Al-Quadar ergens maar een teen durft te laten zien, weten we het.'

'Dat kan weken, zelfs maanden duren!' Mijn stem neemt opnieuw een hysterisch tintje aan. Ik voel dat ik mijn greep op mezelf verlies als de achtbaan van verdriet, vreugde en angst die ik de afgelopen dagen heb doorgemaakt me in een bodemloze put van wanhoop stort. Het was pas gisteren dat ik dacht dat ik Julian kwijt was, om er vervolgens achter te komen dat hij nog leefde. En nu het net leek of het ergste voorbij was, bracht het lot ons de zwaarste slag tot dusver toe.

De monsters die Beth hebben vermoord gaan me ook Julian afnemen.

'Het is onze enige optie, Nora.' Peters stem klinkt sussend, alsof hij tegen een opstandig kind spreekt. 'Er is geen andere manier. Esguerra is taai. Hij houdt het wel even vol, wat ze hem ook aandoen.'

Ik haal diep adem om mezelf onder controle te krijgen. Als ik later alleen ben, kan ik altijd nog instorten. 'Niemand is taai genoeg om aanhoudende marteling te weerstaan.' Mijn stem klinkt bijna onbewogen. 'Dat weet jij ook.'

Peter knikt even om mijn punt te erkennen. Als wat ik over zijn unieke vaardigheden heb gehoord klopt, weet hij als geen ander hoe effectief marteling kan zijn. Maar als ik naar hem kijk, komt er een idee in me op - een idee dat ik voorheen nooit bedacht zou hebben.

'Die terrorist die ze gepakt hebben,' zeg ik langzaam, mijn blik niet van Peter afwendend. 'Waar is hij nu?'

'Hij zou aan ons overgedragen worden, maar momenteel is hij nog in Moskou.'

'Denk je dat hij misschien iets weet?' Ik speel met de rok van mijn jurk als ik naar Julians beste martelaar kijk. Een deel van mij kan niet geloven dat ik hem dit ga vragen, maar mijn stem klinkt kalm als ik zeg: 'Denk je dat je hem aan het praten kunt krijgen?'

'Daar ben ik zeker van,' zegt Peter. Ik zie iets van respect in zijn blik verschijnen. 'Ik weet niet of hij weet waar ze heen gaan, maar het is de moeite waard het te proberen. Ik vlieg meteen naar Moskou om te zien wat ik uit hem krijg.'

'Ik ga mee.'

Hij reageert meteen. 'Nee, zeker niet,' zegt hij met een frons. 'Ik heb het uitdrukkelijke bevel gekregen jou hier te houden zodat je veilig bent, Nora.'

'Je baas is gevangengenomen en zal gemarteld en vermoord worden.' Mijn stem klinkt bijtend scherp als ik ieder woord zorgvuldig articuleer. 'En toch is mijn veiligheid een prioriteit? Je bevelen doen er niet langer toe. Ze hebben Julian. Ze hebben mij niet meer nodig om hem te krijgen.'

'Eigenlijk zouden ze jou graag hebben om hem te dwingen. Ze kunnen hem veel sneller breken als ze jou ook hebben.' Peter schudt zijn hoofd. Hij kijkt spijtig maar vastberaden. 'Het spijt me, Nora, maar je moet hier blijven. Als we je echtgenoot redden, zou hij erg ontevreden zijn als hij erachter kwam dat ik je gevaar heb laten lopen.'

Woede en frustratie bouwen zich in me op tot ik het gevoel heb dat ik ontplof. Bevend keer ik me om. Hulpeloos voel ik me ook. Volledig en volkomen hulpeloos. Toen ik ontvoerd werd, kwam Julian me halen. Hij redde mij, maar ik kan hetzelfde niet voor hem doen.

Ik mag het landgoed niet eens verlaten.

'Nora...' Dat is Rosa. Ik voel haar hand op mijn arm terwijl ik nietsziend uit het raam staar. Mijn hoofd verkent allerlei mogelijkheden, maar het voelt als een doolhof met alleen doodlopende einden. 'Nora, alsjeblieft... Kom, je moet wat eten...'

Ik schud mijn hoofd en trek mijn arm weg, mijn blik nog altijd op het grasveld buiten gericht. Ik bespeur iets net buiten mijn bereik, een verdwaalde, half gevormde gedachte waar ik net mijn vinger niet op kan leggen. Het heeft te maken met iets wat Peter zei, iets tussendoor... Ik hoor hem de kamer uitgaan en zacht door de hal lopen - en dan weet ik het.

Ik draai me om en hol hem achterna, de schok op

Rosa's gezicht negerend als ik haar uit de weg duw. 'Peter! Peter, wacht!'

Hij blijft staan en kijkt me koel aan als ik naast hem tot stilstand kom. 'Wat is er?'

'Ik weet iets,' hijg ik. 'Peter, ik weet precies wat we moeten doen. Ik weet hoe we Julian terugkrijgen.'

Zijn uitdrukking verandert niet. 'Waar heb je het over?'

Ik haal diep adem en begin mijn plan uit te leggen, zo snel dat ik over de woorden struikel. Hij schudt zijn hoofd, maar ik ga door, gedreven door een gevoel van noodzaak dat sterker is dan alles wat ik ooit eerder heb ervaren. Ik moet Peter ervan overtuigen dat ik gelijk heb. Julians leven hangt ervan af.

'Nee,' zegt hij als ik uitgepraat ben. 'Dit is waanzin. Julian zou me vermoorden...'

'Hij zou in elk geval leven om je te kunnen vermoorden,' onderbreek ik hem. 'Er is geen andere optie. Dat weet jij ook.'

Hij schudt zijn hoofd en kijkt me oprecht spijtig aan. 'Het spijt me, Nora...'

'Ik geef je de lijst,' flap ik eruit. Het is mijn laatste strohalm. 'Ik geef je de lijst met namen voor je drie jaren voorbij zijn als je dit voor me doet. Julian zal hem geven zodra hij hem heeft.'

Nu verandert Peters uitdrukking pas echt. 'Weet jij van de lijst?' vraagt hij. Zijn stem klinkt zo woedend dat ik mezelf moet dwingen niet een stap achteruit te gaan. 'De lijst die Esguerra me beloofd heeft?'

Ik knik. 'Dat klopt.' Onder andere omstandigheden

zou ik deze man voor geen goud provoceren, maar momenteel voel ik geen angst. Een door wanhoop gedreven roekeloosheid heeft bezit van me genomen, die me onkarakteristieke moed geeft. 'En ik weet ook dat je hem niet krijgt als Julian sterft,' ga ik verder. 'Dan is al die tijd dat je voor hem gewerkt hebt zinloos. Dan kun je nooit wraak nemen op de mensen die je gezin hebben gedood.'

Zijn gezicht is een masker van brandende woede. 'Jij weet niets van mijn gezin,' brult hij. Dit keer ga ik wél achteruit. Mijn instinct tot zelfbehoud start op als ik hem zijn vuisten zie ballen. 'Hoe durf je me daarmee te tergen?'

Hij stapt op me af en ik ga achteruit. Mijn hart bonst hevig. Dan draait hij zich in een scherpe beweging om en slaat vol in de muur. Zijn vuist ramt zo door de stapelmuur heen. Ik krimp ineen en spring nog verder achteruit terwijl hij nogmaals in de muur ramt, zijn woede daarop uitlevend in plaats van op mij.

'Peter...' Mijn stem klinkt laag en sussend, alsof ik tegen een wild dier spreek. Ana en Rosa staan in de deuropening met een doodsbange blik op hun gezichten, en ik probeer de situatie te kalmeren. 'Peter, ik terg je niet, ik wijs je op de feiten. Ik wil je helpen, maar ik heb daarvoor eerst jouw hulp nodig.'

Hij staart me hijgend van woede aan en ik zie dat hij moeite doet om zijn zelfbeheersing terug te vinden. Vanbinnen sta ik te trillen, maar ik dwing mezelf hem kalm aan te kijken. *Toon geen angst. Wat je ook doet, toon geen angst.* Tot mijn immense opluchting vertraagt zijn ademhaling en verdwijnt de razernij uit zijn gezicht als hij terugkeert uit de duistere put waarin zijn geest zich bevond.

'Het spijt me,' zegt hij na een poosje. Zijn stem klinkt gespannen. 'Ik had niet zo mogen reageren.' Hij haalt een keer diep adem, twee keer, en dan glijdt het kalme, neutrale masker weer op zijn plek. 'Hoe weet ik of jij je aan je belofte kunt houden wat de lijst betreft?' vraagt hij op normale toon. Zijn woede lijkt compleet verdwenen. 'Je vraagt me iets te doen wat Esguerra afschuwelijk zal vinden. Hoe weet ik zeker dat hij me de lijst nog geeft als ik dit doe?'

'Ik zorg dat hij hem je geeft.' Ik heb geen idee hoe ik Julian iets kan laten doen, maar ik mag mijn twijfels niet tonen. 'Ik zweer het, Peter. Help me en je hebt je wraak voor je drie jaren voorbij zijn.'

Hij staart me aan en ik voel zijn interne gevecht. Hij weet dat mijn argumenten kloppen. Als hij doet wat ik vraag, kan hij die lijst eerder krijgen. Als Julian sterft, krijg hij die lijst nooit.

'Prima,' zegt hij. Blijkbaar heeft hij een beslissing genomen. 'Maak je klaar. We vertrekken over een uur.'

HET KLEINE VLIEGVELD BIJ CHICAGO WAAR WE LANDEN IS BEDEKT MET SNEEUW, waardoor ik blij ben dat ik mijn oude Uggs heb aangetrokken. Het is avond en de wind snijdt door mijn winterjas heen. Maar ik merk de kou nauwelijks op, aangezien al mijn gedachten gericht zijn op de beproeving die me te wachten staat.

Er staat geen gepantserde wagen op ons te wachten. Niets om de aandacht op onze aankomst te vestigen. Peter belt een taxi voor me en ik stap in, terwijl hij teruggaat naar het vliegtuig.

De chauffeur, een vriendelijke man van middelbare leeftijd, maakt een praatje met me, waarschijnlijk om erachter te komen wie ik ben. Hij denkt vast dat ik een beroemdheid ben, aangezien ik in een privévliegtuig ben gekomen. Maar ik geef alleen eenlettergrepige antwoorden en hij heeft snel door dat ik met rust gelaten wil worden. De rest van de rit is het stil. Ik staar uit het raam naar de donkere wegen. Mijn hoofd bonst van de stress en de jetlag en mijn maag draait. Als ik mezelf in het vliegtuig niet had gedwongen iets te eten, was ik waarschijnlijk van mijn stokje gegaan van vermoeidheid.

Als we in Oak Lawn aankomen, leg ik de chauffeur uit hoe hij bij het huis van mijn ouders komt. Ze verwachten me niet, maar dat is maar beter ook. Daardoor lijkt alles authentieker en minder vooropgezet.

De chauffeur helpt me een kleine koffer uit de kofferbak te tillen en ik betaal hem, inclusief een fooi van twintig dollar omdat ik zo onbeleefd was. Als hij wegrijdt, rol ik mijn kleine koffer naar mijn ouderlijk huis.

Voor de bekende bruine deur blijf ik staan en bel ik aan. Ik weet dat mijn ouders thuis zijn; het licht in de woonkamer is aan. Het duurt even voor iemand opendoet - en die paar minuten lijken wel een uur te duren in mijn uitgeputte staat.

Mijn moeder doet open en haar mond valt open als ze me ziet staan, mijn hand op de koffer.

'Hoi, mam,' zeg ik met trillende stem. 'Mag ik binnenkomen?'

Julian

Eerst is er alleen duisternis... en pijn. Scheurende pijn. Pijn die me vanbinnen verteert. De duisternis is gemakkelijker. Daar is geen pijn, alleen vergetelheid. Maar ik haat het niets dat me in die duistere leegte opslokt. Ik haat de leegheid van het niet bestaan. Daarom snak ik mettertijd steeds vaker naar de pijn, want die is het tegenovergestelde van de leegte - iets voelen is altijd beter dan niets voelen.

Geleidelijk trekt de duistere leegte zich terug, laat hij me gaan. Nu komen er naast de pijn ook weer herinneringen. Soms goede, soms slechte - ze komen en gaan in golfbewegingen. Mijn moeders lieve glimlach als ze me een verhaaltje voor het slapengaan voorleest. Mijn vaders harde stem en hardere vuisten. Achter een felgekleurde vlinder aan door de jungle rennen, zo gelukkig en zorgeloos als alleen een kind kan zijn. Mijn eerste moordslachtoffer, in diezelfde jungle. Spelen met mijn kat, Lola, en lachen en vissen met een opgewekt twaalfjarig meisje... Maria.

Maria's lichaam, gebroken en besmeurd, haar licht en onschuld voor eeuwig vernield.

Bloed aan mijn handen en de voldoening van het geschreeuw van haar moordenaars. Sushi eten in het beste restaurant in Tokio. Vliegen die rond mijn moeders lichaam zoemen. De opwinding van mijn eerste zakendeal, de verlokking van het geld dat binnenkomt. Meer dood en geweld. Dood die ik veroorzaak, waar ik van geniet.

En dan is *zij* er.

Mijn Nora. Het meisje dat ik ontvoerde omdat ze me aan Maria deed denken.

Het meisje dat nu de reden is dat ik besta.

Ik houd haar beeld vast en laat alle andere herinneringen vervagen. Ik wil alleen aan haar denken, me alleen op haar concentreren. Ze laat de pijn vervagen en houdt de duisternis op een afstand. Ik heb haar laten lijden, maar zij heeft mij mijn eerste geluk sinds mijn kindertijd gebracht.

Als de tijd verstrijkt, word ik me langzaam bewust van andere dingen. Nu komen er naast de pijn ook geluiden en gevoelens. Ik hoor stemmen en voel koude lucht op mijn gezicht. Mijn linkerschouder brandt, mijn gebroken arm bonst en ik sterf van de dorst. Maar ik leef nog.

Ik beweeg mijn vingers om dat te controleren. Ja, ik leef nog. Ik ben bijna te zwak om me te bewegen, maar ik leef.

Verdomme. De rest van de herinneringen komt boven en nog voor ik mijn ogen opendoe, weet ik waar ik ben en ook dat ik me waarschijnlijk niet tegen de duisternis had moeten verzetten. De vergetelheid was beter geweest dan dit.

'Welkom terug,' zegt een mannenstem zacht. Als ik mijn ogen open, zie ik Majids glimlachende gezicht boven me. 'Je bent lang genoeg weggeweest. Het is tijd om te beginnen.'

Ze slepen me over de harde, cementen vloer van wat een soort bouwplaats lijkt te zijn. Zo te zien wordt het een industrieel gebouw. De kamer waar ze me naartoe brengen heeft geen ramen, alleen een deur. Ik wil me verzetten, maar ik ben te zeer verzwakt door mijn verwondingen om een kans te maken. Daarom besluit ik af te wachten en mijn kracht te bewaren. Die kracht zal ik later ongetwijfeld nodig hebben.

Ze kleden me uit en hangen me aan een touw, dat over een balk in het onafgemaakte plafond wordt geslagen. Ze doen niet zachtjes. Het gips om mijn linkerarm breekt als ze mijn polsen samenbinden en mijn armen boven mijn hoofd trekken. Ik ga van mijn stokje door de gruwelijke pijn in mijn linkerschouder en -arm, maar een plens ijskoud water in mijn gezicht brengt me weer bij.

In zekere zin kan ik hun methodes wel waarderen. Ze weten wat ze doen. Als je een man uitkleedt, voelt hij zich meteen kwetsbaarder. Houd hem onderkoeld, zwak en gewond, dan is hij automatisch in het nadeel: geestelijk en fysiek afgemat. Ze beginnen goed. Als ik dit anderen niet had aangedaan, zou ik allang zijn gaan smeken.

Momenteel is mijn lichaam in vecht-of-vluchtmodus. De wetenschap dat ik zo dicht bij de dood ben - of in elk geval bij afschuwelijke pijn - laat mijn hart razendsnel slaan. Ik wil ze niet de voldoening schenken me te zien beven, maar ik voel rillingen over mijn huid gaan, zowel van het ijskoude water dat ze in een toch al koude ruimte over me heen gegooid hebben en een overdosis aan adrenaline. Ze hebben me zo hoog gehangen dat alleen de toppen van mijn tenen de grond nog raken. Het grootste deel van mijn gewicht hangt aan mijn gebonden polsen en mijn gewonde arm en schouder doen ontzettend pijn.

Ik probeer door de pijn heen te ademen. Majid komt op me af, een tevreden glimlach op zijn gezicht. 'Als dat niet Esguerra zelf is.' Zijn Britse accent laat hem klinken als een Midden-Oosterse versie van James Bond. 'Wat leuk dat je in deze uithoek van de wereld op bezoek komt.'

Ik zeg niets en kijk hem alleen minachtend aan. Dat

irriteert hem meer dan wat ook. Ik weet wat hij gaat vragen en ik ben niet van plan het hem te geven - niet nu hij me op de pijnlijkste manier denkbaar gaat vermoorden.

En inderdaad, mijn gebrek aan reactie lokt hem uit zijn tent. Ik zie woede in zijn ogen opvlammen. Majid Ben-Harid kickt op de angst en ellende van anderen. Dat begrijp ik wel; ik ben net zo. En omdat we zulke gelijke zielen zijn, weet ik ook hoe ik het voor hem moet verpesten. Hij gaat mijn lichaam slopen, maar hij zal er niet zoveel plezier van hebben als hij zou willen.

Dat sta ik niet toe.

Het is maar een kleine troost voor het feit dat ik een marteldood ga sterven, maar het is alles wat ik heb.

Majid stapt op me af, zijn tevreden glimlach nu verdwenen. 'Je hebt blijkbaar geen zin om te kletsen,' zegt hij terwijl hij een groot slagersmes richting mijn gezicht brengt. 'Laten we dan maar ter zake komen.' Hij laat de punt van het mes over mijn wang glijden, net diep genoeg om een straaltje bloed over mijn kin te laten lopen. 'Vertel me waar je explosievenfabriek is gevestigd en hoe die beveiligd is en dan zal ik...' Hij leunt naar me toe, zo dichtbij dat ik de zwarte pupillen in zijn modderbruine irissen kan onderscheiden. '...je een snelle dood bezorgen. Zo niet, tja... Je weet vast wat er anders gebeurt. Wat zeg je ervan? Wil je het me makkelijk maken of gaan we moeilijk doen? Het loopt hoe dan ook hetzelfde af.'

Ik geef geen antwoord en krimp niet ineen, zelf niet

als het mes zijn pijnlijke weg over mijn hals, borst en buik vervolgt, een bloederig spoor achterlatend.

Het maakt niet wat ik kies, want Majid komt zijn beloftes toch niet na. Hij zal me nooit een snelle dood gunnen, al zou ik hem morgen persoonlijk het explosief overdragen. Ik heb te veel schade aangericht binnen Al-Quadar en te veel van hun plannen verhinderd. Zodra ik hem geef wat hij wil, vermoordt hij me op de gruwelijkste manier mogelijk, om zijn troepen te laten zien wat er gebeurt als je hem dwarszit.

Tenminste, dat is wat ik zou doen als ik hem was.

Het mes stopt net onder mijn ribben. De punt prikt in mijn huid en ik zie Majids ogen met een gemeen genoegen glanzen. 'Nou?' fluistert hij, het mes iets verder in me duwend. 'Deal of niet, Esguerra? Het is aan jou. Ik kan beginnen met wat organen te oogsten, gewoon om het wat voordeliger te maken voor ons... of ik kan lager beginnen, bij het favoriete speeltje van je vrouw.'

Ik onderdruk de instinctieve mannelijke reactie om te huiveren bij dat laatste stuk en houd mijn uitdrukking kalm, haast geamuseerd. Hij zal niet beginnen met iets schadelijks - dan bloed ik veel te snel dood. Ik heb al veel te veel bloed verloren, dus er is weinig voor nodig om me de das om te doen. Het laatste wat Majid wil, is een slachtoffer dat buiten westen is. Als hij dat explosief echt wil hebben, moet hij klein beginnen en langzaam toewerken naar de brutaliteiten die hij zojuist beschreven heeft.

'Ga je gang,' zeg ik koeltjes. 'Doe je best.'

En met een schampere glimlach wacht ik tot hij aan zijn marteling begint.

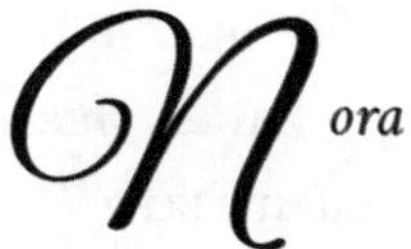

DE AVOND VAN MIJN THUISKOMST IS EEN NIET-
aflatende stroom van tranen, omhelzingen en vragen
over wat er is gebeurd en hoe het me gelukt is terug
te komen.

Ik vertel mijn ouders voor zover mogelijk de
waarheid: over het vliegtuigongeluk in Oezbekistan en
Julians ontvoering door de terreurorganisatie die hij
bestreed. Ik zie aan mijn ouders dat ze geschokt zijn en
moeite hebben me te geloven. Terroristen en
vliegtuigen die neergehaald worden door raketten
liggen zo ver buiten hun normale dagelijkse leven dat
het moeilijk te bevatten is. *Ooit had ik daar ook
moeite mee.*

'O, Nora, lieverd...' Mijn moeders stem is zacht en

meelevend. 'Het spijt me zo. Ik weet dat je ondanks alles van hem hield. Weet je wat er nu gaat gebeuren?'

Ik schud mijn hoofd en probeer mijn vader niet aan te kijken. Hij vindt dit een goede ontwikkeling, dat kan ik kan aan hem zien. Hij is opgelucht dat ik waarschijnlijk van de man af ben die hij als mijn misbruiker ziet. Ik ben er zeker van dat allebei mijn ouders dat eigenlijk vinden, maar mijn moeder probeert in elk geval nog begrip te tonen voor mijn gevoelens. Mijn vader kan zijn tevredenheid over de gang van zaken echter maar moeilijk verbergen.

'Wat er ook gebeurt, ik ben blij dat je naar huis gekomen bent.' Mijn moeder pakt mijn hand. Haar donkere ogen staan vol tranen als ze me aankijkt. 'We zijn er voor je, lieverd, dat weet je toch?'

'Dat weet ik, mam,' fluister ik met een brok in mijn keel. 'Daarom ben ik ook teruggekomen. Ik miste jullie... en ik kon niet alleen op dat landgoed blijven.'

Dat is wel waar, maar het is niet de echte reden dat ik hier ben. Die kan ik mijn ouders niet vertellen.

Als ze wisten dat ik thuis ben gekomen om door Al-Quadar ontvoerd te worden, zouden ze het me nooit vergeven.

ONDANKS MIJN UITPUTTING SLAAP IK DIE NACHT NAUWELIJKS. Ik weet dat het even duurt voor Al-Quadar weet dat ik hier ben, maar toch word ik verteerd door angst en nerveuze spanning. Steeds als ik in slaap val, heb ik nachtmerries. Maar dit keer is het niet Beth die in stukken wordt gesneden, maar Julian. De bloederige beelden zijn zo levensecht dat ik bevend en misselijk wakker wordt, drijfnat van het zweet. Uiteindelijk geef ik mijn pogingen om te slapen maar op en pak ik de schilderspullen die ik mee heb genomen. Hopelijk leidt het schilderen me af van het feit dat mijn nachtmerries heel goed bewaarheid kunnen worden in een Al-Quadarschuilplaats, ergens duizenden kilometers verderop.

Als het licht van de opkomende zon mijn kamer verlicht, stop ik en neem ik mijn schildering in me op. In eerste instantie lijkt het een abstract werk met vegen rood, zwart en bruin, maar als ik beter kijk, zie ik het. Alle vegen zijn lichamen en gezichten, mensen die samenballen in een uitbarsting van gewelddadige extase. De gezichten vertonen zowel pijn als genot, lust en marteling.

Het is waarschijnlijk mijn beste werk tot dusver - en ik walg ervan.

Ik walg ervan omdat het me laat zien hoezeer ik veranderd ben, hoe weinig van mijn oude ik nog over is.

'Wauw, lieverd, dat is prachtig...' Mijn moeders stem haalt me uit mijn overpeinzingen. Als ik me omdraai, staat ze in de deuropening, met oprechte bewondering naar het schilderij starend. 'Die Franse docent van je moet echt heel goed zijn.'

'Ja, Monsieur Bernard is een uitstekende leraar,' stem ik in. Ik probeer de vermoeidheid uit mijn stem te houden. Ik ben zo moe dat ik het liefst zou instorten, maar dat kan nu niet.

'Je hebt niet goed geslapen, he?' Mijn moeder kijkt me bezorgd aan en ik weet dat ik mijn vermoeidheid niet goed heb kunnen verbergen. 'Moest je aan hem denken?'

'Natuurlijk.' Er klinkt woede door in mijn stem. 'Hij is mijn echtgenoot, weet je.'

Ze knippert geschokt en ik heb meteen spijt van mijn harde toon. Mijn moeder kan hier niets aan doen; mijn ouders zijn de onschuldigste mensen die hierbij betrokken zijn. Ze verdienen het niet om afgeblaft te worden... vooral omdat mijn wanhopige plan ze waarschijnlijk nog veel meer pijn gaat doen.

'Het spijt me, mam,' zeg ik, en ik geef haar een knuffel. 'Zo bedoelde ik het niet.'

'Het geeft niet, lieverd.' Ze strijkt over mijn haren met zo'n zachte, lieve aanraking dat ik het liefst in tranen uit zou barsten. 'Ik begrijp het.'

Ik knik, hoewel ze geen idee heeft van de omvang van mijn zorgen. Dat kan niet, want ze weet niet dat ik gewoon zit te wachten.

Te wachten tot ik ontvoerd word door dezelfde monsters die Julian ook hebben.

Te wachten tot Al-Quadar het aas grijpt.

DE OCHTEND SLEEPT ZICH VOORT. HET IS ZATERDAG, DUS allebei mijn ouders zijn thuis. Daar zijn zij blij mee, maar ik niet. Ik wou dat ze vandaag naar hun werk waren. Ik wil alleen zijn als - nee, wanneer - Majids mannen me komen halen. Hier blijven slapen was vrij veilig omdat Al-Quadar tijd nodig had om een plan te bedenken, maar nu is het ochtend en ik wil mijn ouders niet bij me in de buurt hebben. De beveiliging die Julian op mijn ouders heeft gezet zal hun leven redden, maar zij kunnen ook mijn ontvoering verhinderen en dat wil ik nou juist niet.

'Winkelen?' Mijn vader kijkt me vreemd aan als ik aankondig na het ontbijt te willen gaan winkelen. 'Weet je het zeker, lieverd? Je bent net terug en met alles dat...'

'Pap, ik heb maandenlang in de jungle gezeten.' Ik werp hem mijn beste mannen-snappen-dat-toch-niet-blik toe. 'Je hebt geen idee hoe dat voor een meisje is.' Maar hij lijkt niet overtuigd en ik voeg eraan toe: 'Echt, pap, ik kan wel wat afleiding gebruiken.'

'Ze heeft een punt,' valt mijn moeder me bij. Ze kijkt me aan, geeft me een samenzweerderige knipoog en zegt tegen mijn vader: 'Er is niets beters dan winkelen om een vrouw af te leiden. Ik ga wel met Nora mee, net als vroeger.'

Mijn hart slaat over. Ik kan mijn moeder niet mee laten gaan als ik mijn ouders wil beschermen. 'Sorry, mam,' zeg ik op berouwvolle toon, 'maar ik heb al met Leah afgesproken. Het is vakantie, weet je, dus zij is ook thuis.' Dat schreef ze vanochtend tenminste op Facebook, dus het is maar een halve leugen. Mijn vriendin is inderdaad thuis - ik was alleen niet van plan met haar af te spreken.

'O, oké.' Mijn moeder kijkt even teleurgesteld, maar dan zet ze het van zich af en glimlacht naar me. 'Geen zorgen, lieverd. We zien je wel weer nadat je je vriendinnen hebt gesproken. Ik ben blij dat je afleiding voor jezelf zoekt. Dat is het beste, weet je...'

Mijn vader lijkt nog steeds achterdochtig, maar hij kan er niets tegenin brengen. Ik ben volwassen en heb dus geen toestemming nodig.

Na het ontbijt geef ik ze allebei een kus en een knuffel. Dan ga ik naar de bushalte op 95th Street om de bus naar de Chicago Ridge Mall te nemen.

KOM OP, KOM ME DAN HALEN. KOM ME VERDOMME GEWOON halen.

Ik loop al uren door het winkelcentrum en tot mijn frustratie is er nog geen teken van Al-Quadar te bekennen. Ofwel ze weten niet dat ik hier ben, of het maakt ze niets uit nu ze Julian hebben.

Maar aan die laatste mogelijkheid wil ik niet denken. Als dat waar is, is Julian zo goed als dood.

Dit plan moet slagen. Er is geen alternatief. Majid heeft vast gewoon meer tijd nodig om erachter te komen dat ik hier alleen ben, onbewaakt - een handig middel dat ze kunnen gebruiken om Julian te laten doen wat zij willen.

'Nora? Jemig, Nora, ben jij dat?' Een bekende stem haalt me uit mijn gedachten. Als ik me omdraai, zie ik dat mijn vriendin Leah me aan staat te staren.

'Leah!' Heel even vergeet ik het gevaar en vlieg ik op mijn jarenlange beste vriendin af om haar te omhelzen. 'Ik had geen idee dat je hier was.' Dat is zo - ondanks de leugen die ik mijn ouders vanochtend vertelde, had ik niet verwacht Leah tegen te komen. Achteraf gezien had ik het echter wel kunnen vermoeden, aangezien we bijna ieder weekend naar dit winkelcentrum gingen toen we jonger waren.

'Wat doe jij hier?' vraagt ze als ze zich losmaakt uit mijn omhelzing. 'Ik dacht dat je in Colombia zat.'

'Dat klopt, dat zit ik ook.' Nu mijn eerste opwinding is weggestorven, begint het te dagen dat Leah tegenkomen weleens een probleem kan vormen. Het laatste wat ik wil, is mijn vriendin pijn bezorgen. 'Ik breng een kort bezoek aan mijn ouders,' zeg ik. Intussen werp ik bezorgd een blik in de rondte. Alles lijkt normaal te zijn, dus ik ga verder: 'Sorry dat ik het je niet heb laten weten. Het was nogal chaotisch en je weet hoe dat soort dingen gaan...'

'Ja, je bent vast druk met je nieuwe echtgenoot en zo,' zegt ze langzaam. Ik voel de afstand tussen ons groter worden, al hebben we totaal niet bewogen. We hebben elkaar niet meer gesproken sinds ik haar vertelde over mijn huwelijk - alleen een paar e-mails uitgewisseld - en ik zie dat ze nog steeds aan mijn geestelijke gezondheid twijfelt, dat ze niet begrijpt wie ik nu ben.

Dat neem ik haar niet kwalijk. Soms begrijp ik die persoon ook niet.

'Leah, schat, daar ben je.' Een mannenstem

onderbreekt ons gesprek en mijn hart slaat over als een bekende mannenfiguur op Leah toeloopt.

Het is Jake, de jongen op wie ik ooit verliefd was.

De jongen bij wie Julian me die avond in het park wegrukte.

Maar hij is geen jongen meer. Zijn schouders zijn breder en zijn gezicht is slanker en strakker. Ergens in het laatste halfjaar is hij een man geworden - een man die alleen oog heeft voor Leah. Hij blijft naast haar staan, geeft haar een kus en zegt plagend: 'Schat, ik heb dat cadeautje voor je...'

Leahs bleke wangen worden knalrood. 'Eh, Jake,' mompelt ze. Ze trekt aan zijn arm om hem op mijn aanwezigheid te wijzen. 'Kijk eens wie ik net tegenkwam.'

Hij keert zich naar me toe en zijn bruine ogen worden groot. 'Nora? Wat doe jij hier?'

'Gewoon, winkelen...' Ik hoop dat ik niet zo stom klink als ik me voel. *Leah en Jake? Mijn beste vriendin Leah en mijn voormalige kalverliefde Jake?* Mijn wereld lijkt op zijn kop te staan. Ik had geen idee dat ze iets hadden. Ik weet dat Leah het een paar maanden geleden heeft uitgemaakt met haar vriendje omdat ze dat in een e-mail schreef, maar ze heeft nooit laten weten dat ze iets met Jake had.

Maar als ik ze zo naast elkaar zie staan, allebei even ongemakkelijk, besef ik dat het ook weer niet enorm onlogisch is. Ze zitten allebei op de University of Michigan en hebben een gedeelde vriendenkring van de middelbare school. Ze delen zelfs een traumatische ervaring, die van de ontvoering van een vriendin, die hen samengebracht kan hebben.

Ik realiseer me ook dat ik alleen opluchting voel nu ik ze zo zie staan.

Opluchting dat ze gelukkig lijken samen, dat de duisternis in mijn leven dat van Jake niet blijvend heeft aangetast. Ik voel geen spijt voor wat had kunnen zijn, geen jaloezie... Alleen bezorgdheid, die iedere minuut dat Julian in handen van Al-Quadar is, toeneemt.

'Het spijt me, Nora,' zegt Leah voorzichtig. 'Ik had je eerder over ons moeten vertellen. Het is gewoon...'

'Kom op, Leah.' Ik duw mijn stress en vermoeidheid weg en schenk haar een geruststellende glimlach. 'Je hoeft het echt niet uit te leggen. Echt. Ik ben getrouwd en Jake en ik zijn één keer uitgeweest. Je bent me geen verklaring schuldig... Ik was alleen verrast.'

'Ga je, eh, mee wat drinken?' Intussen laat Jake zijn arm in een ongebruikelijk bezitterig gebaar om Leahs middel glijden. Ik vraag me af of hij haar tegen mij wil beschermen. Als dat zo is, is hij nog slimmer dan ik al dacht.

'We kunnen bijpraten, nu je hier toch bent,' voegt hij eraan toe. Maar ik schud mijn hoofd.

'Dat zou ik heel leuk vinden, maar ik kan niet,' zeg ik spijtig. Ik meen het. Ik wil dolgraag bijpraten met ze, maar ik wil ze nu niet in mijn buurt hebben. Stel dat Al-Quadar nu toeslaat? Ik heb geen idee hoe de terroristen me in een druk winkelcentrum willen ontvoeren, maar ze bedenken er vast iets op. Ik kijk naar mijn telefoon en trek een gezicht alsof ik laat ben. 'Ik ben bang dat ik al laat ben...'

'Is je echtgenoot hier ook ergens?' Leah fronst en Jake trekt wit weg. Hij had blijkbaar nog niet bedacht dat Julian ook in de buurt kon zijn toen hij me uitnodigde.

Ik schud mijn hoofd. Mijn keel knijpt dicht als de realiteit van de situatie me opnieuw dreigt te overweldigen. 'Nee,' zeg ik. Hopelijk klinkt het enigszins normaal. 'Hij kon niet.'

'O, oké.' Leah fronst nog verder en kijkt me vragend aan. Jake trekt weer een beetje bij. Hij is duidelijk opgelucht dat hij niet oog in oog komt te staan met de meedogenloze crimineel die hem zoveel problemen heeft bezorgd.

'Ik moet echt gaan,' zeg ik. Jake knikt. Zijn arm ligt nog altijd stevig om Leahs middel.

'Succes,' zegt hij. Ik kan zien dat hij blij is dat ik wegga. Maar hij is beleefd opgevoed en voegt eraan toe: 'Het was leuk je te zien,' ook al zeggen zijn ogen iets anders.

Ik schenk hem een begripvolle glimlach. 'Jullie ook,' zeg ik. Ik zwaai naar Leah en loop naar de uitgang van het winkelcentrum.

Zodra ik het parkeerterrein op stap, vergeet ik Leah en Jake. Op mijn hoede kijk ik rond, voor ik mijn telefoon pak en een taxi bel. Ik zou graag langer in het winkelcentrum blijven, maar ik wil mijn vrienden niet nogmaals tegenkomen. Mijn volgende halte is Michigan Avenue in Chicago, waar ik wat chique winkels kan bekijken, wachtend tot ze me meenemen voordat ik helemaal gek word.

De koude wind blaast door mijn jas heen terwijl ik daar sta te wachten. Mijn schippersjas en dunne kasjmieren trui bieden weinig bescherming tegen de kou buiten. Het duurt een halfuur voor er eindelijk een taxi voor me stopt. Tegen die tijd ben ik halfbevroren en zo gespannen dat ik het wel uit kan schreeuwen.

Ik ruk de deur open en klim achterin de taxi. Het is een keurige taxi, met een dikke glazen wand tussen de chauffeurszijde en de passagierszijde en licht getinte ramen. 'De binnenstad, graag.' Mijn stem klinkt scherper dan nodig. 'De winkels op Michigan Avenue.'

'Zeker, mevrouw,' zegt de chauffeur. Bij het horen van het accent in zijn stem schiet mijn hoofd omhoog. Mijn blik vangt de zijne via de achteruitkijkspiegel en ik verstijf als een rilling van pure angst over mijn rug loopt.

Hij zou een van de duizenden immigranten kunnen zijn die werk heeft gevonden in de taxibusiness, maar dat is hij niet. Hij hoort bij Al-Quadar. Ik zie het in de kille kwaadaardigheid in zijn ogen.

Ze zijn me eindelijk komen halen.

Hier heb ik op gewacht, maar nu het zover is, ben ik verlamd door zo'n hevige angst dat ik nauwelijks nog kan ademen. Ik zie het verleden weer voor me en de herinneringen zijn zo levendig dat het net lijkt of ik daar weer ben. Ik voel weer de pijn van de nauwelijks geheelde wond in mijn buik, zie weer de lichamen van de dode bewakers in de kliniek en ik hoor weer Beths geschreeuw... en proef de gal in mijn keel als Majid met een bebloede vinger mijn gezicht aanraakt.

Mijn gezicht moet lijkbleek zijn geworden, want de blik van de chauffeur verscherpt zich en ik hoor de klik van de deuren, die op slot worden gedaan.

Het geluid spoort me tot actie aan. Adrenaline raast door me heen en ik duik naar de deur, aan de vergrendeling rukkend terwijl ik keihard om hulp schreeuw. Ik weet dat het geen zin heeft, maar ik moet het toch proberen - ik moet echt net doen alsof ik niets liever wil dan ontsnappen. Daarbij kan ik niet rustig blijven zitten terwijl ze me naar de hel afvoeren.

Ze mogen er niet achterkomen dat ik ditmaal graag met ze meega.

Terwijl de auto gaat rijden, blijf ik schreeuwen en op het raam bonzen. De chauffeur negeert me en scheurt plankgas het parkeerterrein over. Niemand van de bezoekers van het winkelcentrum lijkt iets op te vallen. De getinte ramen van de auto verbergen me voor hen.

We rijden niet ver. In plaats van de snelweg op te gaan, rijdt de taxi naar de achterzijde van het winkelcentrum. Ik zie een beige busje staan en ik begin harder te worstelen. Mijn nagels breken als ik aan het portier klauw met een wanhoop die maar deels geveinsd is. In mijn haast Julian te redden, heb ik niet stilgestaan bij wat het zou betekenen om door de monsters uit mijn nachtmerries ontvoerd te worden - opnieuw zoiets vreselijks mee te maken - en de doodsangst die me overspoelt, wordt slechts een klein beetje gedempt door de wetenschap dat ik dit zelf veroorzaakt heb.

De chauffeur stopt naast het busje en de portieren gaan van het slot. Ik duw de deur open en klauter op handen en knieën naar buiten. Mijn handen schrapen over het ruwe asfalt, maar voor ik op kan staan, glijdt een harde arm om mijn middel. Een gehandschoende hand wordt voor mijn mond geslagen, waardoor mijn geschreeuw gesmoord wordt.

Mannen roepen bevelen in het Arabisch terwijl ik naar het busje word gedragen, schoppend en worstelend – en dan zie ik een vuist aankomen.

Er volgt een explosie van pijn; daarna is er niets meer.

Ik ben slechts bij vlagen bij bewustzijn. Periodes van wakende ellende worden afgewisseld door korte pauzes zoete duisternis. Ik weet niet of ik hier uren, dagen of weken ben, maar het voelt alsof ik eeuwen aan Majid en de pijn ben overgeleverd.

Ik slaap niet. Dat staan ze niet toe. Mij enige soelaas is bewusteloosheid als de marteling me te veel wordt, maar ze zijn er goed in me terug te halen als ik te lang buiten westen ben.

Eerst word ik gewaterboard. Op een perverse manier vind ik dat eigenlijk wel grappig. Ik vraag me af of ze het doen omdat ik half-Amerikaans ben of omdat ze het een efficiënte manier vinden om iemand te breken zonder ernstige schade aan te richten.

Uiteindelijk doen ze het tientallen keren; ze brengen me naar de dood en halen me terug. Het voelt alsof ik steeds weer verdrink. Mijn lichaam snakt naar zuurstof met een wanhoop die gezien de situatie misplaatst lijkt te zijn. Het zou niet zo erg zijn als ze me per ongeluk echt verdrinken. Mijn geest weet dat wel, maar mijn lichaam vecht om te blijven leven. Iedere seconde met die natte lap op mijn gezicht voelt als een eeuwigheid. Dat straaltje water is beangstigender dan het scherpste mes.

Eens in de zoveel tijd stoppen ze om me te ondervragen, waarbij ze me beloven op te houden als ik antwoord geef. En steeds als mijn longen op knappen lijken te staan, wil ik zwichten. Ik wil hier een einde aan maken - maar iets in mij staat dat niet toe. Ik weiger ze de voldoening van de winst te gunnen, ze me te laten doden terwijl ik weet dat ze hebben wat ze wilden.

Terwijl ik naar adem snak, hoor ik in gedachten mijn vaders stem.

'Ga je huilen? Ga je huilen als een moederskindje, of ben je bereid me aan te kijken als een echte man?'

Ik ben vier jaar oud en zit ineengedoken in een hoek terwijl mijn vader me herhaaldelijk in mijn ribben trapt. Ik weet het juiste antwoord op de vraag - ik moet hem aankijken - maar ik ben bang. Ik ben zo bang. Ik voel tranen op mijn gezicht en ik weet dat die hem kwaad maken. Ik wil niet huilen. Ik heb niet echt meer gehuild sinds ik een baby was, maar de pijn in mijn ribben laat mijn ogen tranen. Als mijn moeder er was, zou ze me vasthouden en kussen, maar als mijn vader in deze stemming is, durft ze niet in mijn buurt te komen. Ze is veel te bang voor hem.

Ik haat mijn vader. Ik haat hem en toch wil ik zoals hij zijn. Ik wil niet bang zijn. Ik wil degene zijn die de macht heeft, degene die iedereen vreest.

Ik krul me op tot een bal en veeg mijn gezicht af met mijn T-shirt. Dan sta ik op, mijn angst en de pijn in mijn gekneusde ribben negerend.

'Ik huil niet.' Ik slik de brok in mijn keel weg en kijk omhoog, mijn vaders boze blik ontmoetend. 'Ik huil nooit meer.'

Vloeken in het Arabisch. Meer vocht op mijn gezicht.

Mijn geest wordt teruggesleurd naar het heden als ik kokhalzend en naar adem snakkend samentrek omdat de natte doek weggehaald is. Mijn longen stellen zich gretig open en door het suizen in mijn oren heen hoor ik Majid schreeuwen tegen de man die me bijna vermoord had.

Verdomme. Dit pleziertje is voorbij.

Dan gaan ze over op de naalden. Lange, dikke naalden die ze onder mijn vinger- en teennagels steken. Dit verdraag ik beter. Mijn geest scheidt zich van mijn gemartelde lichaam en keert terug naar het verleden.

Ik ben negen jaar oud. Mijn vader heeft me meegenomen naar de stad voor onderhandelingen met zijn leveranciers. Ik zit op het trapje de ingang tot het gebouw te bewaken. Er zit een pistool in mijn riem, onder mijn T-shirt. Ik kan ermee omgaan; ik heb er al twee mannen mee gedood. Na de eerste ging ik over mijn nek, wat me een afranseling opleverde, maar de tweede moord was makkelijker. Ik kromp niet eens ineen toen ik de trekker overhaalde.

Een paar tieners lopen de straat in. Ik zie aan hun tatoeages dat ze van een lokale bende zijn. Mijn vader heeft ze vast weleens als dealers gebruikt, maar nu lijken ze zich te vervelen.

Ze slingeren over straat, schoppend tegen kapotte flessen en elkaar duwend. Een deel van mij benijdt ze hun simpele camaraderie. Ik heb maar weinig vrienden en de jongens met wie ik soms speel, lijken allemaal bang voor me te zijn. Ik weet niet of dat komt doordat ik de zoon van de Señor ben of dat ze dingen over me hebben gehoord. Normaliter heb ik geen moeite met hun angst - die moedig ik zelfs aan - maar soms zou ik willen dat ik als een normaal kind zou kunnen spelen.

Maar deze tienerjongens kennen me niet. Dat weet ik omdat ze, zodra ze me zien zitten, met een gemene grijns op me aflopen. Ik lijk een makkelijke prooi.

'Hé,' roept een van hen. 'Wat doet een jochie als jij hier? Dit is onze buurt. Ben je verdwaald, knul?'

'Nee,' zeg ik met net zo'n grijns. 'Ik ben net zo verdwaald als jij... knul.'

De jongen die me aansprak, zwelt op van woede. 'Jij kleine klootzak...' Hij stapt op me af, maar blijft staan als ik zonder met mijn ogen te knipperen mijn pistool op hem richt.

'Probeer het eens,' zeg ik zacht. 'Kom maar dichterbij, als je durft.'

De jongens deinzen achteruit. Ze zijn niet achterlijk; ze zien dat ik met een wapen kan omgaan.

Mijn vader en zijn mannen stappen precies op dat moment naar buiten en de jongens stuiven weg.

Als ik mijn vader vertel wat er gebeurd is, knikt hij goedkeurend. 'Mooi. Laat je niet intimideren, jongen. Onthoud: je neemt wat je wilt en je laat je nooit intimideren.'

Koud water en een harde klap in mijn gezicht. Ik ben weer in het heden. Ze hebben me aan een stoel gebonden, met mijn polsen achter mijn rug en mijn enkels aan de poten gebonden. Mijn vingers en tenen bonzen, maar ik leef nog - en ben nog redelijk heel.

Op Majids gezicht is gefrustreerde woede te zien. Hij is niet blij met hoe het gaat en ik heb het vermoeden dat hij zijn moeite gaat verdubbelen.

En inderdaad: hij loopt op me af, een mes in zijn vuist geklemd. 'Laatste kans, Esguerra...' Hij blijft voor me staan. 'Ik geef je nog een laatste kans, voor ik wat nuttige lichaamsdelen eraf ga snijden. Waar is die verdomde fabriek en hoe komen we binnen?'

In plaats van antwoord te geven verzamel ik het beetje speeksel dat ik nog in mijn mond heb en spuug het naar hem. Het roodgetinte vocht spat op zijn neus en wang en ik kijk tevreden toe als hij het met zijn mouw afveegt, kokend van woede wegens die beschimping.

Maar ik heb niet lang de tijd om van zijn reactie te genieten, want hij rukt mijn hoofd aan mijn haar naar achteren, waardoor mijn nek in een pijnlijke hoek gedwongen wordt.

'Ik zal je vertellen wat er nu gaat gebeuren, klootzak,' sist hij met het mes tegen mijn kaak. 'Ik ga met je ogen beginnen. Ik snijd je linker oogbal in tweeën en daarna doe ik hetzelfde met je rechter. En als je blind bent, begin ik aan je penis, centimeter voor centimeter, tot er alleen een stompje over is... Begrepen? Als je nu niet gaat praten, zul je nooit meer zien of iemand neuken.'

Ik moet vechten tegen de neiging over te geven, maar blijf zwijgen terwijl hij het mes opheft richting de dunne huid onder mijn linkeroog. Het raakt onderweg mijn wang en ik voel mijn warme bloed over mijn koude huid lopen. Hij bluft niet, maar zwichten verandert niets aan de uitkomst. Majid gaat me martelen om te krijgen wat hij wil - en zodra hij het heeft, gaat hij me nog meer martelen.

Mijn gebrek aan reactie maakt hem woedend en Majid duwt het mes dieper mijn huid in. 'Laatste kans, Esguerra. Wil je je oog houden of niet?'

Ik geef geen antwoord en hij brengt het mes hoger, waardoor mijn oogleden in een reflex dichtgaan.

'Goed dan,' fluistert hij. Mijn lichaam schokt onvrijwillig als ik probeer weg te komen... en dan voel ik een misselijkmakende pijn als het mes door mijn ooglid dringt en zich diep in mijn linkeroog boort.

Ik moet wederom het bewustzijn hebben verloren, want er wordt opnieuw koud water in mijn gezicht gegooid. Mijn lichaam begint te beven, raakt in shock door de gruwelijke pijn. Ik kan niets zien met mijn linkeroog -- ik voel alleen een brandende, natte leegte. Mijn maag draait zich om en het kost me moeite niet over te geven.

'En je tweede oog, Esguerra?' Majid glimlacht naar me. Hij houdt zijn bebloede mes nog altijd stevig vast. 'Ben je het liefst blind als we je penis eraf snijden, of wil je dat graag zien? Maar het is nog niet te laat... Vertel ons wat we willen weten en dan laten we je misschien leven... Aangezien je zo dapper bent en zo.'

Hij liegt. Ik hoor het in de geamuseerde toon in zijn stem. Hij denkt dat hij me bijna heeft, dat ik zo wanhopig ben dat ik alles geloof wat hij zegt.

'Krijg de kolere,' fluister ik met mijn overgebleven krachten. *Laat je niet intimideren. Laat je nooit intimideren.* 'Krijg de kolere met je sneue dreigementjes.'

Zijn gezicht vertrekt van woede en het mes flitst richting mijn gezicht. Ik knijp mijn overgebleven oog dicht, me voorbereidend op de pijn... maar die komt niet.

Verrast open ik mijn oog weer. Majid is afgeleid door een van zijn volgelingen. De man lijkt opgewonden en wijst naar mij terwijl hij iets in rap Arabisch ratelt. Ik probeer het te verstaan, maar hij praat te snel. Gezien de glimlach op Majids gezicht is het goed nieuws voor Majid - en dus slecht nieuws voor mij.

Dat vermoeden wordt bevestigd wanneer Majid

zich tot mij wendt en zegt: 'Je andere oog is voorlopig veilig, Esguerra. Ik wil je over een paar uur dolgraag iets laten zien.'

Met een blik vol haat kijk ik hem aan. Ik heb geen idee waar hij op doelt, maar ik krijg een onrustig gevoel in mijn maag als de twee terroristen de raamloze ruimte uitlopen. Slechts één ding zou me overhalen het wapen op te geven - maar zij is veilig op het landgoed. Ze kunnen Nora niet bedoelen. Niet met alle beveiliging die ik op haar heb gezet. Het is een psychologisch spelletje. Ze willen me laten denken dat ze iets ergers voor me hebben dan wat ik al geleden heb. Het is een vertragende tactiek, een manier om mijn lijden te verlengen, meer niet.

Ik ben niet van plan erin te tuinen. Maar als ik daar zit te wachten, vastgebonden en erger lijdend dan ik ooit in mijn leven heb geleden, ben ik niet sterk genoeg om de angst af te weren. Ik zou dankbaar moeten zijn voor deze pauze, maar dat ben ik niet.

Majid mag al mijn ledematen een voor een afsnijden, als ik maar weet dat Nora veilig is.

Ik heb geen idee hoeveel tijd verstrijkt terwijl ik daar vol spanning zit te wachten, maar uiteindelijk hoor ik buiten stemmen. De deur gaat open en Majid sleept een kleine figuur naar binnen, gekleed in Uggs en een mannenoverhemd dat tot haar knieën komt. Haar handen zijn op haar rug gebonden en haar linkerarm is bebloed.

Mijn maag draait zich om als koude afschuw door mijn lichaam raast. Nora's blik ontmoet de mijne.

Mijn ergste angst is waarheid geworden.

Ze hebben de enige persoon die iets voor me betekent.

Ze hebben mijn Nora - en deze keer kan ik haar niet redden.

Van top tot teen bevend staar ik naar Julian. Mijn borst knijpt samen bij zijn aanblik. Om zijn schouder zit een slordig, vies verband waar bloed uit sijpelt en zijn naakte lichaam is een mengeling van sneden, blauwe plekken en schaafwonden. Zijn gezicht is nog erger toegetakeld. Onder het oude verband om zijn voorhoofd is het een gezwollen, verkleurde massa. Maar het afschuwelijkste is de grote, bloedende wond die over zijn linkerwang naar zijn wenkbrauw loopt - een massa kapot vlees waar eerst zijn oog zat.

Waar het *zat*.

Ze hebben zijn oog eruit gesneden.

Ik kan dat op dit moment niet eens verwerken, dus

ik doe er ook geen moeite voor. Julian leeft nog; de rest doet er niet toe.

Hij zit vastgebonden aan een metalen stoel. Zijn benen zijn uiteen gedwongen en zijn armen zitten vastgebonden achter zijn rug. Ik zie schok en afschuw op zijn bebloede gezicht als hij me ziet en ik wil niets liever dan hem vertellen dat het allemaal goedkomt - dat ik hém ditmaal kom redden - maar dat kan ik niet. Nog niet.

Niet tot Peter hier is met de versterkingen.

De blauwe plek op mijn jukbeen bonst en mijn linkerarm brandt van de snijwond die ze me bezorgd hebben. Ze hebben mijn kleren uitgetrokken en het anticonceptiestaafje uit mijn arm gesneden toen ik buiten westen was. Waarschijnlijk dachten ze dat het een zender was. Dat had ik niet verwacht. Ik had aangenomen dat ze de echte zenders zouden vinden als ze ernaar zouden zoeken - maar het is een goede ontwikkeling. Na het implantaat eruit te hebben gesneden en gezien te hebben dat het een simpel plastic staafje was, hebben ze besloten dat ik geen bedreiging vormde, maar was wat ik wilde lijken: een naïef meisje dat haar ouders wilde bezoeken, zich onbewust van enig gevaar. Ik ben blij dat ik zo slim was de armband op het landgoed te laten, zodat ze niet achterdochtig zijn geworden.

Tot mijn opluchting lijken ze me verder niet aangeraakt te hebben. Mochten ze meer hebben gedaan dan alleen voelen terwijl ik bewusteloos was, dan voel ik er in elk geval niets van. Tussen mijn benen is het niet pijnlijk, plakkerig of beurs. Ik krijg kippenvel van het idee dat ze me naakt hebben gezien, maar het had zoveel erger kunnen zijn. Toen ik bijkwam, droeg ik andermans overhemd en mijn eigen Uggs. Ze hebben vast het drama bewaard voor bij Julian.

Dat was het deel van mijn plan dat Peter het riskantst vond: de tijd tussen mijn ontvoering tot mijn aankomst in de schuilplaats.

'Je weet dat ze iedere centimeter van je kunnen doorzoeken en alle drie de zenders kunnen vinden die Julian heeft laten plaatsen,' zei hij voor we het landgoed verlieten. 'Dan zijn we jullie beiden kwijt. Je begrijpt wat ze je aan gaan doen om Julian te laten praten, hè?'

'Ik weet het, Peter.' Ik schonk hem een grimmige glimlach. 'Ik weet precies wat ze gaan doen. Maar ik heb geen andere keus. De zenders zijn klein en de wondjes van het aanbrengen zijn zo goed als onzichtbaar. Misschien vinden ze er een of twee, maar ik denk niet dat ze ze alle drie vinden - en als dat al zo is, heb je waarschijnlijk tegen die tijd hun locatie al te pakken.'

'Misschien, of niet,' zei hij. Ik kon aan zijn ogen zien dat hij mijn geestelijke gezondheid serieus in twijfel trok. 'Er zijn honderden dingen die mis kunnen gaan tussen de tijd dat ze je ontvoeren en je naar Julian brengen.'

'Dat risico zal ik moeten nemen,' zei ik, daarmee de

discussie tot een einde brengend. Ik wist hoe gevaarlijk het zou zijn om als menselijke zender te fungeren om zo de terroristen op te sporen, maar ik zag geen enkele andere manier om op tijd bij Julian te komen. Gezien zijn huidige toestand ben ik zelfs nu nog net op tijd.

Ik zie dat Julian zich herstelt en zijn reactie op mijn aanwezigheid probeert te verbergen, maar daar slaagt hij slechts deels in. Na de eerste schok spant hij zijn kaak. Zijn enige oog begint te glinsteren van woede als hij mijn half-ontklede staat ziet en hij spant zijn spieren, vechtend tegen de boeien. Hij ziet eruit alsof hij iedereen in deze ruimte uit elkaar wil scheuren, en ik weet dat alleen de touwen die hem aan de stoel binden hem ervan weerhouden een suïcidale aanval op onze ontvoerders te openen. De andere terroristen denken zo te zien hetzelfde, want twee van hen stappen naar Julian toe, hun wapens stevig vastgrijpend voor het geval dat.

Majid lijkt verheugd over deze ommekeer. Lachend sleept hij me naar het midden van de ruimte. Zijn greep op mijn arm is pijnlijk strak. 'Je domme hoertje viel zo in mijn armen,' zegt hij nonchalant. Met een vuist in mijn haar dwingt hij me op mijn knieën. 'Ze was in jouw afwezigheid lekker gaan winkelen, net als al die inhalige Amerikaanse trutten. We besloten haar hierheen te brengen, zodat je haar mooie gezichtje nog kan zien voor ik het opensnijd... Of je moet willen praten?'

Julian zwijgt en kijkt Majid met een moordlustige blik aan. Ik haal kort en oppervlakkig adem om mijn angst de baas te worden. Mijn ogen tranen van de pijn in mijn scalp en ik heb het gevoel dat de angst zich als een levend wezen een weg door me heen klauwt. Nu mijn handen op mijn rug gebonden zijn, kan ik niets tegen Majid beginnen. Ik heb geen idee hoelang Peter erover zal doen om hier te komen, maar het kan zijn dat hij te laat komt. Ik zie roestkleurige vlekken op het mes, dat nonchalant aan Majids riem bungelt, en word misselijk als ik besef dat het Julians bloed is.

Als we niet snel gered worden, kleeft het mijne daar straks ook aan.

Tot mijn afschuw reikt Majid naar het mes, intussen nog altijd mijn haar vasthoudend. 'O, ja,' fluistert hij, de platte kant tegen mijn hals drukkend, 'haar hoofd wordt vast een mooie trofee - nadat ik er wat in gesneden heb, natuurlijk...' Hij duwt het mes omhoog en ik verstijf van angst als ik het blad in de huid onder mijn kin voel snijden en een straaltje warm vocht langs mijn hals loopt.

De grom die uit Julian opklinkt, is in de verste verte niet menselijk meer. Voor ik zelfs maar naar adem kan snakken, gebruikt hij zijn voeten om zich met stoel en al naar voren te werpen. De actie is zo plots en gewelddadig dat de mannen naast hem niet op tijd reageren. Julian beukt tegen een van hen aan, waardoor de man op de grond valt. Met een draai van zijn lichaam drijft hij de stoelpoot door de keel van de gevallen man.

De volgende seconden zijn een waas van bloed en geschreeuw in het Arabisch. Majid laat me los en blaft wat bevelen, de anderen tot actie manend terwijl hij zichzelf ook in het strijdgewoel stort.

Julian, nog steeds aan de stoel gebonden, wordt van de gewonde afgetrokken en ik kijk vol gefascineerde afschuw toe hoe de man op de vloer kronkelt, zijn keel vastgrijpend terwijl hij krakende, reutelende geluiden uitstoot. Hij is stervende - dat zie ik aan de zwakker wordende golven bloed die uit zijn hals spuiten - maar zijn ellende doet me niets. Het is net of ik een film zit te kijken, in plaats van werkelijk iemand voor mijn ogen dood zie bloeden.

Majid en de andere terroristen stormen op hem af en proberen het bloeden te stelpen, maar het is al te laat. De mans greep om zijn keel verslapt, zijn ogen worden glazig en de stank van de dood - ontlasting en geweld - vult de kamer.

Hij is dood.

Julian heeft hem vermoord.

Ik zou geschokt moeten zijn, vol afschuw, maar dat ben ik niet. Misschien komt dat later nog, maar nu voel ik alleen een vreemde mengeling van tevredenheid en trots: ik ben blij dat een van die moordenaars dood is en trots dat Julian degene was die hem doodde. Zelfs vastgebonden en verzwakt kon mijn echtgenoot nog een van zijn vijanden uitschakelen - een gewapende man die stom genoeg was om binnen Julians dodelijke bereik te komen.

Mijn gebrek aan empathie baart me ergens zorgen, maar daar heb ik nu geen tijd voor. Of Julian nu voor afleiding wilde zorgen of niet, het gevolg is dat niemand op mij let - en zodra ik me dat realiseer, ga ik tot actie over.

Ik spring overeind en kijk wanhopig de kamer rond. Mijn blik valt op een klein mes op een tafel bij de muur en ik duik er met bonzend hart op af. De terroristen zijn aan de andere kant van de ruimte bezig met Julian. Ik hoor gegrom, gevloek en het walgelijke geluid van vuisten op naakt vlees.

Ze laten Julian boeten voor zijn moord - en negeren mij voorlopig.

Ik slaag erin het mes te pakken en het onder de ductape om mijn polsen te krijgen. Mijn tanden trillen en ik snijd mezelf lichtjes, maar ik negeer de pijn en probeer de dikke tape door te zagen voor ze beseffen wat er gebeurt. Mijn handen zijn nat van het bloed en het zweet, maar ik ga door en uiteindelijk zijn mijn handen los.

Bevend kijk ik opnieuw rond. Tegen de muur staat een geweer. Een van de terroristen moet het hebben laten staan in de verwarring na Julians onverwachte aanval.

Mijn hart bonst in mijn keel als ik langzaam naar het wapen sluip. Als ze maar niet in mijn richting kijken... Ik heb geen idee wat ik met één geweer tegen een ruimte vol tot de tanden gewapende mannen ga doen, maar ik moet iets doen.

Ik kan niet niksen terwijl ze Julian doodslaan.

Ik weet het wapen te pakken voor iemand het in de gaten heeft, wat me een bevende zucht van opluchting ontlokt. Het is een AK-47, een van de geweren waarmee ik tijdens mijn trainingen met Julian heb geoefend. Ik pak het zware wapen op en richt het op de terroristen, intussen proberend mijn door de adrenaline trillende armen onder controle te krijgen. Ik heb nog nooit iemand neergeschoten - ik schiet alleen op bierblikjes en papieren doelwitten - en ik weet niet of ik het kan.

Terwijl ik probeer moed te verzamelen, begint de wereld te schudden. Als een daverende explosie de ruimte op zijn grondvesten laat trillen, sla ik tegen de grond.

Ik weet niet of ik mijn hoofd heb gestoten of gewoon even verdoofd was door de klap, maar het eerstvolgende wat ik hoor, zijn geweerschoten. Buiten. De ruimte staat vol rook en ik hoest als ik instinctief van achter de tafel, waar ik terechtgekomen ben, probeer op te staan.

'Nora! Blijf laag!' Dat is Julian, zijn stem hees van de rook. 'Blijf laag, schatje, hoor je me?'

'Ja!' Ik word vervuld door vreugde als ik me realiseer dat hij nog leeft en fit genoeg is om te kunnen praten. Ik blijf laag bij de grond en kijk om de tafel heen. Julian ligt op zijn zij aan de andere kant van de ruimte, nog altijd aan de metalen stoel gebonden.

De rook komt uit de luchttoevoer in het plafond en de ruimte is op ons twee na leeg. Het gevecht, of wat het ook is, vindt buiten plaats.

Peter en de andere bewakers moeten zijn gearriveerd.

Ik kan wel huilen van opluchting. Maar ik pak de AK-47 die naast me ligt, ga op mijn buik liggen en tijger richting Julian, intussen mijn adem inhoudend om niet te veel rook binnen te krijgen.

Op dat moment vliegt de deur open en stapt een bekende figuur de ruimte binnen.

Het is Majid - en in zijn rechterhand heeft hij een pistool.

Hij moet beseft hebben dat Al-Quadar aan de verliezende hand is en teruggekomen zijn om Julian te doden.

Een golf van haat welt in me op, zo hevig dat ik er bijna in stik. Dit is de man die Beth heeft vermoord, Julian heeft gemarteld en mij hetzelfde lot wilde laten ondergaan. Een gemene, psychotische terrorist die zonder wroeging tientallen onschuldige mensen zou hebben gedood.

Mij ziet hij niet; al zijn aandacht is op Julian gericht als hij zijn wapen optilt en het op mijn echtgenoot richt. 'Vaarwel, Esguerra,' zegt hij zacht... en ik haal de trekker van mijn eigen wapen over.

Ondanks mijn positie is mijn schot goed. Julian heeft me zittend, liggend en zelfs rennend leren schieten. Het geweer schokt in mijn trillende armen en slaat pijnlijk tegen mijn schouder. Maar de twee kogels raken Majid precies waar ik wilde: in zijn rechterpols en elleboog.

De schoten slaan hem tegen de muur en het wapen

laat hij vallen. Schreeuwend grijpt hij zijn bebloede arm vast. Ik sta op, het gevaar van de rondvliegende kogels buiten negerend. Ik hoor Julian iets roepen, maar mijn oren suizen zo dat ik hem niet kan verstaan.

De hele wereld lijkt te verdwijnen. Alleen Majid en ik zijn er nog.

Onze blikken kruisen elkaar en voor het eerst zie ik angst in zijn donkere, reptielachtige ogen. Hij weet dat ik degene ben die hem heeft neergeschoten en hij kan aan me zien wat ik met hem van plan ben.

'Alsjeblieft, nee...' zegt hij, maar ik haal de trekker opnieuw over en schiet vijf kogels in zijn buik en borst.

In de korte stilte die volgt, zie ik Majids lichaam als in slow-motion langs de muur naar beneden zakken. Zijn gezicht hangt slap en uit zijn mondhoek druppelt bloed. Zijn ogen zijn open, kijken me aan met een soort dof ongeloof. Het lijkt alsof hij iets wil zeggen, maar er klinkt alleen een gorgelend geluid als meer bloed uit zijn keel opwelt.

Ik laat het geweer zakken en kom dichterbij, op een vreemde manier nieuwsgierig naar wat ik heb aangericht. Majids ogen staan smekend, smeken me woordeloos om genade. Even houd ik zijn blik vast... Dan richt ik de AK-47 op zijn voorhoofd en haal opnieuw de trekker over.

Zijn achterhoofd explodeert, de muur besmeurend met bloed en stukjes hersenweefsel. Eerst worden zijn ogen dof, vervolgens bloedrood als de aderen barsten. Zijn lichaam verslapt en de geur van de dood dringt opnieuw in de ruimte door.

Maar dit keer is niet Julian de moordenaar.

Dit keer ben ik het.

Met vaste hand laat ik het wapen zakken en kijk ik naar het bloed dat langs de muur naar beneden druipt. Dan loop ik naar Julian, kniel naast hem en leg het wapen voorzichtig op de grond terwijl ik met zijn touwen aan de slag ga.

We zwijgen allebei terwijl ik hem losmaak. De geweerschoten buiten sterven weg en ik hoop dat dat inhoudt dat Peters troepen aan de winnende hand zijn. Maar ik ben hoe dan ook klaar voor wat komen gaat. Ondanks de nog altijd gevaarlijke situatie, is er een vreemde kalmte over me neergedaald.

Als Julian los is, schopt hij de stoel weg en rolt op zijn rug. Zijn rechterhand sluit zich om mijn pols. Zijn linkerarm bevindt zich nog deels in het gips en ligt slap naast hem. Zijn gezicht en lichaam zijn bloederig van het pak slaag dat hij heeft gekregen, maar zijn greep om mijn pols is verrassend sterk als hij me naast zich op de vloer trekt.

'Blijf laag, schatje,' fluistert hij door zijn gezwollen lippen. 'Het is bijna voorbij. Blijf alsjeblieft laag.'

Ik knik en ga rechts naast hem liggen, voorzichtig om hem geen pijn te doen. Nu de deur open staat, trekt de rook weg. Voor het eerst sinds de explosie krijg ik het gevoel dat ik weer normaal kan ademhalen.

Julian laat mijn pols los en strekt zijn arm onder mijn hand door, me in een beschermende beweging tegen zich aan trekkend. Als mijn hand zijn ribben raakt, sist hij van de pijn. Maar als ik opzij probeer te gaan, trekt hij me alleen maar dichter naar zich toe.

Als Peter en de anderen een paar minuten later de deur door komen, vinden ze ons in elkaars armen, terwijl Julian de AK-47 op de deur gericht houdt.

Julian

'HOE IS HET MET HAAR?' VRAAGT LUCAS TERWIJL HIJ OP de stoel naast mijn bed gaat zitten. Hij heeft een dik verband om zijn voorhoofd en loopt op krukken vanwege zijn gebroken been. Maar afgezien daarvan is hij al herstellende. Hij lag in een andere kamer toen Al-Quadar het ziekenhuis in Oezbekistan aanviel en heeft dus alle lol gemist.

'Het gaat wel... denk ik.' Ik druk op een knop om het bed in halfzittende positie te brengen. De beweging doet mijn ribben pijn, maar dat ongemak negeer ik. Sinds het vliegtuigongeluk heb ik aan een stuk door pijn gehad, dus ik ben er nu wel zo'n beetje aan gewend.

Sinds we vijf dagen geleden gered zijn van de bouwplaats in Tadzjikistan, verblijven Nora en ik in een speciale kliniek in Zwitserland om te herstellen. Het is een privékliniek met de beste artsen ter wereld en ik heb Lucas persoonlijk gevraagd de beveiliging te regelen. Nu de gevaarlijkste cellen van Al-Quadar uitgeschakeld zijn, is er geen sprake meer van directe dreiging, maar voorzichtigheid loont. Mijn gewonde mannen heb ik ook hierheen laten brengen. Hier kunnen ze sneller herstellen, in een betere omgeving.

De kamer die Nora en ik delen is hypermodern en uitgerust met allerlei luxe, van videospellen tot een eigen badkamer. Er staan twee verstelbare bedden - een voor mij en een voor Nora - met lakens van Egyptisch katoen en matrassen van memory foam. Zelfs de medische apparatuur is speciaal ontworpen en lijkt meer decoratief dan noodzakelijk. Ik zou bijna vergeten dat ik alweer in een ziekenhuis lig, zo luxueus is het allemaal.

Bijna. Niet helemaal.

Als ik nooit meer in een ziekenhuis hoef te komen, zal ik als een gelukkig man sterven.

Tot mijn immense opluchting bleek Nora alleen lichte verwondingen te hebben opgelopen. De wond aan haar arm is gehecht, maar de klap in haar gezicht heeft alleen een nare blauwe plek op haar jukbeen achtergelaten. En ondanks haar kleding konden de dokters me ervan verzekeren dat ze niet verkracht was. Binnen een paar uur na aankomst werd Nora gezond verklaard en mocht ze naar huis.

Ik ben er beduidend slechter aan toe, hoewel het veel erger had kunnen zijn.

Ze hebben me al twee keer geopereerd - een keer om de littekenvorming in mijn gezicht te minimaliseren en een keer om een oogprothese in de lege oogkas te plaatsen, zodat ik er niet meer uitzie als een cycloop. Ik zal nooit meer kunnen zien met mijn linkeroog - niet tot de bionische technologie verder geavanceerd is - maar de chirurgen hebben me ervan verzekerd dat ik er weer bijna normaal uit zal zien als alles genezen is.

Mijn andere verwondingen vallen ook wel mee. Ze moesten mijn gebroken arm opnieuw zetten en ingipsen, maar de schotwond in mijn schouder geneest goed, net als mijn gebroken ribben. Er zit nog wat geronnen bloed onder mijn teen- en vingernagels van de naaldenbehandeling, maar dat trekt langzaam weg. Die laatste afranseling van Majids mannen heeft mijn nieren licht gekneusd. Maar dankzij Peters snelle reactie is erger voorkomen. Uiteindelijk zal ik wat meer littekens overhouden - en mogelijk een zwakkere linkerarm - maar ik zal kleine kinderen geen nachtmerries bezorgen.

Daar ben ik dankbaar voor. Ik ben nooit echt ijdel geweest, maar ik wil wel dat Nora me nog steeds aantrekkelijk vindt, dat mijn aanrakingen haar niet met afschuw vervullen. Ze heeft me ervan verzekerd dat mijn littekens en blauwe plekken haar niet deren, maar ik weet niet of ze het meent. Vanwege mijn verwondingen hebben we sinds onze redding geen seks meer gehad. Dan pas zal ik weten wat ze echt denkt.

Ik weet ook niet echt zeker hoe Nora zich de afgelopen vijf dagen gevoeld heeft. Met alle operaties en artsen hebben we niet echt tijd gehad om te praten. Als ik erover begin, verandert ze van onderwerp, alsof ze alles het liefst wil vergeten. Dat zou ik toestaan, als ze niet zo onkarakteristiek stil was. Teruggetrokken, in zekere zin. Het is alsof het trauma dat ze heeft doorstaan ervoor heeft gezorgd dat ze zich in zichzelf heeft teruggetrokken... haar emoties heeft platgelegd.

'Dus ze kan er wel mee omgaan?' Ik weet dat Lucas op Majids dood doelt. Al mijn mannen weten dat Nora hem heeft gedood en welke rol ze bij mijn redding heeft gespeeld. Ze bewonderen haar moed, terwijl ik dagelijks probeer haar niet te wurgen omdat ze haar leven heeft geriskeerd. En Peter - dat is weer een heel andere zaak. Als hij niet meteen verdwenen was na ons naar de kliniek te hebben gebracht, zou ik zijn hoofd van zijn romp hebben gerukt omdat hij haar dat gevaar heeft laten lopen.

'Jawel,' zeg ik in reactie op Lucas' vraag. Ik wil mijn zorgen over Nora's mentale staat niet met hem delen. 'Ze gaat er zo goed mee om als mag worden verwacht. De eerste moord is altijd lastig, maar ze is taai. Ze komt er wel overheen.'

'Ja, dat denk ik ook wel.' Lucas pakt zijn krukken en vraagt: 'Wanneer wil je terug naar Colombia?'

'Goldberg zegt dat we morgen mogen vertrekken. Hij wil dat ik nog één nacht blijf om er zeker van te zijn dat alles goed geneest. Op het landgoed neemt hij mijn behandeling over.'

'Uitstekend,' zegt Lucas. 'Ik zal het regelen.'

Hij hobbelt de kamer uit en ik pak mijn laptop om te kijken waar Nora gebleven is. Ze ging iets te eten halen in het café op de begane grond, maar ze is al langer dan tien minuten weg en ik begin me zorgen te maken.

Ik vraag de informatie van de zenders op en zie dat ze in de gang staat, op zo'n vijftig meter van de kamer. Ze staat stil; waarschijnlijk praat ze met iemand.

Opgelucht sluit ik de laptop en leg hem terug op het nachtkastje.

Ik weet dat mijn angst overdreven is, maar ik krijg hem niet onder controle. Majids mes op Nora's keel zien was de afschuwelijkste ervaring van mijn leven. Ik ben nog nooit zo bang geweest als toen ik dat straaltje bloed langs haar huid zag lopen. Het werd me letterlijk rood voor ogen. Mijn woede gaf me een kracht waarvan ik niet eens wist dat ik die bezat. Die terrorist doden was geen bewust besluit geweest; de behoefte Nora te beschermen was sterker dan mijn neiging tot zelfbehoud of mijn gezonde verstand.

Als ik even had nagedacht, had ik wel een andere manier verzonnen om Majids aandacht van Nora af te leiden tot de versterkingen er waren.

Ik vermoedde de redding toen Majid over winkelen begon. Het was op een afschuwelijke manier logisch: Nora wist dat mijn vijanden haar als pressiemiddel wilden gebruiken en ze wist dat ze de zenders had. Ik kon niet geloven dat ze zichzelf zo'n risico zou laten lopen - of dat Peter dat toe zou staan - maar alleen dat kon verklaren hoe Al-Quadar in mijn afwezigheid haar in handen had kunnen krijgen.

In plaats van veilig op het landgoed te blijven, riskeerde Nora haar leven om het mijne te redden.

Ze wist waar Majid toe in staat was en zag haar angsten onder ogen om mij te redden - de man die ze zou moeten haten.

Ik weet niet of ik tot dat moment echt geloofde dat ze van me hield... tot ik haar daar zag staan, bang maar vastberaden, haar kleine lichaam gekleed in een overhemd dat zo'n tien maten te groot was. Niemand heeft ooit zoiets voor me gedaan; zelfs toe ik nog klein was, sloop mijn moeder weg bij de eerste tekenen van mijn vaders woede, waardoor ik de klappen mocht opvangen. Niemand heeft me ooit beschermd, buiten de bewakers om die ik daarvoor betaal. Ik heb er altijd alleen voor gestaan.

Tot haar.

Tot Nora.

Terwijl ik me herinner hoe ze er met haar wapen op Majid gericht uitzag, gaat de deur open en loopt het onderwerp van mijn gedachten naar binnen.

Ze draagt een spijkerbroek en een bruin T-shirt met lange mouwen. Haar dikke haren zitten in een staart en aan haar voeten draagt ze ballerina's. De blauwe plek op haar jukbeen is nog steeds zichtbaar, maar momenteel wordt hij bedekt door een laagje make-up. Waarschijnlijk heeft ze een videogesprek gevoerd met haar ouders en wilde ze hen niet van streek maken. Sinds we in de kliniek zijn, heeft ze hen bijna elke dag gesproken. Volgens mij voelt ze zich schuldig dat ze hen weer heeft laten schrikken door te verdwijnen.

Ze kauwt op een appel en geniet duidelijk van het fruit.

Mijn hart begint te bonzen en lijkt groter te worden van vreugde en opluchting. Zo voel ik me elke keer als ik haar weer zie, of ze nou vijftien minuten of enkele uren weg is geweest.

'Hoi.' Ze loopt naar me toe en gaat gracieus op de rechterkant van mijn bed zitten. Na een korte kus op mijn wang glimlacht ze naar me. 'Wil je een hapje appel?'

'Nee, bedankt, schatje.' Mijn stem wordt hees als ik me realiseer dat ik niet meer met haar gevreeën heb sinds ik het landgoed verliet. 'Hij is voor jou.'

'Goed.' Ze neemt nog een hap van de appel. 'Ik kwam in de hal dokter Goldberg tegen,' zegt ze als ze haar mond weer leeg heeft. 'Hij zei dat het beter met je gaat en dat we morgen naar huis mogen.'

'Ja, dat klopt.' Haar tong likt een stukje fruit van haar onderlip en ik krijg prompt een stijve. Ik ben duidelijk aan de betere hand - of dat denkt mijn penis in elk geval. 'We gaan zodra hij toestemming geeft.'

Nora neemt nog een hap appel en neemt me dan met een typische blik op.

'Wat is er, schatje?' Ik pak haar andere hand en wrijf met de rug ervan over mijn wang. Waarschijnlijk krassen mijn stoppels over haar huid - ik heb me al meer dan een week niet geschoren - maar ik heb behoefte aan haar aanraking. 'Vertel me wat je dwarszit.'

Ze legt de appel op een servet op het nachtkastje. 'We moeten het over Peter hebben,' zegt ze zacht. 'En de belofte die ik hem gedaan heb.'

Ik verstrak en mijn greep op haar hand verstevigt. 'Welke belofte?'

'De lijst.' Haar vingers bewegen even. 'De lijst met namen die je hem toegezegd hebt, in ruil voor drie jaar trouwe dienst. Ik heb hem beloofd dat hij hem zou krijgen zodra je hem had, als hij me hielp jou te redden.'

'Verdomme.' Verbluft staar ik haar aan. Ik vroeg me al af hoe ze Peter zover had gekregen een direct bevel te negeren, maar dit is het dus. 'Je hebt beloofd hem te helpen bij zijn wraakplannen als hij jou bij die waanzin hielp?'

Nora kijkt me strak aan en knikt. 'Ja. Ik kon niets anders bedenken. Hij wist dat als jij zou sterven, hij de lijst helemaal niet zou krijgen - en ik zei dat hij hem eerder zou krijgen als hij me hielp.'

Een golf van woede slaat door me heen en ik frons mijn wenkbrauwen. Die Russische schoft heeft mijn vrouw dodelijk gevaar laten lopen en dat kan ik niet vergeten of vergeven. Hij mag mijn leven gered hebben, maar daarvoor heeft hij dat van Nora geriskeerd. Als hij niet na onze redding verdwenen was, had ik hem daarvoor gedood. En nu wil Nora dat ik hem die lijst geef?

Verdomme geen denken aan.

'Julian, ik heb het hem beloofd,' houdt ze aan. Blijkbaar voelt ze aan wat mijn onuitgesproken antwoord is. Haar blik is ongewoon vastberaden als ze eraan toevoegt: 'Ik weet dat je boos op hem bent, maar het hele plan was mijn idee. Hij wilde er eerst niets van horen.'

'Juist. Hij wist namelijk dat jouw veiligheid zijn hoogste prioriteit behoorde te zijn.' Ineens realiseer ik me dat ik nog steeds in haar hand knijp. Meteen laat ik haar los en zeg dan bars: 'Die schoft heeft geluk dat hij nog leeft.'

'Dat begrijp ik.' Nora kijkt me onbewogen aan. 'En Peter weet dat ook, geloof me. Hij wist dat je zo zou reageren - daarom is hij ook vertrokken na ons hierheen gebracht te hebben.'

Ik haal diep adem en probeer niet te ontploffen. 'Beter kwijt dan rijk. Hij weet dat ik hem nooit meer zal vertrouwen. Ik heb hem opgedragen jou op het landgoed te beschermen, en wat deed hij?' Als de herinnering aan hoe ze bebloed en geschaafd die raamloze kamer in werd gesleurd weer bovenkomt, werp ik haar een woedende blik toe. 'Hij heeft je zo aan Majid cadeau gedaan!'

'Ja, en daardoor je leven gered...'

'Ik geef verdomme niets om mijn leven!' Ik ga rechtop zitten en negeer de pijnscheut in mijn ribben. 'Begrijp je het niet, Nora? Ik geef alleen om jou. Jou - niet mezelf, niet iemand anders, niet wie dan ook!'

Ze staart me aan en ik zie haar grote ogen vol

tranen lopen. 'Dat weet ik, Julian,' fluistert ze, en ze knippert met haar ogen. 'Dat weet ik.'

Als haar zo zie, vloeit de woede uit me weg en voel ik de onweerstaanbare neiging het haar uit te leggen. 'Ik weet niet of je het wel begrijpt, poesje van me.' Mijn stem klinkt zacht als ik opnieuw haar hand pak, op zoek naar die fragiele warmte. 'Jij betekent alles voor mij. Als jou iets zou overkomen, zou ik het niet willen overleven... Ik zou geen leven willen waar jij geen deel van uitmaakt.'

Haar lippen trillen en de tranen lopen nu over haar wangen. 'Dat weet ik, Julian....' Ze knijpt in mijn hand. 'Dat weet ik, want zo is het voor mij ook. Toen ik dacht dat je neergestort was...' ze slikt en haar stem breekt, '...en daarna, toen ik tijdens ons gesprek die schoten hoorde...'

Ik haal diep adem. Haar verdriet doet me fysiek fijn. 'Niet doen, schatje...' Ik breng haar hand naar mijn lippen en druk een kus op haar handpalm. 'Denk er niet meer aan. Het is voorbij. Je hoeft nergens meer bang voor te zijn. Majid is dood en we staan op het punt Al-Quadar volledig weg te vagen...'

Haar uitdrukking vervaagt en haar blik keert zich naar binnen. Het is alsof ze haar emoties inhoudt, een mentale muur om zichzelf heen opricht. 'Dat weet ik,' zegt ze. Haar lippen vormen die lege glimlach die ik sinds onze redding vaak bij haar heb gezien. 'Het is voorbij. Hij is dood.'

'Vind je dat erg?' Ik laat haar hand zakken. Ik wil weten waarom ze zich terugtrekt, wat er aan de hand is dat haar zich zo laat afsluiten. 'Vind je het erg dat je hem hebt gedood, schatje? Ben je daarom de afgelopen dagen zo overstuur?'

Ze knippert alsof mijn vraag haar verrast. 'Ik ben niet overstuur.'

'Lieg niet tegen me, poesje van me.' Ik laat haar hand los en pak zacht haar kin om haar goed in haar ogen vol schaduwen te kijken. 'Denk je dat ik je inmiddels niet ken? Ik zie dat je je anders gedraagt sinds Tadzjikistan en ik wil begrijpen waarom dat zo is.'

'Julian...' Haar stem heeft een smekende ondertoon. 'Alsjeblieft, ik wil het er niet over hebben.'

'Waarom niet? Denk je dat ik het niet begrijp? Denk je dat ik niet weet hoe het is om voor het eerst te doden en te moeten leren leven met de wetenschap dat je een mens zijn leven hebt afgenomen?' Ik zwijg en wacht op een reactie. Maar ik zie niets en ik ga verder: 'We weten allebei dat Majid het verdiende, maar het is normaal dat je je achteraf klote voelt. Je moet erover praten, zodat je alles wat gebeurd is een plekje kan geven...'

'Nee, Julian,' onderbreekt ze me. De leegte van haar blik wordt vervangen door een vlaag van woede. 'Je begrijpt het inderdaad niet. Ik weet dat Majid het verdiende te sterven en ik vind het niet erg dat ik hem heb gedood. Ik twijfel er niet aan dat de wereld een betere plek is zonder hem.'

'Maar wat scheelt er dan aan?' Ik heb wel een

vermoeden waar dit heen gaat, maar ik wil het uit haar mond horen.

'Ik heb hem gedood,' zegt ze zacht terwijl ze me recht aankijkt. 'Ik stond naast hem, keek hem in de ogen en haalde de trekker over. Ik heb hem niet gedood om jou te beschermen of omdat ik geen andere keuze had. Ik heb hem gedood omdat ik dat wilde.' Ze zwijgt even en zegt dan met een glinstering in haar ogen: 'Ik heb hem gedood omdat ik hem wilde zien sterven.'

Nora

JULIAN STAART ME AAN. ZIJN UITDRUKKING VERANDERT niet na mijn onthulling. Ik wil wegkijken, maar dat kan ik niet. Zijn hand om mijn kin dwingt me hem aan te blijven kijken terwijl ik het afschuwelijke geheim blootgeef dat me al sinds onze redding vanbinnen verteert.

Door zijn gebrek aan reactie denk ik dat hij niet precies begrijpt wat ik bedoel.

'Ik heb hem gedood, Julian,' herhaal ik. Nu hij me dwingt hierover te praten, wil ik dat hij het snapt ook. 'Ik heb Majid in koelen bloede vermoord. Toen ik hem die ruimte binnen zag stappen, wist ik wat ik wilde doen en deed ik het. Ik schoot het wapen uit zijn hand en toen hij ongewapend was, schoot ik hem in zijn borst en buik. Ik zorgde ervoor hem niet in zijn hart te raken, zodat hij nog een paar minuten langer zou leven. Ik had hem meteen kunnen doden en dat deed ik niet.' Mijn handen ballen zich tot vuisten en mijn nagels duwen pijnlijk in mijn huid als ik beken: 'Ik liet hem leven omdat ik hem recht wilde aankijken als ik hem doodde.'

Julians zichtbare oog glinstert diepblauw en ik voel een golf van schaamte. Ik weet dat het nergens op slaat - ik praat met een man die veel ergere misdaden op zijn geweten heeft - maar ik heb zijn excuus van een verklooide opvoeding niet. Niemand heeft mij gedwongen een moordenaar te worden. Toen ik Majid neerschoot, deed ik dat uit vrije wil.

Ik heb een man gedood omdat ik hem haatte en hem wilde zien sterven.

Ik wacht tot Julian antwoord geeft, tot hij iets smalends of veroordelends zal zeggen, maar in plaats daarvan vraagt hij zacht: 'En hoe voelde je je toen het voorbij was, poesje van me? Toen hij dood was?' Zijn hand verplaatst zich van mijn kin naar mijn been. Zijn grote handpalm bedekt het merendeel van mijn dijbeen. 'Was je blij hem zo te zien?'

Ik knik en kijk naar beneden om aan zijn doordringende blik te ontsnappen. 'Ja,' geef ik toe. Er gaat een rilling door me heen als ik de haast euforische high herbeleef die ik ervoer toen ik mijn kogels door Majids vlees zag gaan. 'Toen ik het leven uit hem weg zag sijpelen, voelde ik me sterk. Onoverwinnelijk. Ik wist dat hij ons niet langer pijn kon doen en daar was ik blij om.' Ik verzamel mijn moed en kijk hem opnieuw aan. 'Julian... Ik heb een man in het hoofd geschoten en het enge is dat ik er totaal geen spijt van heb.'

'Ik begrijp het.' Een glimlach vormt zich om zijn half geheelde lippen. 'Je denkt dat je een slecht mens bent omdat je je niet schuldig voelt over het doden van een moordlustige terrorist - en je denkt dat dat wel zou moeten.'

'Natuurlijk.' Die geamuseerde ondertoon in zijn stem zint me niet. 'Ik heb een man gedood en je zei net zelf dat het normaal is om je daar slecht over te voelen. Jij voelde je slecht na je eerste moord, toch?'

'Ja.' Julians glimlach wordt bitter. 'Dat klopt. Ik was een kind en kende de man die ik moest neerschieten niet. Hij had mijn vader dwarsgezeten, maar tot de dag van vandaag weet ik niet wat voor iemand hij was... of hij een geharde crimineel was of gewoon iemand die met de verkeerde mensen omging. Ik haatte hem niet - ik had geen mening over hem. Ik doodde hem om te bewijzen dat ik het kon en om mijn vader trots te maken.' Hij zwijgt even en gaat dan met een mildere uitdrukking op zijn gezicht verder: 'Zie je, poesje, dat was anders. Toen jij Majid doodde, redde je de wereld van een kwaad, terwijl ik... dat is een heel ander verhaal. Je hebt geen enkele reden om je schuldig te voelen en je bent slim genoeg om dat te weten.'

Ik kijk hem aan, een brok in mijn keel nu ik aan de achtjarige Julian denk die de trekker overhaalt. Ik weet niet wat ik moet zeggen om zijn schuldgevoel over iets dat zo lang geleden is te verzachten. Een vlaag van woede op Juan Esguerra borrelt in me op. 'Als je vader nog leefde, zou ik hem ook doodschieten,' zeg ik woest. Julian grinnikt opgetogen.

'Daar ben ik wel zeker van,' zegt hij. Zijn grijns zou er bizar uit moeten zien in zijn gekwetste en gezwollen gezicht, maar ik vind hem sexy. Zelfs als hij in elkaar geslagen is en eruitziet als een mummie, met een baard van meerdere dagen, straalt mijn echtgenoot een dierlijke aantrekkingskracht uit die verder gaat dan zijn uiterlijk. De dokters vertelden ons dat zijn gezicht er weer bijna normaal uit zal zien zodra alles genezen is. Maar zelfs als dat niet het geval is, denk ik dat Julian met een ooglapje en wat littekens net zo verleidelijk is.

Alsof hij mijn gedachten gelezen heeft, laat Julian zijn hand vanaf mijn dijbeen naar boven glijden, richting de plek waar mijn benen bij elkaar komen. 'Mijn pittige kleine schat,' prevelt hij. Zijn grijns verdwijnt als een bekende, verhitte glans in zijn blik verschijnt. 'Zo kwetsbaar en toch zo fel... Je had jezelf die dag moeten zien, schatje. Je was geweldig toen je zo tegenover Majid stond, zo dapper en zo mooi...' Door de stof van mijn spijkerbroek heen duwt hij hard op mijn klit. Ik snak geschrokken naar adem. Mijn tepels worden hard als een golf van verlangen me meteen nat maakt.

'Juist, schatje,' fluistert hij terwijl hij zijn vingers naar mijn rits laat gaan. 'Ik heb nog nooit zoiets sexy's gezien als jij met dat wapen. Ik kon mijn ogen niet van je af houden.' De rits glijdt met een metalig geritsel naar beneden. Het is vreemd genoeg een erotisch geluid en mijn vagina trekt samen in een plots, hevig verlangen.

'Eh, Julian...' Mijn ademhaling is onregelmatig en mijn hartslag versnelt als Julians hand zich door de rits mijn broek in wurmt. 'Wat doe je?'

Hij glimlacht schuin. 'Waar lijkt het op?'

'Maar... maar je kan niet...' De zin eindigt in een kreun als zijn vingers mijn ondergoed binnengaan en mijn kruis omvatten. Zijn middelvinger glijdt tussen mijn natte plooien om mijn bonzende klit te strelen. De hitte die door mijn zenuwbanen raast, voelt bijna als een elektrische schok, en ik krijg prompt kippenvel. Ik begin te hijgen als de spanning zich opbouwt, maar voor ik tot een hoogtepunt kom, trekt Julian zijn vingers terug.

'Doe je kleren uit en klim op me,' beveelt hij met hese stem. Als hij de lakens terugslaat, staat zijn erectie als een tentstok in zijn ziekenhuishemd. 'Ik wil je neuken. Nu.'

Heel even aarzel ik omdat ik me zorgen maak om zijn verwondingen, maar Julians strakke kaak laat zijn ongenoegen duidelijk zien.

'Ik meen het, Nora. Trek die kleren uit.'

Ik slik en spring van het bed. Het is ongelofelijk dat ik zelfs nu de neiging voel hem te gehoorzamen. Zijn linkerarm zit in het gips en iedere beweging doet hem pijn, maar mijn instinctieve reactie is toch angst - een gelijke combinatie van angst en verlangen.

'En doe de deur op slot, ' commandeert hij als ik

mijn T-shirt uit wil trekken. 'Ik wil niet gestoord worden.'

'Oké.'

Ik laat mijn shirt nog even aan en loop snel naar de deur om hem op slot te draaien voor wat privacy. Elke stap voel ik het tussen mijn benen bonzen. Mijn spijkerbroek glijdt langs mijn gezwollen klit, wat me alleen maar opgewondener maakt.

Als ik terugloop, heeft Julian het bed half omhoog gezet. Zijn ziekenhuishemd hangt los en hij streelt met een hand zijn stijve penis. Het verband om zijn ribben doet weinig af aan de ruwe kracht van zijn gespierde lichaam. Zelfs nu hij gewond is, domineert hij de kamer. Zijn aantrekkingskracht is even magnetisch als altijd.

'Brave meid,' prevelt hij terwijl hij me loom opneemt. 'Kleed je voor me uit, schatje. Ik wil je sexy kontje zich uit die broek zien wurmen.'

Zijn verhitte blik windt me nog verder op en ik bijt op mijn onderlip. 'Goed,' fluister ik dan. Ik ga met mijn rug naar hem toe staan en buig voorover om langzaam mijn spijkerbroek naar beneden te trekken, daarbij met mijn heupen schuddend zodat ik langzaam mijn in een string geklede achterste aan hem onthul.

Met mijn spijkerbroek op mijn enkels draai ik me om en schop mijn schoenen uit. Dan stap ik uit mijn broek, die ik op de vloer laat liggen. Julian bekijkt al mijn bewegingen met onverholen lust. Zijn ademhaling wordt zwaar en ik zie vocht glinsteren op zijn eikel. Hij raakt zichzelf niet langer aan; in plaats daarvan heeft zijn hand de lakens vastgegrepen en ik weet dat het komt doordat hij op springen staat. Daar is zijn keiharde penis duidelijk het bewijs van.

Ik houd mijn ogen op hem gericht en begin langzaam en plagend mijn T-shirt uit te trekken. Daaronder draag ik een witzijden beha die bij mijn string past. Ik heb eerder deze week een aantal mooie setjes online gekocht en ik ben er blij mee. Die blik van onbeheerste honger op Julians gezicht vind ik geweldig - die uitdrukking dat hij alles zou doen om me maar te mogen nemen.

Als het shirt op de vloer valt, zegt hij ruw: 'Kom hier, Nora.' Zijn blik verteert me, slokt me op. 'Ik wil je voelen.'

Ik word alleen nog maar natter als ik na een knikje naar het bed loop en voor hem ga staan. Hij laat zijn hand over mijn ribbenkast glijden en deze kruipt dan omhoog, naar mijn beha. Zijn vingers sluiten zich om mijn linkerborst, die door het zijdeachtige materiaal heen knedend, en ik snak naar adem als hij in mijn tepel knijpt, die daardoor nog stijver wordt.

'Doe de rest van je kleren uit.' Hij laat me los en even voelt het of me iets ontnomen is. Snel maak ik mijn beha los en duw ik mijn string naar beneden om eruit te stappen.

'Mooi. Ga nu bovenop me zitten.'

Op mijn lip kauwend klim ik op het bed en ga ik boven Julians heupen zitten. Zijn penis strijkt langs mijn dij en ik pak hem vast, begeleid hem naar mijn bonzende opening.

'Ja, zo,' murmelt hij. Als ik me over hem heen laat zakken, grijpt hij mijn heup. Ik laat zijn penis los om mezelf op het bed in evenwicht te houden en hij kreunt: 'Ja, neem me in je, poesje van me... Helemaal...' Zijn hand op mijn heup duwt me naar beneden en ik kreun bij het verrukkelijke, rekkende gevoel als mijn lichaam zich aanpast aan zijn grootte.

Dit voelt als de beste opmontering ooit; het pijnlijke genot van zijn binnenkomst is zowel acuut als pijnlijk bekend. Ik kijk hem aan en geniet van de uitdrukking van geplaagd genot op zijn gezicht - en ik besef ineens dat dit net zo goed niet had kunnen gebeuren, dat Julian in plaats van onder mij, twee meter onder de grond had kunnen liggen, zijn sterke lichaam verminkt en vernield.

Ik ben me er niet bewust van dat ik geluid maak, maar dat moet wel, want Julians oog vernauwt zich en zijn hand op mijn heup verstrakt. 'Wat is er, schatje?' vraagt hij scherp. Ik merk ineens dat ik zit te trillen; huiveringen rollen over mijn lichaam als ik me hem daar koud en gebroken voorstel. Mijn verlangen wordt weggevaagd door een oude angst en afschuw. Het is of ik in ijswater gedompeld ben. De horror van wat we hebben meegemaakt borrelt in me op en lijkt me van binnenuit te verstikken.

'Nora, wat is er?' Julians hand glijdt naar mijn keel en grijpt me bij mijn hals om mijn gezicht naar het zijne te trekken. Zijn oog neemt me fel op als mijn handen paniekerig aan de dekens naast zijn borst plukken. 'Wat is er? Vertel het me!'

Ik wil het uitleggen, maar ik kan niet praten. Mijn keel wordt dichtgeknepen als mijn hartslag versnelt en het koude zweet me uitbreekt. Ik kan ineens niet meer ademen. Een giftige paniek klauwt in mijn borst en omklemt mijn longen. Ik begin te hyperventileren als ik zwarte vlekken voor mijn ogen krijg.

'Nora!' Julians stem lijkt van heel ver te komen. 'Verdomme... Nora!'

Een gemene klap in mijn gezicht laat mijn hoofd opzij vliegen en ik snak naar adem terwijl mijn hand mijn pijnlijke linkerwang omvat. De schok van de pijn rukt me uit mijn paniek en mijn longen werken weer, zodat ik weer genoeg kostbare zuurstof kan inademen. Hijgend draai ik mijn hoofd om Julian ongelovig aan te kijken. De duisternis in mijn hoofd verdwijnt als de realiteit weer tot me doordringt.

'Nora, schatje.' Hij wrijft nu zacht over mijn wang om de pijn die hij me heeft toegebracht te verzachten. 'Het spijt me, poesje van me. Ik wilde je niet slaan, maar volgens mij had je een paniekaanval. Wat gebeurde er? Moet ik de zuster laten komen?'

'Nee...' Mijn stem breekt als snikken in me opwellen. Mijn tranen zijn niet te stuiten als ik besef dat ik compleet van de kaart was - en nog wel tijdens de seks. Julians penis zit nog steeds in me, iets minder hard dan eerst, maar ik zit te huilen en te beven alsof ik volkomen krankzinnig ben. 'Nee,' herhaal ik stotend. 'Het gaat wel... Echt, het komt wel goed...'

'Dat komt het ook.' Zijn stem wordt hard en

commanderend als hij met zijn hand mijn keel pakt. 'Kijk me aan, Nora. Nu.'

Ik kan niet anders en ontmoet zijn blik. Zijn oog glinstert helder en fel. Terwijl ik hem zo aankijk, vertraagt mijn ademhaling, wordt mijn gesnik kalmer en verdwijnen die wanhopige paniekgevoelens. Ik huil nu stilletjes, meer als een reflex dan om iets anders.

'Oké, mooi,' zegt Julian op diezelfde barse toon. 'Nu ga je me berijden - en je denkt niet aan wat je zo overstuur maakte. Begrepen?'

Ik knik. Zijn instructies kalmeren me. Mijn angst verdwijnt en maakt ruimte voor andere gevoelens. Ik ruik de bekende, schone geur van zijn lichaam en voel de haartjes op zijn benen tegen de mijne prikken...

Ik voel zijn penis in me, warm, dik en hard.

Mijn lichaam reageert erop en dat leidt me nog verder af van mijn paniek. Ik haal diep adem en begin te bewegen, omhoog en naar beneden over zijn erectie. Mijn kern wordt weer nat en zacht als het genot zich langzaam in mijn onderbuik samenbalt.

'Ja, precies zo, schatje,' prevelt Julian. Zijn hand glijdt over mijn lichaam tot hij bij mijn klit komt, waardoor de spanning in me nog verder opbouwt. 'Neuk me. Berijd me. Gebruik mij om je demonen te vergeten.'

'Ja,' fluister ik. 'Dat zal ik doen.' Met mijn ogen nog steeds op zijn gezicht gevestigd verhoog ik het tempo. Ik laat het fysieke genot me ver weg voeren van de duisternis, laat het vreugdevuur van onze passie de herinneringen aan de ijskoude horror in me wegbranden.

We komen vlak na elkaar klaar, onze lichamen even goed op elkaar ingespeeld als onze zielen.

Die avond slaap ik bij Julian in bed in plaats van in mijn eigen bed. De artsen vonden het goed, als ik maar voorzichtig doe met zijn ribben en gezicht.

Ik lig aan zijn rechterkant, mijn hoofd op zijn gezonde schouder. Ik zou moeten slapen, maar ik ben nog wakker. Mijn hoofd is zo druk als een bijenkorf. Miljoenen gedachten gaan door me heen en mijn emoties gaan van verdriet naar opgetogenheid.

We leven nog en zijn min of meer gezond. We zijn weer samen en hebben het tegen alle verwachtingen in allebei gered. Ik twijfel er niet langer aan: op de een of andere verknipte manier horen we bij elkaar. Goed of niet, we passen nu bij elkaar. Onze verwrongen, beschadigde delen passen in elkaar als de stukjes van een legpuzzel.

Ik heb geen idee wat de toekomst voor ons in petto heeft en of het ooit nog helemaal goedkomt. Ik moet Julian er nog van overtuigen mijn belofte aan Peter gestand te doen en ik moet de artsen om een morning-afterpil vragen, aangezien we allebei vergeten waren vandaag anticonceptie te gebruiken. Ik weet niet of ik zo snel na het staafje verloren te zijn zwanger kan raken, maar ik wil het risico niet lopen. De mogelijkheid een kind te krijgen - een hulpeloze baby in onze manier van leven - vervult me meer dan ooit met afschuw.

Misschien verander ik mettertijd nog van gedachten. Misschien zie ik het over een paar jaar anders, ben ik dan minder bang. Maar nu ben ik me er enorm bewust van dat ons leven nooit een sprookje zal worden. Julian is geen goede man en ik ben niet langer een goede vrouw.

Dat zou me zorgen moeten baren... en misschien komen die zorgen morgen. Maar nu, met zijn warmte om me heen, voel ik alleen een diepe vredigheid, een zekerheid dat dit juist is.

Dit is waar ik hoor.

Ik laat mijn hand over zijn nog altijd iets kapotte lippen glijden, hun vorm volgend in de duisternis.

'Laat je me ooit gaan?' vraag ik, terugdenkend aan ons gesprek van lang geleden.

Zijn lippen vormen zich tot een vage glimlach. Hij herinnert zich dat gesprek ook. 'Nee,' zegt hij zacht. 'Nooit.'

We blijven even in stilte liggen en dan vraagt hij zacht: 'Wil je dat ik je laat gaan?'

'Nee, Julian.' Ik sluit mijn ogen en glimlach zelf ook. 'Nooit.'

Bedankt voor het lezen! Als je een recensie wilt achterlaten, wordt dat enorm gewaardeerd.

*J*ulian en Nora's verhaal gaat verder in *Verbonden*. Bezoek mijn website op www.annazaires.com/book-series/nederlands om jouw exemplaar te bestellen.

Als je genoten hebt van *Verscheurd*, is dit misschien ook iets voor je:

- *Aanraking (De Krinar-kronieken: deel 1)* – een science fiction-verhaal vol duistere romantiek

Als je wilt weten wanneer mijn volgende boek uitkomt, kun je mijn website in de gaten houden op

<u>www.annazaires.com/book-series/nederlands</u> en je aanmelden voor de nieuwsbrief.

Sla dan nu de pagina om voor een voorproefje van *Verbonden*.

FRAGMENT UIT VERBONDEN

Bericht van de auteur: *Verbonden* is het laatste deel van het verhaal van Julian en Nora. Het volgende fragment wordt beschreven vanuit Julian.

Een ademloze schreeuw haalt me uit een rusteloze slaap. Mijn onbeschadigde oog vliegt open en in een vlaag van adrenaline schiet ik overeind. Die plotse beweging stuurt een sterke pijnscheut door mijn gebroken ribben. Het gips om mijn linkerarm slaat tegen de hartmonitor naast het bed en de pijn is zo hevig dat kamer even misselijkmakend snel om me heen draait. Mijn hart bonst en het duurt even voor ik besef wat me gewekt heeft.

Nora.

Ze moet weer een nachtmerrie hebben.

Mijn lichaam maakte zich op voor de strijd, maar

nu kan het weer ontspannen. Er is geen gevaar. Niemand zit momenteel achter ons aan. Ik lig naast Nora in mijn luxe ziekenhuisbed en we zijn allebei veilig. Deze privékliniek in Zwitserland is zo goed beveiligd als Lucas kon bewerkstelligen.

De pijn in mijn ribben en arm neemt af tot een draaglijk niveau. Voorzichtig leg ik een hand op Nora's schouder om haar wakker te schudden. Ze ligt met haar rug naar me toe, dus ik kan niet zien of ze huilt, maar haar huid voelt koud en klam aan. Ze moet al een tijdje zo liggen dromen, want ze rilt ook.

"Wakker worden, schatje," prevel ik terwijl ik over haar slanke arm strijk. Er komt licht door de lamellen voor het raam en ik weet dus dat het al ochtend moet zijn. "Het is maar een droom. Wakker worden, poesje van me..."

Ze verstijft onder mijn aanraking en ik besef dat ze nog niet helemaal wakker is, dat ze nog gevangen zit in die nachtmerrie. Haar ademhaling is stotend en ik voel haar beven. Haar ellende knaagt aan me, doet me meer pijn dan welke verwonding ook. De wetenschap dat ik verantwoordelijk ben hiervoor - dat ik haar niet heb kunnen beschermen - brandt als zuur in mijn binnenste.

Die woede is zowel gericht tegen mezelf als tegen Peter Sokolov, de man die Nora haar leven liet wagen om mij te redden.

Voor mijn vervloekte reis naar Tadzjikistan was ze langzaam over Beths dood heen aan het komen. Haar nachtmerries kwamen steeds minder vaak voor. Maar nu zijn haar nare dromen terug en Nora is er slechter aan toe dan eerst, te oordelen aan de paniekaanval die ze gisteren tijdens de seks had.

Daar wil ik Peter de nek voor omdraaien. En als ik hem ooit nog zie, doe ik dat misschien ook. De Rus leeft mijn leven gered, maar daarbij heeft hij Nora's leven in gevaar gebracht en dat zal ik hem nooit vergeven. En zijn verdomde namenlijst? Vergeet het maar. Ik ga hem mooi niet belonen voor dit verraad, wat Nora hem ook beloofd mag hebben.

"Kom op, schatje, wakker worden," dring ik weer aan, terwijl ik mezelf met mijn rechterarm weer in een liggende positie manoeuvreer. Ook daarbij doen mijn ribben pijn, maar minder hevig. Ik schuif voorzichtig naar Nora toe en nestel me tegen haar aan. "Alles is goed. Het is voorbij, dat beloof ik je."

Ze haalt diep en snikkend adem en ik voel de spanning uit haar sijpelen als ze zich realiseert waar ze is. "Julian?" fluistert ze, en ze draait zich om. Ik zie dat ze gehuild heeft; haar wangen zijn nat van de tranen.

"Ja. Je bent veilig. Alles is goed." Ik laat de vinger van mijn rechterhand over haar kaak glijden, genietend van de fragiele schoonheid van haar gezichtsbouw. Mijn hand lijkt groot en ruw naast haar delicate trekken. Door de naalden die Majid op me gebruikt heeft, zijn mijn nagels kapot en blauw. Het contrast tussen ons is meer dan duidelijk, hoewel Nora niet geheel ongeschonden uit de strijd is gekomen. De puurheid van haar gouden huid wordt ontsierd door een fikse blauwe plek aan de linkerkant van haar gezicht, waar die klootzakken van Al-Quadar haar buiten westen hebben geslagen.

Als ze niet al dood waren, had ik ze met bloten handen uiteengescheurd omdat ze het waagden haar pijn te doen.

"Wat droomde je?" vraag ik zacht. "Ging het over Beth?"

"Nee." Ze schudt haar hoofd. Haar ademhaling begint rustiger te worden, maar in haar stem zijn nog sporen van de horror te horen als ze hees zegt: "Dit keer ging het over jou. Majid sneed je ogen eruit en ik kon hem niet tegenhouden."

Ik probeer niets te laten blijken, maar dat lukt niet. Haar woorden sturen me terug naar die koude, raamloze ruimte en de misselijkmakende ervaringen die ik de afgelopen dagen heb geprobeerd te vergeten. Mijn hoofd bonst als ik me de pijn herinner en mijn half geheelde oogkas voelt opnieuw brandend leeg aan. Opnieuw voel ik bloed en ander vocht over mijn gezicht druipen. De herinnering maakt me kotsmisselijk. Ik ben gewend aan pijn en heb ervaring met gemarteld worden - mijn vader vond dat zijn zoon alles moest kunnen weerstaan - maar mijn oog verliezen is met stip de afschuwelijkste ervaring van mijn hele leven.

Fysiek in elk geval.

Emotioneel gezien is het waarschijnlijk Nora's verschijning in diezelfde ruimte.

Het kost me al mijn wilskracht mijn gedachten terug te halen naar het heden, weg van de verdovende angst die in me opkwam toen ze door Majids mannen naar binnen werd gesleept.

"Maar je hebt hem tegengehouden, Nora." Ik vind het vreselijk om toe te geven, maar zonder haar moed zou ik nu ergens in een vuilbak in Tadzjikistan liggen rotten. "Je kwam me halen en je hebt me gered."

Ik kan nog steeds nauwelijks geloven dat ze dat heeft gedaan - dat ze zichzelf vrijwillig in handen heeft laten vallen van gestoorde terroristen om mij te redden. Ze deed het niet uit een naïeve overtuiging dat ze haar niets aan zouden doen. Nee, mijn poesje wist precies waar ze toe in staat waren en toch had ze de moed het te doen.

Ik ben het meisje dat ik ontvoerde mijn leven schuldig en ik weet niet precies hoe ik daarmee om moet gaan.

"Waarom heb je het gedaan?" Ik laat mijn duim over haar onderlip glijden. Diep vanbinnen weet ik het wel, maar ik wil het haar horen zeggen.

Ze kijkt me aan. Haar ogen staan somber door haar droom. "Omdat ik zonder jou niet kan leven," zegt ze zacht. "Dat weet je, Julian. Je wilde dat ik van je zou houden en ik houd van je. Ik houd zoveel van je dat ik voor jou door de hel zou lopen."

Ik absorbeer haar woorden met een gretig, schaamteloos genoegen. Ik kan geen genoeg krijgen van haar liefde - ik kan geen genoeg krijgen van haar. Oorspronkelijk wilde ik haar omdat ze zo op Maria leek, maar mijn jeugdvriendin heeft nooit zelfs maar een fractie van de emoties bij me opgeroepen die Nora in me oproept. Mijn genegenheid voor Maria was onschuldig en puur, net als zijzelf.

Mijn obsessie met Nora is het tegenovergestelde.

"Luister, poesje van me..." Ik laat mijn hand naar haar schouder glijden. "Ik wil dat je me belooft dat je nooit meer zoiets doet. Ik ben uiteraard dolblij dat ik nog leef, maar ik was liever gestorven dan dat jij in zulk gevaar verkeert. Je mag nooit meer je leven voor me wagen. Begrepen?"

Ze schenkt me een kort, haast onmerkbaar knikje, en in haar ogen zie ik een opstandige blik. Ze wil me niet boos maken en dus gaat ze niet tegen me in, maar ik vermoed dat ze altijd zal doen wat ze denkt dat juist is, ongeacht wat ze nu zegt.

Uiteraard vraagt dit om een zwaardere aanpak.

"Goed," zeg ik gladjes. "Want de volgende keer - mocht er een volgende keer komen - vermoord ik iedereen die jou tegen mijn bevelen in helpt. En ik doe het echt, langzaam en pijnlijk. Begrijp je me, Nora? Als iemand maar een haar van je hoofd riskeert, of het nu is om mij te redden of vanwege iets anders, dan sterft die persoon een zeer onaangename dood. Ben ik volkomen duidelijk?"

"Ja." Nu ziet ze bleek. Haar lippen zijn samengeperst alsof ze een protest wil tegenhouden. Ze is boos op me, maar ook bang. Niet vanwege haarzelf - die angst is ze nu wel kwijt - maar vanwege anderen. Mijn poesje weet dat ik mijn beloftes nakom.

Ze weet dat ik een gewetenloze moordenaar ben met slechts één zwakte: zij.

Bezoek mijn website op www.annazaires.com/book-series/nederlands/ om meer te weten te komen en je in te schrijven voor mijn nieuwsbrieven over nieuwe uitgaven.

Anna Zaires is verslaafd aan boeken sinds ze op vijfjarige leeftijd van haar grootmoeder leerde lezen. Haar eerste korte verhaal schreef ze niet lang daarna. Sindsdien leeft ze gedeeltelijk in een fantasiewereld waarin alleen haar eigen verbeelding de grenzen bepaalt. Momenteel woont Anna in Florida. Ze is gelukkig getrouwd met Dima Zales (een auteur van science fiction- en fantasyboeken). Al hun boeken komen door nauwe samenwerking tot stand.

Voor meer informatie, zie www.annazaires.com/book-series/nederlands/.